A ÚLTIMA PALAVRA

A marca FSC® é a garantia de que a madeira utilizada na fabricação do papel deste livro provém de florestas que foram gerenciadas de maneira ambientalmente correta, socialmente justa e economicamente viável, além de outras fontes de origem controlada.

HANIF KUREISHI

A última palavra

Tradução
Rubens Figueiredo

Copyright © 2014 by Hanif Kureishi
Todos os direitos reservados.
Proibida a venda em Portugal.

Grafia atualizada segundo o Acordo Ortográfico da Língua Portuguesa de 1990, que entrou em vigor no Brasil em 2009.

Título original
The Last Word

Capa
Jaya Miceli

Preparação
Ciça Caropreso

Revisão
Huendel Viana
Carmen T. S. Costa

Dados Internacionais de Catalogação na Publicação (CIP)
(Câmara Brasileira do Livro, SP, Brasil)

Kureishi, Hanif
    A última palavra / Hanif Kureishi ; tradução Rubens Figueiredo. — 1ª ed. — São Paulo : Companhia das Letras, 2016.

    Título original: The Last Word.
    ISBN 978-85-359-2668-2

    1. Romance inglês I. Título.

15-09912   CDD-823

Índice para catálogo sistemático:
1. Romances: Literatura inglesa 823

[2016]
Todos os direitos desta edição reservados à
EDITORA SCHWARCZ S.A.
Rua Bandeira Paulista, 702, cj. 32
04532-002 — São Paulo — SP
Telefone: (11) 3707-3500
Fax: (11) 3707-3501
www.companhiadasletras.com.br
www.blogdacompanhia.com.br

Para Carlo

Um

Harry Johnson olhava para a paisagem rural da Inglaterra pela janela do trem enquanto pensava que o tempo todo alguém estava contando alguma história. E, se sua sorte resistisse até o fim do dia, Harry seria contratado para escrever a história do homem que ia visitar. De fato, ele tinha sido escolhido para contar a história *completa* da vida de um homem importante, de um artista de destaque. Mas como a gente começa a fazer isso?, pensou ele com um calafrio. De onde a gente parte, e como terminar uma história que, afinal, ainda continua a ser vivida? Acima de tudo, será que ele, Harry, estava à altura de uma tarefa como aquela?

A Inglaterra pacífica, intocada por guerra, revolução, fome, distúrbios étnicos ou religiosos. No entanto, se os jornais diziam a verdade, a Grã-Bretanha era uma pequena ilha superpopulosa, fervilhante de imigrantes ativos, muitos deles agarrados às bordas do país, como num pequeno bote prestes a adernar. Não só isso, milhares de refugiados e pessoas em busca de asilo, ansiosas por escapar de conflitos no resto do mundo caótico, tentavam atravessar a fronteira. Alguns se amontoavam em caminhões ou se penduravam embaixo do chassi dos trens; muitos cruzavam o Canal da Mancha na ponta dos pés, sobre cordas bambas estendidas acima do mar, ao passo que outros eram disparados em canhões instalados em Boulogne. Os fantasmas reinavam. Todavia, desde a crise financeira, aparentemente, todos a bordo do país sentiam-se tão espremidos e claustrofóbicos que começavam a se encarar uns aos outros como animais aprisionados numa armadilha. Com a escassez iminente — poucos empregos, pensões reduzidas e previdência social minguada —, a vida das pessoas iria se deteriorar. A segurança do pós-guerra, na qual Harry e sua família haviam se formado, tinha desaparecido. Ainda assim, para Harry, agora, era como se o governo estivesse deliberadamente injetando uma forte dose de inquietação no corpo político, pois tudo que ele podia ver era uma Inglaterra verde e aprazível: gado saudável, campos bonitos, árvores podadas, regatos borbulhantes e o cintilante céu do início da primavera. Parecia não haver nem sombra de curry por vários quilômetros.

Ouviu-se o barulho de um esguicho e ele sentiu um espirro de cerveja no rosto. Virou a cabeça. Rob Deveraux, sentado de frente para ele, abria mais uma latinha, era um editor respeitado e inovador. Havia procurado Harry com a ideia de contratá-lo para escrever a biografia de um escritor importante, Mamoon Azam, nascido na Índia, romancista, ensaísta e dramaturgo que Harry admirava desde os tempos da adolescência, quando era louco por livros, um obcecado especialista em frases, um garoto para quem os escritores eram deuses, heróis, astros do rock. Harry se mostrou imediatamente receptivo e empolgado. Depois de anos de estudo e obediência, as coisas começavam a melhorar para ele, como seus professores haviam previsto, caso ele se concentrasse em seus pensamentos e fechasse a braguilha e os lábios. Aquela era sua chance; ele quase chorou de alívio e entusiasmo.

Ele merecia, tinha de admitir. Alguns anos antes, à beira dos trinta, Harry havia publicado uma biografia de Nehru que foi bem recebida, contendo muitas informações novas e, embora agora a história familiar, conforme a nova praxe, tivesse de ser ligeiramente apimentada com coitos inter-raciais, sodomia, alcoolismo e anorexia, a obra foi considerada, no todo, esclarecedora. Até os indianos gostaram. Para Harry, foi um "dever de casa". Agora, ele escrevia resenhas de livros e dava aulas, enquanto procurava um projeto novo para investir sua paixão criativa, energia e dedicação; algo que fizesse sua fama, assim esperava, projetando-o no mundo público e num futuro cor-de-rosa.

 Hoje, numa radiante manhã de domingo, Harry e Rob viajavam de trem para Taunton a fim de visitar Mamoon na casa onde o legendário escritor havia morado durante quase toda a sua vida adulta e que agora dividia com a segunda esposa, Liana Luccioni, uma italiana impetuosa de cinquenta e poucos anos. O mundo visto pela janela — a sua Inglaterra — manteria Harry calmo e relaxado, se Rob, como um treinador de boxe, não insistisse em incentivar e atiçar seu garoto, preparando-o para o combate iminente.

 Rob explicava que era tanto uma vantagem quanto um transtorno escrever sobre uma pessoa ainda viva. O próprio tema do livro vai ajudar você, disse ele, enquanto Harry enxugava a cerveja do rosto com o lenço. O passado poderia adquirir novas tonalidades, quando o próprio tema do livro olhasse para trás — e a tarefa de Harry era incentivar Mamoon a se voltar para o passado. Rob não tinha nenhuma dúvida de que Mamoon ia ajudar Harry, pois Mamoon havia admitido, afinal, que o livro seria algo fundamental. Liana estava se revelando uma esposa extravagante, ou mesmo mais dispendiosa e, para todos os efeitos, mais explosiva do que qualquer outra mulher que Mamoon experimentara até então. Rob dizia que era como se Gandhi tivesse se casado com Shirley Bassey e os dois tivessem ido morar em Ambridge. Mamoon era muito respeitado no mundo literário, bem como pelos jornais de direita. Afinal, era um escritor do subcontinente indiano de quem eles podiam gostar, alguém que achava que a supremacia, sobretudo das pessoas bem-educadas, bem informadas e inteligentes — pessoas que, estranhamente, se pareciam com ele —, era preferível à burrice universal ou até à democracia.

No entanto, sendo demasiado cerebral, inflexível e atormentado para ter um público leitor numeroso, Mamoon estava se arruinando financeiramente; apesar dos elogios e dos prêmios, ele se encontrava numa encruzilhada fiscal. No momento, travava negociações para vender seus arquivos a uma universidade americana. Antes que se visse também obrigado a renovar a hipoteca de sua casa, sua esposa e seu agente concordaram que a melhor maneira de revitalizar sua carreira malparada — Mamoon se tornara o tipo de escritor de quem as pessoas perguntam: "Mas você sabe se ele ainda está vivo?" — era publicar uma biografia nova e "controversa", que estampasse na capa o biografado como um jovem irresistivelmente bonito e perigoso. A imagem marcante e memorável seria tão importante quanto as palavras: pense em Kafka, Greene, Beckett, escritores cujo ar taciturno nunca impediu que se fizessem fotos apelativas e melancólicas. Portanto esse era o livro que Harry ia escrever. A biografia seria um "acontecimento", um "grande impacto", acompanhada, é claro, por um documentário na televisão, entrevistas, uma turnê de leituras e a republicação dos livros de Mamoon em quarenta idiomas.

Por outro lado, prosseguiu Rob, o fato de o autor estar vivo podia inibir um biógrafo. Rob havia se encontrado com o homem uma dúzia de vezes; e dizia que Mamoon tinha a seu favor o fato de estar mais para Norman Mailer do que para E. M. Forster. Inibição, admitia Rob, era algo de que Harry não tinha nenhuma necessidade, no caso. Não combinaria com o tema da biografia.

Harry, por sua vez, achava que Rob estava mais para Norman Mailer do que Mamoon, o qual se mostrara contido e reservado na única vez em que Harry tinha estado com ele. Rob era um rebelde descabelado e de barba por fazer que em geral cheirava a álcool. Hoje, na verdade, ele chegara bêbado e, assim que entraram no trem, começou a beber cerveja — enquanto comia batatinhas fritas sem parar, as migalhas grudando em seu rosto e em suas roupas como flocos de caspa. Rob achava que escrever era uma forma de combate radical e a "graça salvadora" da humanidade. Para ele, o escritor tinha de ser o próprio demônio, um perturbador de sonhos e destruidor de utopias vãs, o portador da realidade e um rival de Deus em seu desejo de criar mundos.

Harry, muito sério, assentia com a cabeça para Rob, do outro lado da mesa, como sempre fazia; não queria deixar transparecer nenhum sinal de temor.

Se Harry se considerava uma pessoa cautelosa ou até mesmo conservadora, Rob parecia incentivar seus autores à combatividade, à dissipação e à "autenticidade", por medo, pensavam alguns, de que o ato e a arte de escrever, ou até de editar, parecesse algo "artístico", feminino, afrescalhado ou quem sabe gay. Deixando de lado Mamoon, Harry tinha ouvido inúmeras histórias sobre as tendências "sociopatas" de Rob. Ele não chegava ao escritório antes das cinco da tarde, embora ficasse lá a noite inteira, editando, telefonando e trabalhando, talvez dando um pulo no Soho. Tinha se casado não fazia muito tempo, mas parecia ter esquecido que casamento era um estado contínuo, e não um evento de uma noite só. Dormia em lugares diferentes, muitas vezes em condições desconfortáveis e com um livro sobre o rosto, ao mesmo tempo que parecia habitar uma zona temporal que se desintegrava e se expandia conforme a sua necessidade e não a do relógio, que ele julgava fascista. Se ficasse entediado com alguém, dava-lhe as costas, quando não um tapa. Cortava o texto de seus escritores de forma arbitrária, ou mudava o título, sem informá-los.

Não que Harry se importasse muito com as histórias de loucura, pois sabia que só os insanos alcançavam coisas importantes. Além do mais, a empresa editorial de Rob ganhara numerosos prêmios e Rob era poderoso, persuasivo e potente. Depois de ter almoçado e conversado com ele em festas durante cinco anos, Harry não podia dizer até agora que, pessoalmente, havia testemunhado muita devassidão. Rob figurava nas listas das pessoas mais modernas de Londres e tinha tanto de artista quanto um ousado produtor de cinema ou de música. Fazia as coisas acontecerem e assumia riscos; diziam que era "entrão". Harry jamais sonhara que Rob poderia convidá-lo para trabalhar com ele. Não só isso: Rob pagaria para Harry um adiantamento substancial por aquele livro. Se Harry pedisse dinheiro emprestado ao pai, poderia dar a entrada para a casinha que queria comprar com Alice, sua namorada, com quem estava fazia três anos e que tinha se mudado para o apartamento de solteiro dele. Os dois haviam conversado sobre filhos, embora Harry achasse que deviam se estabelecer melhor antes de tomar a decisão.

Fazia pelo menos um ano que, enquanto amadurecia, Harry vinha alimentando a ideia de que precisava ganhar bem. Essa não era sua prioridade máxima, que era ser sério, mas começava a perceber que a lista de realizações na vida talvez devesse incluir uma robusta soma de dinheiro no banco, um símbolo de seu status, de sua capacidade e de seus privilégios. Rob se propusera a ajudar nisso, alimentando o sonho de Harry. Estava na hora. "Eu sou seu Mefistófeles e agora o declaro oficialmente rock 'n' roll", disse Rob. "Virá o dia, é claro, em que você terá de me agradecer por isso. E me agradecer muito. Talvez você me dê um selinho com gratidão ou, quem sabe, um beijo de língua."

Quando o trem chegou mais perto do encontro, Rob instruiu Harry a escrever o livro "mais louco e irado" de que fosse capaz. Seria o gol de placa de Harry. Devia ir treinando seu autógrafo; ia ser festejado nos festivais literários na América do Sul, na Índia e na Itália, ia aparecer na televisão e dar palestras e conferências bem remuneradas sobre a natureza da verdade e a servidão do biógrafo a ela. Seria seu passaporte para a terra dos sonhos. Se você escreve um livro de sucesso, pode viver à luz dele por dez anos.

"Não vamos nos deixar levar pelo entusiasmo. Vai ser como andar sobre brasas." Rob engasgou com a cerveja. "O velho vai irritar você com sua teimosia e suas provocações. Quanto à esposa, você sabe como ela é simpática e divertida. Mas talvez você tenha de ir para a cama com ela, do contrário a mulher vai fazer você virar cinza como se fumasse um cigarro."

"Como assim? Por quê?"

"Em Roma, onde ela morava, e onde agarrou Mamoon, era conhecida como uma devoradora de homens que nunca deixava restos no prato. E você é um porco com faro muito afiado, quando se trata de farejar a trufa de uma mulher."

"Rob, por favor…"

O editor prosseguiu: "Escute bem: o Mamoon, essa velha raposa astuta e manhosa, pode parecer um porre para você, e de fato é o que todo mundo acha dele, inclusive a própria família". Inclinou-se mais para a frente e sussurrou: "Parece ser alguém que nunca proporcionou prazer com competência a uma mulher, alguém que nunca amou ninguém mais do que a si mesmo. Roubou muitos prazeres por aí. Foi um sacana sem tamanho, um adúltero, um mentiroso, um facínora e, talvez, um assassino".

"Isso é de conhecimento geral?"

"Você é que vai tornar tudo isso bem conhecido. Biografia radical: eis o seu trabalho."

"Entendo."

"Marion, a ex-amante dele, um busto de Bacon numa prancha, é amarga feito um câncer e anda cuspindo perdigotos de raiva até hoje. Mora nos Estados Unidos e não só vai falar com você, mas também vai voar na sua direção como um morcego radioativo. Programei sua visita — algumas pessoas me acusam de perfeccionista. Há também o fato de ele ter levado sua primeira esposa, Peggy, a perder o juízo. Tenho certeza de que ele embrulhou laranjas numa toalha e bateu nela até deixar a mulher mais azul e mais preta do que um queijo Stilton estragado."

"Ele fez isso mesmo?"

"Investigue. Insisti para que você tivesse acesso aos diários dele."

"E ele concordou?"

"Harry, o Grande Satã Literário agora está fraco e abobalhado feito um leão alvejado por um tranquilizante-monstro. Chegou a hora de ser capturado. E é do interesse dele cooperar. Quando ele ler o livro e vir que grande sacana ele é, já será tarde demais. Você terá descoberto coisas de que nem Mamoon desconfia. Ele vai virar carne de churrasco no espetinho da sua investigação. É assim que o público gosta de ver seus artistas — expostos, de calça arriada, de bunda para cima, cumprindo longas penas na prisão junto com assassinos em série e cagando na frente de pessoas estranhas. Isso ensina a eles a parar com essa história de imaginar que, por causa de seu talento, são pessoas melhores do que medíocres descerebrados, escravos assalariados e pagadores de impostos como nós."

Segundo Rob, os editores iam vender as partes "apetitosas" do livro para os jornais de domingo; o livro seria resenhado internacionalmente e haveria vendas excelentes em numerosos idiomas. E de novo, quando Mamoon morresse — "espero", disse Bob, que não era de perder nenhuma oportunidade, "que isso aconteça em cinco anos" —, o livro voltaria a vender, acrescido de um capítulo novo, botando para quebrar com os namoricos recentes do autor, sua doença final, a morte, os obituários, os filhos não reconhecidos e, é claro, as amantes que iam acorrer em bando ao velório e depois aos jornais, esmurrando o próprio peito, puxando o cabelo e preparando suas memórias, enquanto brigavam umas contra as outras.

O trem deslizava por cidades-cemitério e Harry viu seu corpo amotinado contra a ideia de se encontrar com Mamoon naquele dia; de fato, sentia medo de todo aquele projeto, sobretudo depois que Rob, passando a beber mais ainda, não parou de repetir que seria a "grande tacada" de Harry. Rob "acreditava" em Harry, mas teve a franqueza de declarar que Harry estava longe de cumprir seu potencial, um potencial que ele, Rob, havia reconhecido, contra uma oposição considerável. Com Rob, um beijo costumava ser seguido de uma bofetada.

"Eu venho amaciando o Mamoon para você, cara", acrescentou Rob, quando o trem se aproximou da estação.

"Amaciando como?"

"Contando para ele que você sabe das coisas e fica noites em claro lendo os livros mais densos do mundo. Hegel, Derrida, Musil, Milton... eh..."

"Você disse que eu entendo de Hegel?"

"Não é fácil vender você. Tive de começar do zero."

"Vamos supor que ele me pergunte a respeito da dialética de Hegel. E aí?"

"Você vai ter de oferecer uma visão geral para ele."

"E quanto ao meu primeiro livro? Você não enviou um exemplar para ele?"

"Acabei tendo de fazer isso, afinal. Mas o livro tinha seus *longueurs*, até sua mãe concordaria com isso. O velho lutou com unhas e dentes para vencer a introdução e teve de ficar de cama uma semana com o Suetônio para purificar o paladar. Portanto alcance esse novo patamar, cara, senão vai acabar se fodendo tanto que vai ter que ganhar a vida como professor universitário. Ou coisa pior..."

"Pior? O que pode ser pior do que um ex-aluno de escola politécnica?"

Rob fez uma pausa e lançou um olhar pela janela antes de transmitir as novidades. "Você teria de dar aula de escrita criativa."

"Por favor, não. Eu não seria capaz."

"Melhor ainda. Imagine ficar perdido para sempre numa floresta escura de primeiros romances inacabados que requerem sua atenção total." Rob juntou seus trapos e se levantou. "Vejo que chegamos à terra devastada! Olhe para fora — veja este pântano, povoado por beócios tatuados, gárgulas e espantalhos que cheiram cola. O horror, o horror! Está pronto para o começo do resto da sua vida?"

Dois

A bela casa de Mamoon, muito modificada nos últimos sete anos de casamento, ficava no fim de um caminho esburacado, cercado por uma região rural plana, da qual Mamoon tinha adquirido uma bela fatia que agora alugava para agricultores locais, que usavam a terra para produzir feno. Sua propriedade era rodeada por uma cerca eletrificada, a fim de impedir a entrada dos cervos. A casa original fora comprada na década de 1970, para Mamoon e sua jovem esposa Peggy, pelos pais dela. Peggy tinha morrido vinte anos antes, era uma alcoólatra furiosamente atormentada e, alguns anos depois, Liana, com quem Mamoon estava havia apenas poucos meses, adentrou impávida pela porta, trazendo suas malas.

Desde então, um pequeno anexo fora restaurado para servir de escritório a Mamoon. Outro celeiro degradado aparentemente abrigava seus livros fora de uso, exemplares de suas próprias obras em vários idiomas e um arquivo desorganizado, porém ninguém entrava ali já fazia algum tempo. Um "estúdio" onde Liana devia escrever, pintar ou desenhar foi mais ou menos construído para ela, mas continuava inacabado e ela o usava para dançar. Liana também projetava, junto com um arquiteto, uma ampliação adicional da casa destinada aos hóspedes. Em parte foi essa reforma, junto com todas as outras obras que ela havia promovido na casa propriamente dita, que quebrou as finanças de Mamoon, obrigando-o a dizer que, se as coisas não melhorassem, ele teria de trabalhar para ganhar a vida.

O próprio Mamoon, agora com setenta e poucos anos, estava de pé à espera deles na frente da casa, com Liana e Yin e Yang, dois jovens *spaniels* saltitantes que não paravam de latir. Homem bonito e ainda ostensivamente forte, de peito largo, barbicha de bode e olhos pretos, Mamoon tinha dimensões diminutas e vestia roupas inglesas rurais de tweed de tonalidades verde e marrom. Liana parecia envolta quase toda em roupas de pele, com rabos de bichos mortos pendendo na frente do peito.

O casal cumprimentou os visitantes de modo cordial, mas estava claro, como Rob sentiu ao sair do táxi e olhar com deferência para Mamoon, que o escritor não estava interessado nele: para satisfação de Harry, Mamoon dirigiu a Rob uma de suas famosas caretas.

Rob se afastou a fim de berrar com alguém ao telefone. Depois, enquanto Liana se retirava para ir cozinhar, Rob correu para o sofá da sala, puxou um tapete do chão e se cobriu com ele. "O ar fresco do campo sempre me deixa relaxado. Não deixe isso acontecer com você", disse, antes de capotar. "E trate de impressionar o homem."

Enquanto esperava por Mamoon, que tinha ido trocar de roupa, Harry contemplou Rob, um "entrão" na horizontal, e pensou com inveja que o editor era uma pessoa livre e original, alheia à pressão frustrante da realidade.

"Por favor, Harry, vamos entrar."

Harry demorou a responder, pois Mamoon apareceu na porta com trajes esportivos Adidas dos pés à cabeça. Acenando para o jovem, disse que ia lhe mostrar sua propriedade, dois poços e o rio na parte mais baixa do campo.

"Vamos caminhar juntos e conversar, pois ambos estamos interessados no mesmo assunto."

"Que assunto, senhor?"

"Eu."

Harry tinha ouvido dizer que, com seu sarcasmo, superioridade, meticulosidade e insistência argumentativa, Mamoon havia feito chorar homens duros e sobretudo — era seu forte — numerosas mulheres instruídas e de bom coração. Porém, enquanto saíam da casa e atravessavam o jardim, Mamoon não falou nada sobre a biografia, não fez piadas nem comentários cortantes. Harry havia conhecido Mamoon e Liana três semanas antes, num almoço organizado por Rob. A conversa, na ocasião, foi leve e maledicente; Mamoon se mostrou gentil e simpático e beijou a mão da esposa. Harry imaginava que aquele encontro no campo seria o momento para uma conversa mais séria. Ele já parecia ter sido oficialmente contratado para o trabalho. Ou não? Como poderia descobrir?

Olharam as flores, os legumes, os poços e a piscina fechada e de aspecto imundo. Então Mamoon se voltou para Harry e explicou que precisava se exercitar. Revelou-se que, entre outras coisas, Rob dissera a Mamoon que Harry era um intelectual com uma belíssima voz e que também tinha sido campeão de tênis quando garoto. Infelizmente o réprobo que agora roncava e grunhia estirado no sofá não havia se dado ao trabalho de informar Harry de que jogar tênis com Mamoon fazia parte do trato e que ele seria brindado com um dos velhos calções de Mamoon e rebateria bolas para ele na quadra adjacente ao jardim.

Naquela tarde, enquanto Mamoon bufava e claudicava, e Harry o ajudava a corrigir a empunhadura do seu backhand e até esculpia o corpo de Mamoon segundo a posição de seu próprio corpo quando treinavam seu saque, Harry viu-se em pânico, com medo de que Mamoon tombasse morto no meio da quadra de tênis, assassinado prematuramente pelo homem enviado ali para embalsamá-lo com palavras.

A sessão de tênis alegrou Mamoon. Vendo claramente que a presença de Harry não seria de todo ruim, fechou o punho, socou a palma da outra mão e disse: "Você tem todo o jeito de um cavalheiro inglês jogador de críquete. Você não jogou no time de Cambridge?".

"Joguei."

"E você não é ruim no tênis. Até me pôs à prova. Gosto disso. Preciso disso. Enquanto você estiver escrevendo sobre mim, poderemos ser competidores. Isso vai melhorar nosso desempenho. Vamos progredir juntos, lado a lado. Certo?"

Mamoon foi tomar banho; Liana levou Harry para o jardim, sentou-o num banco e deu umas palmadinhas no joelho dele. Enquanto isso, uma mocinha de olhos escuros, cabelo preto amarrado para trás e blusa branca bem justa atravessava o infinito gramado com passinhos silenciosos, trazendo uma bandeja com chá e biscoitos. Quando a garota afinal chegou, depois de um intervalo que pareceu durar quarenta minutos, e começou a servir o chá — as coisas no campo davam a impressão de acontecer em câmera lenta; o fluxo do chá parecia petrificado entre o bule e a xícara —, Liana examinou Harry com um misto de severidade e compaixão e apontou para os arredores.

"Qual sua impressão?"

Harry suspirou. "A paz, o silêncio, a distância. Este lugar é o paraíso. Talvez um dia eu viva assim, quando for mais velho."

"Só se você trabalhar muito. Agora posso revelar a verdade, meu jovem. Meu marido aprova você. Enquanto trocava de roupa, ele me cochichou que você parece um dos poucos ingleses dignos e inteligentes que sobraram nesta ilha. 'Como conseguiram arranjar alguém tão digno?', disse ele. Mas, Harry, é *minha* tarefa perguntar a você o que pretende fazer com o homem que amo, admiro e cultuo."

Harry respondeu: "Ele é um dos maiores escritores do nosso tempo. De todos os tempos, melhor dizendo. Suas ficções são notáveis, mas ele conheceu, e descreveu como ninguém, alguns dos homens mais poderosos e violentos do mundo. Desejo oferecer um relato verdadeiro de sua vida fascinante".

"Como vai poder contar tudo isso?"

Rob tinha advertido Harry de que nada poderia dar errado se ele mencionasse "os fatos". Ninguém podia chiar contra "os fatos" — eles eram incontestáveis, como um soco na cara.

"Os fatos…"

Entretanto, Liana o interrompeu. "Devo lhe dizer que não vai ser fácil, mas Mamoon é misericordioso e sensato. Você vai escrever um livro gentil, lembrando que tudo que ele possui, além de mim, é sua reputação. Qualquer um que manche isso sofrerá para sempre com pesadelos e furúnculos. A propósito, você usa drogas?" Harry negou com a cabeça. "É promíscuo?"

Harry balançou a cabeça de novo. "Estou quase noivo", disse.

"De uma mulher?"

"Sem dúvida. É assistente de um desenhista de moda."

"Você não tem ficha criminal?"

"Não."

"Meu Deus, com você, estamos conseguindo tudo de uma vez só!"

Harry estava ficando tonto; Liana o fitava com admiração, a ponto de ele se sentir incomodado e resolver tomar um gole do chá.

"Como está o chá, senhor?", perguntou a garota, ainda de pé, ali. "O senhor gosta de Earl Grey? Se é o seu predileto e se o senhor vai ficar aqui, providenciarei cem sachês de chá."

"Obrigado, eu gosto, sim."
"Um biscoitinho integral?"
"Não, obrigado."
"Bolinho Jaffa?"
"Não, obrigado."
"Não será melhor entrarmos para comer de modo mais apropriado?", perguntou Liana.
Rob perdeu o almoço e acordou quando o táxi chegou.
"Vejo", disse Liana, quando ela e Mamoon estavam no jardim, lado a lado, abraçados um ao outro, despedindo-se de Rob e Harry, "que vai ser muito divertido ter você aqui e que vamos nos dar muito bem como a Equipe Mamoon. Você será muito bem-vindo aqui na Casa da Esperança! Já sinto que você será como um filho querido para nós."
"Eles são tão felizes juntos", disse Rob, enquanto o táxi se afastava. "Dá vontade de vomitar. Harry, não vá direto para casa. Não estou tão casado como antes. Vamos dar umas bandas e rosetar por aí, que tal?"
"Não, por favor..."
"Estou com a corda toda, amigo."
Naquela noite, como ele pensava que seria a última vez que Harry veria a civilização por alguns meses, Rob fez questão de levá-lo junto com Alice a um lugar chique em Mayfair, frequentado por banqueiros, gângsteres e prostitutas russas. Começaram com vodca, ostras e camarões-tigre gigantes, mas, como acontecia em todas as refeições demoradas de Rob, levou muito tempo até conseguirem chegar ao acampamento-base do primeiro prato. Horas depois, cambaleando para fora do restaurante, voltando à vasta cidade silenciosa e com a sensação de que havia engolido a cabeça de alguém, Harry disse: "Quem poderia imaginar que o sistema financeiro estaria tão decadente?".
Rob abraçou Harry e disse: "Meu amigo, não ligue para

isso... Vejo dificuldades em seu caminho. Esse projeto pode ser um pesadelo, mas nunca se esqueça de que é uma sorte você poder explorar um assunto importante como esse. Agora seu trabalho de verdade vai começar". Lançando-se sobre a flexível Alice, quase a derrubando de seus saltos altos e segurando a moça com força desnecessária, Rob disse: "Não se preocupe, coisa divina. O amor da sua vida vai triunfar. No fim, você vai admirá-lo mais ainda".

"Você é um homem esperto, Rob", disse ela. "Mas não me convenceu." Ela já havia sublinhado que Harry, embora passado dos trinta, ainda era um menino ingênuo; Mamoon era capaz de devorar viva a alma dele, deixando-o humilhado e vazio. "Sem dúvida, isso pode deixar sequelas permanentes nele em termos psicológicos. Você não disse que a esposa de Mamoon chegou a chamar Harry de filho? Que tipo de mulher diria isso a um desconhecido?"

Rob deu uma risadinha e disse que manteria tudo sob controle. Havia dedicado a vida a escritores problemáticos — eram sempre os mais talentosos — e tudo o que Harry tinha a fazer era telefonar para ele. No fundo, Mamoon era um homem solitário, mas incapaz de admitir isso. A companhia de Harry seria mais do que bem-vinda para ele; Mamoon adorava conversar sobre literatura e ideias. Seria educativo para Harry. Sairia de lá envolto em uma nova sofisticação.

No táxi, Alice passou o braço em volta de Harry e beijou-o na lateral da cabeça. "Conheço você muito bem, está se sentindo culpado, simplificando tudo, pondo ênfase aqui e ali, conforme seu interesse. Ou conforme o interesse de Rob, melhor dizendo, por quem você está se sentindo ameaçado."

"Estou?"

"Não vê como você dá ouvidos a todo o palavrório desmiolado e salivante desse sujeito? Chega até a fazer que sim com a cabeça feito um cachorrinho quando ele para de falar. Tem certeza de que vai ter de escrever coisas sobre Mamoon de que ele não vai gostar?"

"Espero que sim. Eu disse para Rob que vai ser o *meu* livro. Ele concordou. Me chamou de artista."

"Quando?"

"Pouco antes de baixar a cabeça sobre a mesa e dormir."

"E se Mamoon e a esposa se vingarem de você? Rob me falou no jantar que os dois velhotes são capazes de ataques de raiva insanos. Li que ela jogou um computador na cabeça de um jornalista que perguntou a Mamoon se ele tinha se vendido para se tornar um pseudogentleman."

"O Império Britânico não ganhou com essa atitude. Alice, você não está me apoiando? O que quer que eu faça?"

"De verdade? Eu gostaria que você fosse professor numa escola comum."

"E nós iríamos morar numa confortável casinha geminada de subúrbio?"

"Por que não?"

"Você não sobreviveria cinco minutos com esse dinheiro."

"Seríamos pessoas diferentes, com menos sapatos."

Ele disse: "Meu amor, você sabe muito bem que eu preciso subir na vida. Até meu pai disse que ainda pareço um estudante. Na minha família, ser um homem é sempre uma boa ideia."

"E o que isso significa de verdade, Harry?"

"Ser uma companhia divertida e articulada. Jogar para ganhar, ter sucesso no mundo, ficar por cima. Esse livro é minha dívida com meu pai. Além do mais, Rob vai cuidar de mim. Ele recomendou esperteza e silêncio e ainda tem outros conselhos escondidos na manga."

Ela virou para o outro lado. "Você não liga para o que eu falo."

"Escute. Aconteceu uma coisa importante no trem. Rob jogou o contrato na mesa e fez questão que eu assinasse."

"E você assinou?"

"Foi meu momento de decisão. Agora estou entusiasmado. Você vai me visitar lá no campo, por favor? Tenho certeza de que eles não vão se opor. Vão adorar você como eu adoro, tenho certeza."

"Acho que não vou."

"Por que não?"

"É intimidador demais. Não vou ter a menor ideia do que falar, se ele me perguntar sobre o efeito de longo prazo da revolução iraniana. Vou cuidar da minha vida aqui em Londres. Quero aprender a desenhar."

"Ah, Alice", disse ele. "Por favor."

"Não me pressione. Preciso de espaço", disse ela, beijando-o outra vez. "Vamos ver o que acontece. Tenho a sensação de que você vai voltar para casa e para mim em pouco tempo."

Três

Uma semana depois, Harry se mudou para um quarto no primeiro andar na parte da frente da casa de Mamoon e Liana.

Na noite do último jantar de Harry em Mayfair, um Rob gorgolejante e de porre havia citado uma frase do livro *Uncle Dynamite*, de Plum Wodehouse: "O mais inabalável dos homens estremece diante da possibilidade de ver rompido o véu de seu passado, a menos que tal passado seja de uma pureza excepcional". Não que Harry pudesse ser dissuadido. Havia se preparado de antemão para rasgar o véu, relendo Mamoon, indo à academia de ginástica para se exercitar orientado por uma professora de cabelo pintado de laranja e espertamente pedindo conselhos ao pai, um psiquiatra, sobre o confronto que teria pela frente. Em primeiro lugar na sua lista de imperativos, estava a informação de Rob de que Harry deveria se aproximar sorrateiramente, pelas beiradas, seduzindo e amolecendo Liana, a guardiã dos portões, até deixá-la de joelhos à sua frente, com a chave para chegar a Mamoon sobre uma almofada de veludo.

"Vai com tudo, cara, como já foi dito antes. Dá todo o gás.

Como você já fez de maneira tão fecunda com a minha lacrimosa assistente Lotte, que hoje se encontra sob um regime de três sessões semanais de terapia, a pobrezinha", prosseguiu Rob. "Você vai achar a mulher meio perturbada, a esposa, no entanto ela deu um duro danado para encontrar a pessoa certa para emoldurar o marido, aporrinhando tudo quanto é agente e editor em Londres. Eu a levei até você."

"O que foi que decidiu a questão?"

"O que você acha?"

"Acho que foi meu potencial e meu estilo de escrita. Provavelmente, meu intelecto."

Rob disse: "As duas primeiras escolhas dela foram descartadas antes mesmo de se encontrarem com Mamoon. Um, ele chamou de 'amador'".

"E o outro?"

"De 'excremento'. Você era o mais barato entre os decentes e disponíveis e, do ponto de vista de Liana, provavelmente o mais ingênuo. Ela acha que pode intimidar você e levá-lo a redigir uma hagiografia."

"Ah."

"Vamos deixar que ela acredite nisso, meu velho, antes de jogá-los para o buraco, para o fundo de Chinatown. Vai ser um jogo demorado de intriga e dissimulação. Lembre-se, a vaidade dele será uma força tremenda. Faça disso a sua alavanca e use-a contra ele."

Durante os primeiros dias, depois do café da manhã e quando Mamoon já havia se encaminhado, de olhos voltados para o chão, ao seu escritório, do outro lado do jardim, Harry sentou-se na cozinha com Liana e, adotando sua expressão de terapeuta, tratou logo de indagar acerca do ódio de Liana pela irmã, suas crenças espirituais, por que os homens sempre a adoraram, por que ela preferia o chá ao café à tarde, o temperamento de seus vários cachorros e gatos, bem como de seu parapsicólogo, e tratou também de especular, junto com a interlocutora, se ela ia descartar a ioga e passar a fazer pilates. No entanto, a principal preocupação deles era se Liana conseguiria perder dois quilos e meio de nádegas. Em Londres, disse ela, todas as mulheres eram anoréxicas e, no campo, eram todas obesas.

Harry ficou sabendo que a mãe de Liana tinha sido professora de inglês e especialista em Ariosto e Tasso e que sua avó tinha escrito para De Sica e Visconti. Mas quando ela trouxe uma caixa e começou a lhe mostrar fotografias dela quando criança — "essa menininha aqui continua viva dentro de mim, Harry, e quer ser amada" —, ele percebeu que seu rosto enfático tinha funcionado muito bem. De algum modo, havia convencido Liana de que, além de empreender pesquisas para escrever um livro sobre seu marido, o qual incluiria boa dose de material a respeito dela, Harry também era um homem do tipo pau pra toda obra. "Por favor, querido, um rapaz louro, alto e tão forte assim como você e com, puxa vida, pernas tão grossas e braços tão bonitos, poderia fazer a gentileza de me acompanhar ao supermercado só cinco minutinhos? Do contrário não vamos ter o que comer nem beber esta noite."

Ele tinha de carregar sacolas para o carro e depois para dentro de casa. Seu trabalho também passou a ser arrastar caixas de livros pela casa, ir buscar lenha para a lareira no celeiro, pôr veneno para ratazanas nos cantos, acender a lareira da biblioteca e retirar camundongos semidevorados da entrada da casa, bem como numerosas outras lides domésticas que as duas mulheres da vila, que vinham trabalhar cinco manhãs por semana — às vezes acompanhadas pela filha de uma delas, que se movia muito devagar —, não tinham tempo ou força para executar. Como não estava hospedado num hotel, Harry, incentivado por Alice, sabia que precisava dar uma força aqui e ali e "se enturmar".

A ofensiva de sedução terapêutica de Harry, somada ao fato de Liana ter muito pouca companhia, fez dela uma mulher indecentemente grudenta. A coisa mais sensata para ele fazer, deduziu depois de alguns dias — enquanto organizava o material que teria de examinar em seguida —, era tomar o café da manhã às seis e meia. Depois, daria uma escapada para "pesquisar", antes de se encontrar com o casal vestido com seus *robes de chambre* e ouvir as reclamações de Mamoon sobre os ovos, a temperatura das torradas, o fardo fatal de ser escritor e não ter mais nada para dizer, e só ter pela frente cegueira, impotência, incontinência, críticas ruins, morte e obscuridade.

Depois do café da manhã, Liana se ocupava de orientar e atormentar os empregados, inclusive as duas pessoas que vinham cuidar do jardim, o que dava a Harry a oportunidade de escapulir para o celeiro, do qual Liana lhe dera a chave, dizendo: "Aqui está, *tesoro*, agora vá, descubra Mamoon".

Ao empurrar a porta rangente, percebeu que já fazia um bom tempo que o lugar não era aberto e que se encontrava num estado de semirruína. Espalhados em volta estavam livros que ninguém queria, casacos descartados, móveis quebrados, excrementos de ratos e de pássaros, uma mesa de bilhar, caixas cheias de rascunhos de romances e algo bem mais valioso, os diários de Peggy, a primeira mulher de Mamoon, dentro de um caixote de madeira. Com cuidado, Harry pegou os cadernos e esfregou-os com um pano. Em seguida, limpou uma mesa, achou uma cadeira que não estava quebrada, ajeitou uma luminária e mergulhou na leitura.

Mamoon vivera muito tempo e escrevera muito: peças e adaptações de clássicos montados no Terceiro Mundo, ensaios, romances, alguma poesia. O trabalho de Harry ia ser enorme e sua fonte mais importante era o próprio Mamoon. Harry pretendia fazer entrevistas sérias e minuciosas com ele. Ouviria tudo de primeira mão; o ponto de vista de Mamoon seria a grande tacada do livro. No entanto, quando Harry se aproximou de seu tema e abriu a boca para lhe perguntar se poderia lhe ceder alguns minutos para responder umas poucas perguntas, longe de se mostrar cooperativo, Mamoon passou direto, correndo, como se ele fosse o repórter de um jornal de escândalos. Na quarta manhã, depois do café, quando Harry calculou que Mamoon atravessaria o jardim rumo a seu escritório, a cinquenta metros dali, tratou de se pôr de tocaia atrás de uma árvore e ali esperou, fumando. Ao avistar sua presa, Harry saltou de repente. "Senhor, senhor...", começou.

Mamoon baixou a cabeça, abriu os braços num gesto brusco e seguiu adiante, em disparada.

Liana veio correndo da cozinha. "O que você acha que está fazendo? Nunca se aproxime de Mamoon quando ele estiver concentrado."

"Mas quando ele vai falar comigo?"

"O compromisso dele com você é muito sério."

"Tem certeza?"

"Eu ainda preciso conversar com ele um pouco mais. Ele tem que ser amaciado."

"Você vai fazer isso?"

"Acredite em mim, meu querido menino. Vou levar você até lá. Vamos alcançar a medula dele."

Enquanto esperava a hora de chegar à medula de Mamoon, Harry pelo menos ficou satisfeito de ver que a fonte mais precisa de informações sobre os primeiros anos de Mamoon como escritor eram os diários escritos por Peggy desde o início do relacionamento deles. Harry tinha onze volumes empilhados na sua frente, numa letra tão espremida que precisava contrair as pálpebras diante de uma lente de aumento e usar uma régua para desbravar a caligrafia. Além disso, os volumes eram lindos: Peggy usara tintas de várias cores e escrevera em diversas direções nas páginas. Entre as folhas, havia flores, bilhetes de Mamoon, um desenho do contorno da mão dele, recortes de jornais, fotos Polaroid dos gatos dela, listas, cartões-postais dos amigos. Como Harry concordara em não retirar nem copiar os diários, que em breve seriam enviados para os Estados Unidos, precisava se apressar para estudar o material, tomando notas durante o trabalho.

Já havia começado a pensar no relacionamento do jovem casal sob a forma de capítulos: o imaturo indiano ganhador de uma bolsa de estudos, vindo de Cambridge para morar em Londres; o escritor em gestação que também trabalha como jornalista; o escritor que começa a ganhar renome com um romance divertido e bem comentado sobre o próprio pai e os amigos pilantras do velho, jogadores de pôquer; ele e Peggy se casam e viajam; ele e Peggy passam a morar na casa, onde Mamoon começa a escrever os longos romances familiares passados na Índia colonial que o tornariam um escritor lembrado, bem como ensaios contundentes sobre o poder e o império, junto com vastos perfis e entrevistas com ditadores e loucos do Terceiro Mundo, criados com a falência do colonialismo.

No fim da manhã, Liana trouxe um café para Harry, junto com meia baguete e algumas sardinhas. Mulher de Roma, que tinha vivido um tempo na Índia com Mamoon, Liana usava xales coloridos, braceletes reluzentes e anéis pesados, além de botas de cano alto de várias cores, para pisar à vontade no meio da lama e da chuva, o que, pelo que Harry estava aprendendo, era o que as pessoas que moravam no campo pareciam fazer boa parte do tempo. Os sobretudos de Liana — muitas vezes de pele, e elegantemente borrifados de lama, o que criava um efeito Jackson Pollock — pareciam caros.

"Como vai a querida Peggy com sua choradeira interminável?", Liana perguntou a Harry, dando uma palmadinha na pilha de diários e sentando-se bem ao lado dele. "Ela está de porre outra vez?"

Harry, que vinha de uma família de professores universitários, tinha muita capacidade de trabalho e era capaz de suportar um vasto fardo de tédio inevitável. Mas estava achando os diários não apenas perturbadores como também monótonos, sobretudo as últimas páginas, nas quais Peggy se deleitava em descrever seus numerosos sintomas: enxaquecas de rachar o cérebro, dores de estômago, medo do câncer, e muitos arrependimentos. Houve um aborto; ela permitira que Mamoon a maltratasse. Ela se afastara; não havia insistido o bastante; havia se mostrado fraca diante de um homem forte. Tinha sido masoquista, até. Seu transtorno obsessivo compulsivo, seu desejo de cortar os pulsos etc. se entrelaçavam com: "Amo minha solidão, mas tenho medo de enlouquecer. Adoro ler, mas não é o suficiente. Aqui no campo, no inverno, quando às três da tarde já está escuro, em mim as coisas também podem ficar bem escuras. Bebo, desmaio e acordo no chão, em cima de meu próprio vômito. Se Mamoon me visse ficaria chocado. Mas ele sumiu, numa turnê para divulgar um livro, onde só encontra puxa-sacos e vadias, como ele mesmo diz. Agora está dormindo com uma dessas mulheres — Marion — em outro continente. Com delicadeza, ele me comunicou que ela é a primeira mulher que sabe como satisfazer de verdade seu apetite renovado. Eu jamais consegui isso, ao que parece. Ele adora o corpo macio dela, sua boca em seu pau e também, já que a palavra 'não' está em desacordo com ele, a maneira como ela está pronta para servi-lo toda vez que a deseja".

"Você não leu os diários?", Harry perguntou a Liana, enquanto ela olhava para uma fotografia de Mamoon que ele havia encontrado.

"Quem dera eu tivesse conhecido Mamoon naquela época", disse Liana. "Eu poderia ter salvado Mamoon. Mas, *grazie a Dio*, por que eu iria ler os diários?"

Liana parecia Mamoon falando, no entanto ele não lembrava Liana. Com seu inglês de inflexão indiana junto com um sotaque italiano, Liana tinha uma voz alta e abrupta, como o vento agitando cabelos, sobretudo quando se sentia ofendida, e quase sempre ela se ofendia com alguma coisa. Até seus e-mails eram aos berros.

"Curiosidade?", sugeriu ele.

"Aqui eu estou vivendo um sonho."

Antes de Mamoon, ela tivera dois abortos, um casamento cruel e um divórcio. Sozinha num pequeno apartamento em Roma, perto do rio Tibre, a dez minutos da Piazza del Popolo, ela ia a discotecas, adorava beber, fazia amor quando podia...

"Com quem?", perguntou Harry, tomando nota.

Liana segurou o braço dele e, num sussurro, contou que adorava todas as formas de expressão sexual. Mas enfeitar-se e dançar podia levá-la a inflamar a cidade inteira com amor erótico. Naquela época, ela apreciava homens mais jovens.

"De que idade?"

"Beirando os trinta, *tesoro*. Nessa idade, ainda sabem se divertir, e têm corpos adoráveis, e ainda firmes. Suas mentes são quase adultas."

À noite, ela sentava junto à janela, lia Turguêniev e pensava o quanto estava farta de paixões sérias. Então um dia, por acaso, o artista teve a generosidade de entrar na pequena livraria inglesa da qual ela era gerente e circular por ali. Ela o reconheceu de imediato e ficou em êxtase. Seus livros eram a verdade para ela e ele, o destino dela. Apesar de tímida e de ter o cabelo igual à teia de uma bruxa, Liana não conseguiu fazer outra coisa senão pedir seu autógrafo, pedir que ele tocasse o livro dela com suas mãos de verdade — aquelas que empunhavam a caneta do gênio. Ele escreveu para ela seu número de telefone.

Na segunda vez em que se viram, enquanto caminhavam

sob o sol no lugar predileto dele, o jardim da Villa Borghese, ela lhe comunicou que havia se apaixonado por seu poder criativo primal. Ele se sentiu aliviado. Estava com sede. Levou-a para jantar. Ela vestiu sua saia azul de renda. Nunca ficara com um homem de pele escura. Fizeram amor com os olhos. Ele representou bem seu papel de homem e convidou-a para a sua cama. Embora ele fosse um pouco mais velho do que os homens a que estava acostumada, o que mais poderia ela fazer senão se abrir para ele? Ela ficou contente por ele não ser apenas bom de conversa, como alguns homens inteligentes. Na sua experiência, os intelectuais não eram suficientemente devotados ao sexo, tinham ereções fracas e insípidas, e até o sêmen deles era ralo. Mas Mamoon a despiu lentamente, sabia como olhar para o corpo dela e deixou-a mostrar-se a ele; sabia o que dizer a uma mulher. Beijou, acariciou seus pés e a possuiu pelo menos três vezes.

De manhã, ele beijou sua boca de café. Disse que adorava aquele gosto, o gosto de café forte e amargo. Desde então, ela tivera a felicidade de ficar nos braços dele.

"Deus não me deu filhos, Harry, mas me deu Mamoon, quando eu achava que talvez já fosse tarde demais! Durante um tempo, eu chegava a gozar só de pensar nele. Não podemos jogar Peggy e seus diários no lixo e viver a vida dos vivos? Sou a esposa de Tolstói: aqui é como dirigir uma fazenda!"

"Mamoon leu os diários?"

"Por quê? São tão chocantes assim?", perguntou ela. "Ele desperdiçou a vida tomando conta daquela pobre mulher, que se matou justamente para magoá-lo. Por que ele iria querer perder mais tempo ainda com uma criatura tão mimada e rabugenta?"

"Em entrevistas, ele admite que os dois trabalharam juntos nos manuscritos dele. Ela era a única pessoa que não tinha medo de fazer alterações no texto."

"Está vendo como ele é generoso? Elogia a mulher, quando nós sabemos qual é a verdade — que obviamente era tudo fruto do trabalho dele!"

Harry disse: "Talvez ela fosse como o George Martin para os Beatles: impossível de subtrair da obra".

"Por favor, pare com essas digressões idiotas. Você sabe que precisamos dar um novo gás na carreira dele. E já lhe digo uma coisa: para ajudar ainda mais na parte financeira, vou escrever meu próprio livro. Se eu lhe mostrar uns trechos, você pode me dar alguns conselhos."

"Eu gostaria muito. Mas, Liana, se vou fazer um retrato dele em vida, aqui e agora, preciso conversar com Mamoon. Se não for assim, acho que vou fazer as malas e voltar para casa no fim de semana."

"*Acha*... esta noite, então", disse ela.

Eles teriam um jantar adequado, e Harry jantaria com eles.

Às sete e meia, uma campainha tocou no térreo. Harry parou de trabalhar. Notou que Liana gostava que a mesa redonda de jantar, junto à janela, fosse devidamente provida de guardanapos muito bem dobrados, talheres reluzentes, velas acesas, o melhor champanhe e o melhor vinho. Ela vestia jeans e suéter de gola em V, e Mamoon uma camisa nova. Quando Harry entrou na sala, Liana lançou um olhar desaprovador para sua camiseta velha, a qual ele garantiu a si mesmo jamais voltar a usar, talvez até a incinerasse. A governanta, Ruth, que tinha braços cheios de veias, boca cinzenta e amarga e vestia roupa preta sob um avental branco, serviu-os em silêncio. A irmã dela era a cozinheira.

Harry soubera por intermédio de Rob que, sendo apenas uma amante de literatura, Liana nutria ilusões a respeito da estatura de Mamoon como escritor e de sua fortuna, e tinha pouca noção do que era de fato a vida de um escritor profissional. Ficara chocada ao saber da receita modesta que seus livros geravam na realidade. Uma reputação pequena, mas respeitável, não se traduzia em dinheiro. Os contadores dela haviam explicado que, a menos que a situação mudasse para melhor, o casal, no futuro próximo, teria de vender a casa e todo o terreno e se mudar para uma residência menor. "Talvez descer pro patamar mais baixo de toda a escala, Harry, quem sabe até para um bangalô!"

Ficou claro que Liana havia se convencido de que a solução para aquilo era Mamoon se tornar uma "marca", como ela dizia. Harry ficou agradavelmente surpreso ao saber que Mamoon, que pouco falou ao jantar e parecia ter estacionado sua mente em algum lugar mais aprazível e com uma vista melhor, não estava seguro do que ser uma marca acarretava.

"Marca, você disse, querida *habibi*? Será que eu vou ter de ser como o ketchup Heinz ou uma caneta Mont Blanc?"

"Não, ketchup não, uma marca assim como Picasso", disse ela. "Ou Roald Dahl. Uma multidão de gente entra e sai daquele pardieiro deplorável de cinco em cinco minutos, e ainda paga os olhos da cara." Quando Mamoon fez ver que Dahl tinha morrido havia muitos anos, Liana respondeu: "Isso não tem a menor importância — ele está vivo na mente das pessoas. Temos de vender você melhor ainda, porque está mais vivo do que ele". Assentiu com a cabeça para Harry. "Essa biografia vai ser um bom começo. Gostamos muito do nosso encantador Harry, não é?"

"O rapaz tem uma direita poderosa."

"Mamoon, preciso lembrá-lo mil vezes de que você ainda não foi remunerado por seu gênio de forma condigna. Faço reuniões com nossos contadores e posso lhe garantir que eles podem até não ter lido seus livros, mas viram os números de seus extratos bancários e suspiraram." Pegou a mão de Mamoon, beijou-a e esfregou-a no próprio pescoço. "Querido, um ensaio sobre Tagore não dá para pagar o conserto da Jacuzzi."

Mamoon puxou a mão e inclinou-se para a frente: "E nós temos uma Jacuzzi?".

Pelo menos Liana estava tentando vender os direitos dos livros do marido para o cinema, usar os contatos de Mamoon para produzir um programa de culinária para ela mesma apresentar; e ainda persuadi-lo a dar palestras lucrativas em turnês pelos Estados Unidos. Liana também tinha planos para "assinar", como dizia, um romance sobre uma linda mulher italiana que se apaixona por um gênio. Harry foi informado de que iria ajudá-la nessa tarefa. Assim como ninguém projetava a própria casa hoje em dia, quem mais senão o antiquado Mamoon se dava ao trabalho de escrever seus próprios romances? Será que Harry poderia ler o que ela havia feito até aquele momento e dar algumas sugestões?

Harry se levantou e foi para o jardim fumar. Liana o seguiu, dizendo: "Por que você fez aquela cara desagradável na minha casa? Mamoon vive num mundo de sonho! Se eu não protegê-lo, ele desmorona. Não esqueça que você está aqui para mostrar ao mundo o que é um artista".

"É o que estou tentando fazer."

"Sabe, Harry, estou um pouco cansada de ver você fuçando e ouvindo aqui e ali e aparecendo de repente com uma pergunta maliciosa sobre o que aconteceu sei lá quando e por quê. Deixe que *eu* te faça uma pergunta. Quantos quartos havia na casa onde você foi criado?" Quando ele hesitou, ela prosseguiu. "Pronto, aí está. Você não consegue lembrar. Cinco? Seis?"

"Era uma casa construída pelo arquiteto Norman Shaw, em Bedford Park, em Chiswick, na zona oeste de Londres. Estava um pouco deteriorada. Papai vendeu quando fui para Cambridge. Uma besteira, na verdade, pois hoje em dia aquelas construções valem milhões e são residências de astros do cinema."

"Mas seu pai era cirurgião."

"Era médico e se tornou psiquiatra, primeiro trabalhou num hospício e depois num hospital."

"*Salaud*... deixe pra lá! Mamoon e eu tivemos de trabalhar como cães para alcançarmos tudo o que temos, ao passo que você foi criado no meio do um por cento da população mundial que está no topo. Em outra época, Harry, você teria se tornado um político, um diplomata, um economista ou um banqueiro. O que foi que deu errado?"

"Deu tudo certo. Fomos criados para nos sentirmos à vontade na companhia de loucos. Papai convidava seus ex-pacientes para irem à nossa casa. Alguns ficavam hospedados conosco. Papai nos incentivava a segui-los em suas loucuras, que ele chamava de suas histórias, a narrativa que os mantinha coesos. A loucura deles na verdade era a sua escrita."

"E o que isso tem a ver com o meu marido?", perguntou Liana.

Houve uma época, explicou Harry, enquanto a esquerda praguejava contra o imperialismo e a influência americana, muitas vezes apoiando fascistas do Terceiro Mundo, em que Mamoon entrevistou e escreveu sobre políticos poderosos, ditadores barbados e assassinos em massa, que às vezes tinham decapitado eles mesmos seus inimigos naquela manhã — homens que escreviam seus "romances" com o sangue do povo. Mamoon entendia que aquilo era uma forma de contar uma história, a criação da história por meio da escrita. Sua voz era fria, nunca crítica, mas moralmente firme. Ele compreendia a necessidade de ditadores, profetas e reis, e nosso amor por eles. "E, de todo modo, Liana", prosseguiu Harry, "já que estamos conversando sobre a minha família, minha mãe, falecida há muitos anos, foi dona de uma livraria durante algum tempo."

"Ah, pobrezinho. Sente falta dela?"

"Todo dia."

"Fala com ela?"

"Sim. Como sabe disso?"

Ela encolheu os ombros. "Os morros são um rádio. Há vozes por todo lado. Esta casa é um ouvido. Ouviu Mamoon falando à noite?"

"Não, ainda não."

"Pois acho que vai ouvir."

"Já seria melhor do que nada", disse ele.

Quatro

Harry estava à espera de uma brecha. Ia acontecer, ele sabia. Precisava ser paciente. Enquanto isso, na semana seguinte, estabeleceu a rotina de que necessitava: ler diários, cartas e papéis no celeiro até uma da tarde, quando Liana o chamaria para o almoço. Então um dia ele viu Mamoon com um moletom de ginástica, caminhando para o jardim com seus pesos. Harry se deu conta de que cometeria um erro se acreditasse por um só instante que a vaidade de Mamoon, ou seu espírito competitivo, havia declinado com a idade. No meio da tarde, depois de ter ocorrido a Harry convidar Mamoon para se alongar, dar uma corridinha, exercitar-se um pouco e fazer um relaxamento com ele, entendeu que isso seria uma oportunidade para ganhar a confiança do velho. Mamoon adorava usar os mais variados trajes esportivos, era um aficionado do *kickboxing* e aprendera alguns movimentos de capoeira. "Se, ou melhor, quando tudo o mais der errado", bufou Mamoon, "você pelo menos vai poder ser meu *personal trainer*."

No início da noite, Harry conversava com Liana e a ajudava a fazer o jantar antes de redigir suas anotações. Mais tarde, quando já não conseguia se concentrar, se tornava inquieto. Às vezes ia comer sozinho num restaurante da região, com um livro à sua frente. Se estivesse com sorte, Mamoon esbravejava seu nome e o convidava para ir à sala de televisão. Mamoon tinha orgulho da sua televisão, que chamava de "Pakistani", uma vez que era imensamente desproporcional ao ambiente e característica, ele gostava de acreditar, dos imigrantes carentes que se punham de cócoras diante do aparelho, à semelhança dos primitivos contemplando o deslocamento de Vênus. Rob havia preparado Harry para essas sessões de uísque, dizendo que era diante de sua televisão que Mamoon se revelava mais autêntico.

Durante a maior parte da sua vida adulta, Mamoon tinha sido um tipo único de radical, não medindo esforços para zombar e inverter a correção política, rebelar-se contra os contestadores da moda na sua época, hippies, feministas, antirracistas, revolucionários, qualquer pessoa decente, bondosa ou que tomasse o lado da igualdade e da diversidade. Por um breve período, isso foi uma ideia incomum e até espirituosa. Agora Mamoon estava de saco cheio dessa pose, como de resto de tudo o mais. Apenas de vez em quando arriscava uma provocação: "Olhem só pra esse preto nojento e vagabundo", disse, quando, sob as instruções de Liana, foram todos de carro à cidade para comprar um queijo feito na região, e Mamoon avistou o que parecia ser um tímido mas entusiasmado estudante africano em visita às igrejas locais. "Saiu de casa para assaltar, estuprar e mutilar a boceta de alguma mulher branca, pode apostar." Mas Harry sentia que Mamoon falava da boca para fora e que preferia fazer perguntas simples sobre coisas que o intrigavam de verdade. "Diga-me, Harry, o que vem a ser exatamente uma happy hour? O que é *lap dance* e o programa *X Factor*? O que significa *vifi*?"

"*Vifi*? Ah, wi-fi."

Mamoon adorava o críquete indiano e até o paquistanês. Quando chegou à Grã-Bretanha, amava ver partidas de críquete inglês em campos do interior. Segunda-feira de manhã, tempo frio, chuvinha fina, um trem partia de Londres e lá ia ele sentado num banco com uma garrafa térmica e um sanduíche de queijo para assistir a uma partida obscura qualquer. Uma das paredes de sua biblioteca estava coberta de fotografias de jogadores do pós-guerra. Num lugar de honra, porém, Mamoon pusera uma fotografia emoldurada do time de críquete das Antilhas, ou Índia Ocidental, de 1963. Rob dissera para Harry não se esquecer de contar a Mamoon que seu tio havia sido capitão do time de Surrey e o orientara a amaciar Mamoon sempre lhe oferecendo fofocas ou DVDs de seus heróis do críquete, Rohan Kanhai, Gary Sobers, Wes Hall e, de uma fase posterior, Malcom Marshall, Gordon Greenidge, Alvin Kallicharran e Vivian Richards. Harry não se incomodava em ver com Mamoon repetidas vezes aquelas gravações e nem mesmo em ouvi-lo dizer: "Ah, que bela retomada, sim senhor", como qualquer torcedor inglês da velha guarda. O esporte, algo imprevisível e existencial, onde os homens são postos verdadeiramente à prova na hora, era mais importante do que a arte, que era uma coisa "mole". Jogar boliche no Lord's, agarrar um pênalti em Wembley, jogar em Wimbledon, isso era "o definitivo", como dizia Mamoon. "Se a pessoa fez um lance como esse no Lord's, pode morrer feliz, não acha? Sou um pobre fornecedor de entretenimento, quando comparado com isso."

Mamoon tornava-se falante e animado quando via um jogo de futebol, e gostava que Harry ficasse a seu lado, tomando uísque e discutindo sobre os jogadores e os dirigentes. "Ver a Copa do Mundo com Nietzsche", dizia Harry, quando se deu conta de que aprendia mais sobre Mamoon ouvindo suas opiniões sobre o futuro do Manchester City do que o entrevistando sobre seus livros e suas ideias a respeito do colonialismo. As perguntas de Harry, no início, eram delicadas e genéricas, e Mamoon não fazia a menor tentativa de disfarçar o tédio. "Quando você descobriu que era escritor?" "Não descobri isso até agora." "Você amava seu pai?" "Demais. Fui mais um filho do que um homem." "Quando se tornou um homem?" Se uma pergunta parecia impertinente ou o irritava, Mamoon não respondia nada; apenas olhava fixamente para o vazio, à espera de que Harry se desse conta da futilidade da interrogação.

Sentado ao lado do grande homem, Harry ruminava pensamentos sobre os escritores que crescera adorando. Forster, fazendo em pedaços o colonialismo, absurdo dos absurdos; um Orwell sério; Graham Greene, errático, correndo atrás de encrenca e de morte; Evelyn Waugh, que via quase tudo, e odiava o que via. Mamoon era um dos últimos desse tipo, e de mérito equiparável, na opinião de Harry. E Harry estava na casa dele; andava a seu lado e discutia a sério com ele; ia escrever sobre a vida dele. Seus nomes ficariam unidos para sempre; ele teria uma diminuta fatia do poder do velho. Mas a biografia havia aprendido muito com a imprensa de escândalos; tinha sido sugada na direção da imundície, um processo de perda de qualquer ilusão. Desmascarar era o grande lance, deixando apenas ossos nus. Você acha que gosta desse escritor? Pois veja como ele maltratou a esposa, os filhos e as amantes. Ele até gostava de homens! Tenha ódio dele, tenha ódio de sua obra — de qualquer lado que a gente olhe o sujeito, está tudo acabado. A questão agora era outra: o que podemos perdoar nos outros? Até onde eles podem ir antes que nossa fé neles vire pó?

Harry tinha amado a maior parte das artes tempo suficiente para saber que os artistas devem ser perdoados de faltas que levariam a população comum a ser condenada. O artista era um pioneiro, um desbravador destemido, aquele que falava, que era objeto de gratidão, e que pagava o preço. Os artistas estavam autorizados, e a rigor eram até incentivados, a levar vidas mais libidinosas, em benefício dos demais, que tinham, por necessidade, de trancar pra fora sua *jouissance*, assim que entravam no ambiente de trabalho. Assim que Harry começou a ler o material que encontrou no celeiro, se deu conta de que estava pensando na questão que Rob havia levantado. O que ele ia fazer com Mamoon? Quem, agora, pode pensar em Larkin sem levar em conta sua afeição pela bunda de alunas adolescentes e seu ódio paranoico dos negros? "Estou ouvindo vermes caribenhos desprezíveis tagarelando sobre mim no subsolo..." Ou os coitos de Eric Gill com mais ou menos todos os membros de sua família, inclusive o cachorro? Proust torturava ratazanas e doou os móveis da família a bordéis; Dickens emparedou viva a esposa e a impedia de ver os filhos; Lilian Hellman mentia. Enquanto Sartre morava com a mãe, Simone de Beauvoir, como uma cafetina, arranjava garotinhas para ele; Sartre sentia inveja de Camus antes de espinafrá-lo. John Cheever vadiava pelos banheiros, as narinas bem abertas, antes de voltar para a esposa. P. G. Wodehouse fazia programas de rádio para os nazistas; Mailer apunhalou sua segunda mulher. Duas amantes de Ted Hughes se suicidaram. E quanto a Styron, Salinger, Saroyan... A literatura era um campo de extermínio; nunca nenhuma pessoa decente empunhou uma pena. Jack Nicholson em *O iluminado* ofereceu a representação correta de um escritor. Se Harry mostrasse apenas um homem decente, em vez de um mercenário, ninguém acreditaria. Ninguém queria aquilo: não levaria a nenhum lugar próximo do ódio, do ardor e da paixão de um verdadeiro artista.

Harry queria que Mamoon soubesse que ele iria "honrá-lo e respeitá-lo" porque amava sua obra. Mamoon podia até ser maldoso, beberrão e sórdido às vezes, como eram todos os homens e todas as mulheres, mas o importante é que a lascívia não o desviasse, ou não desviasse seus leitores, da lição cada vez mais importante de que a grande arte, as melhores palavras e as boas frases eram relevantes — e cada vez mais relevantes num mundo degradado e censurador, um mundo onde a paixão pela ignorância havia aumentado por meio da religião. As palavras eram a ponte para a realidade; sem elas só existia o caos. Palavras ruins podiam nos envenenar e arruinar nossa vida, disse Mamoon um dia; e as palavras certas podiam recolocar a realidade em foco. A loucura de escrever era o antídoto para a loucura verdadeira. As pessoas admiravam a Grã-Bretanha só por causa de sua literatura; a linda ilhazinha que estava afundando era um armazém de gênios, onde as melhores palavras eram guardadas, e feitas e refeitas.

Se Harry se sentia culpado de tentar ver por dentro a vida íntima de um homem respeitável que o havia convidado para se hospedar em sua casa, não era porque Mamoon, com sua pretensão, suscetibilidade e pompa — um homem formado e ativo antes de o império de Murdoch modificar para sempre nossas ideias sobre a "vida privada" —, estivesse acima de tais trivialidades.

Mas trivialidades fazem um homem e, quando as encontrava, Harry levava e lia para Mamoon resenhas ruins de livros escritos por contemporâneos de Mamoon, seus amigos ou conhecidos, sabendo que ele não conseguiria reprimir uma risadinha e um ronronar de prazer. Então Harry aprendeu, durante seus passeios pelas trilhas, junto com os cachorros, que Mamoon adorava fofoca, sobretudo quando aviltante. Harry amaldiçoou a si mesmo por não ter notado, em suas leituras, que a humilhação era a pedra de toque do caráter de Mamoon; era de onde ele tinha vindo e onde continuava a encontrar seu prazer. Seu pai o havia humilhado o tempo todo, guiando-o rumo à excelência e a uma vida de fúria um tanto reprimida, e Mamoon jamais renunciava a seus horríveis prazeres. Ele parecia não corresponder aos beijos ou às carícias da esposa, nem mesmo às tentativas dela de segurar sua mão, porém se mostrava fascinado quando havia contatos proibidos entre outras pessoas. Antes de se enfurnar no interior, Harry teve de meter a cara na fofocracia sobre agentes, editores e escritores, a fim de fazer o maior estoque possível de histórias de infidelidades, plágios, rixas literárias e mistificação, transformismo, punhaladas nas costas, homossexualidade e, acima de tudo, lesbianismo. No momento, Mamoon se mostrava fascinado por histórias de mulheres antes "normais", arrastadas para o "outro lado" por "*les Sapphics*", que, ele parecia acreditar, possuíam poderes "mesmerizantes".

"Qualquer história de lésbica para me animar!", dizia ele, quando Harry chegava de Londres. "Muito velcro colado esta semana? Puseram pilhas novas em seus vibradores? Vamos fazer uma caminhada pelo campo e discutir o assunto mais extensamente."

Harry começara a se sentir como uma Scheherazade de Bloomsbury. Mas tinha aprendido que a definição de lesbianismo para Mamoon era quase não discriminatória: referia-se a todas as escritoras como lésbicas, inclusive Jane Austen, Charlotte Brontë e Sylvia Plath. "Hoje vou para a cama com uma lésbica", disse, pondo debaixo do braço um livro de Jane Austen e subindo para o seu quarto no primeiro andar.

"Pelo menos o *senhor* vai se divertir", resmungou Harry.

"Desculpe ser trivial", disse Mamoon. "Expliquei a Rob que não passo de um homem vazio. O romancista é qualquer coisa — trapaceiro, vigarista, impostor: como quiser. Mas, acima de tudo, é um sedutor."

"O senhor não é fascinado pela sedução?"

"Mas não é exatamente isso e mais nada que vem a ser a

arte?", disse Mamoon. "Vire, mostre-nos o que você tem, é isso que seus leitores desejam."

Mesmo quando Harry aparecia com muita fofoca, Mamoon raramente ficava acordado depois das nove da noite, e era a partir desse horário que a vingança prevista por Alice — podemos chamá-la de preço da verdade — começava a acontecer.

Harry estava tendo experiências peculiares quando ficava sozinho em seu quarto. Os empregados não tinham incluído em sua programação de tarefas a limpeza do quarto de Harry. Talvez Mamoon não tivesse incentivado os empregados a fazer isso; ele não gostava de hóspedes e eram poucos os que apareciam. No quarto de Harry havia moscas mortas e poeira; a televisão não funcionava — tudo o que Harry podia fazer era jogar *Fifa* e *Grand Theft Auto* na televisão, antes de ver filmes em seu computador, até o sono chegar. Sempre que podia, ia de carro a Londres a fim de ver Alice e os amigos deles. Talvez a grande proximidade com seu tema, e com a zona rural, estivesse deixando Harry muito para baixo.

Harry tinha sido criado com seus irmãos gêmeos inteligentes e esportivos na zona oeste de Londres, um deles hoje era professor universitário de filosofia e o outro, restaurador. À diferença de muitos de seus amigos, os pais de Harry não tinham casa de campo, preferiam passar os fins de semana em galerias, exposições e no teatro, faziam piqueniques em Chiswick House ou davam festas no jardim para pessoas a quem os garotos se referiam desdenhosamente como "intelectuais", que conversavam sobre feminismo, política e Lacan. A ideia que aquela gente tinha de uma boa farra era um programa duplo de filmes do Godard no Instituto de Artes Contemporâneas. O pai de Harry, que não parava de pensar na psique e, infelizmente, de conversar sobre o assunto — sendo muito versado nos problemas filosóficos da psiquiatria e das "noções de normalidade" —, acreditava que no campo não havia ninguém com quem conversar e que as pessoas que moravam lá eram tão bovinas quanto os animais que criavam.

Mas não era só aquela herdada aversão à zona rural que estava deixando Harry descontente. Depois de dez dias, por volta das três da manhã, ele foi acordado por medonhos berros e uivos masculinos, como se alguém estivesse sendo assassinado. No café da manhã, Liana perguntou: "Está exausto?".

"E como."

Ela serviu ovos para Harry e em seguida cravou os dedos nos ombros dele, como se estivesse procurando moedas perdidas em seus músculos. "Você estava acordado? Os gritos homicidas começaram outra vez. Aconteceu nas três últimas noites, mas você não ouviu. Suas perguntas estão condenando Mamoon a vigílias horrendas."

"Eu mal comecei a fazer perguntas. Se eu pergunto se ele quer leite no chá, ele sai correndo para as montanhas."

"Mamoon é um homem experiente com temores infantis. Não me conta o que vê nesses sonhos, mas quando acorda, pouco depois de pegar no sono, grita que nem um bebê. Outras vezes, late como um cachorro. Até os bichos têm insônia, e se tornam suicidas. Por favor, jure que não vai mencionar isso no livro e nos criar constrangimentos em Londres, Bombaim e Roma."

Harry respondeu que não podia enfiar no livro qualquer piscar de olho, arroto e gesticulação. Segurou a mão de Liana, quando se virou para encará-la. "Mas, Liana, sem dúvida você sabe que a indiscrição é a essência da biografia, não é? Você leria um retrato santo de um santo?"

"Não acredito que você seja apenas um mercador sórdido, Harry. O que as pessoas desejam é elevação, conhecer o caminho para a grandeza, para que possam segui-lo. Graças a Deus estou aqui para educar você. E quando o livro ficar pronto você vai me mostrar e eu vou cortar toda e qualquer negligência com meu lápis bem apontado."

Ele riu. "Você não vai fazer isso, Liana."

"Rob aceitou. Senão o Mamoon vai cortar os bagos dele. Quem você acha que é? A filha de Joan Crawford?"

"Não tenho informação de que Rob tenha feito esse tipo de acordo com você."

"E o que isso tem a ver com você?"

"Como assim?"

"Quando a gente contrata um decorador para deixar as paredes verdes, a gente não o contrata para ele dizer que não gosta de verde. A gente o contrata para deixar a parede verde e ficar de bico calado."

"Aqui eu sou só o decorador?"

"Você faz o trabalho de escritório. Nós fazemos o resto. Café?"

Ele já tinha fechado o acordo para escrever o livro. O que mais ela podia obrigá-lo a jurar que ia omitir? Iria desafiar Liana? Se ele sabia que ia ter de fazer isso, por que não dizer logo de uma vez a ela e deixar tudo claro?

Isso era o de menos. Harry telefonou para Rob para contar como as coisas estavam andando, como já estava se sentindo intimidado e também para reclamar dos outros barulhos que não o deixavam dormir direito — a vida selvagem.

Rob esbravejou. "Pegue uma espingarda e dispare umas rajadas pela janela. Quando as cabras sacarem que você não está de brincadeira, vão se retirar para os seus abrigos."

"Não são cabras."

"Cavalos?"

"São pássaros, acho. O quarto é frio, a luz não acende, a janela não fecha e, lá pelas quatro da manhã, esses bichos — sei lá o que são, morcegos, gansos, patos, peixes, porcos; uma boa

parte da arca de Noé — começam com uma música atroz de discoteca animal. É como estar numa prisão infernal!" "Seu fracote de merda, vá reclamar com o seu agente, não comigo. Graças a Deus não chamei você para o trabalho sobre Freya Stark, para refazer as caminhadas dela por terras africanas ou sei lá por onde a velhota gostava de perambular."
Harry disse: "É verdade que você deu à Liana o controle criativo do meu livro?".
Rob desligou o telefone.
Antes de se retirar para seu quarto, Harry passou a caminhar pelo jardim fumando um baseado, para ajudá-lo a dormir. Depois deitava na cama e ficava pensando em Peggy, com um caderno e uma caneta ao lado. Era assim que costumava ter suas ideias. Mas frases escritas nas "desgraças", como ele chamava os diários, começavam a girar em sua cabeça. Certa noite, depois de estar ali por dez dias, esses sussurros pareciam ter ganhado vida própria ou então provir de outra fonte, uma zoeira da qual ele não conseguia se desligar.
Harry se levantou, andou aos tropeções para o outro lado do quarto e acendeu a luz pálida. Lá estava ela, de repente: Peggy empoleirada no pé da cama, perigosamente magra, exaurida, mas furiosamente enérgica e radiante.
"O que vai dizer sobre mim, Harry?", perguntou. "Serei definida por meu lado amargo? Não existe em mim nada mais do que isso? E quem é você para julgar?"
Peggy tinha sido uma garota articulada, discreta, culta, com pais alcoólatras ricos que lecionavam francês em escolas particulares. Depois da universidade, ela trabalhou para uma pequena revista literária e foi apresentada a Mamoon pelo editor, num dos pubs de Bloomsbury que ele frequentava. Na opinião de Harry, Mamoon, cujo pai professor de escola o havia preparado com afinco para ganhar bolsas de estudo, ficou traumatizado

ao ser mandado para uma escola inglesa de elite e depois para Oxford. Não havia um só momento em que não experimentasse um mal-estar e se sentisse deslocado entre os grã-finos britânicos de quem seu pai tanto queria que ele se aproximasse, embora o pai, ao mesmo tempo, afirmasse que odiava a Inglaterra. Em seu primeiro encontro com Peggy, sentiu-se constrangido ao entrar num táxi preto, ao lado do motorista, tentando achar o assento no banco da frente, até que o taxista, furioso, o jogou para fora do carro.

Na Londres fria e fuliginosa, cidade repleta de gente que achava os indianos desajeitados e inferiores, enquanto a rapaziada branca e sensual se vestia como Syd Barrett, Peggy ajudou Mamoon a abrir caminho pela raça superior de Belgravia, para quem ele não passava de um branco que dera errado e que não sabia lidar com os talheres, e o persuadiu a encontrar-se com os amigos dela do mundo literário. Metade das pessoas, ele seduziu: era simpático e acharam que tinha classe e um senso de humor discreto. A outra metade se sentiu ofendida com sua arrogância. Mas seu pai o queria de volta e escrevia o tempo todo, pedindo que voltasse. Ele teria voltado; não via nenhum futuro ali. Foi Peggy quem o persuadiu a ficar em Londres e fazer carreira como escritor, uma das escolhas mais difíceis que um homem como ele podia ter feito. Quando ele não estava ganhando o suficiente com seu trabalho em Londres, foi ela que implorou aos pais que emprestassem dinheiro para comprarem um chalé em Somerset.

Como acontece com os casais no início, os dois andavam juntos o tempo todo, explorando a nova vizinhança, andando de carro pelo resto da região, visitando sebos. Depois Mamoon levou Peggy para passar alguns meses na Índia. Enquanto isso, intelectualmente, ela nunca o deixava relaxar; chegava até a acusá-lo de ter uma mente preguiçosa, de "playboy", o que o deixava mordido e o levava a retrucar e a se defender. Ele começou a pensar de verdade.

Foi no final da década de 1960, na biblioteca que ela começou a criar na casa — e que ele continuou a desenvolver —, que Mamoon passou a ler furiosamente, a "tirar o atraso". Ela era uma europeia, uma internacionalista, que adorava Miles Davis e Ionesco; aprenderam a apreciar vinho e ouviam Boulez, enquanto fumavam cigarros Gauloises. A exemplo de uma porção de intelectuais ingleses, ela estava exausta e frustrada com o isolacionismo inglês. Adorava D. H. Lawrence, mas por outro lado a visão estabelecida sobre a escrita era para ela estéril e pedante: uma conversa vazia sobre "crítica literária", "o cânone" e Leavis, e depois, mais tarde, sobre marxismo. Harry estava percebendo que Peggy havia formado Mamoon tanto quanto os pais dele, e seu desdém pelos sistemas políticos e religiosos totalitários — sobretudo marxistas —, herdado do espírito libertário de Peggy dos anos 60, havia permanecido intacto. No final, ele acabou esgotando Peggy, era o que se pensava, e quis cair fora; ela quis ficar. Depois, durante anos, os dois simplesmente continuaram "em suspenso".

Assim, se dirigindo ao fantasma, Harry disse: "Serei justo e compreensivo. Nada de acusações nem de desculpas. Apenas os fatos e uma voz amistosa. Você falou por si mesma nos diários. Foi clara. Agora pode ir embora, Peggy, por favor. Não precisa se preocupar. Não trabalho para jornais".

"Mas, Harry, faz um bom tempo que espero pra te ver", disse Peggy. "Não está me reconhecendo?"

"Você não é Peggy?"

"Olhe para mim bem de perto, se puder suportar."

Quando reconheceu sua mãe e a ouviu dizer: "Oh, Harry, é tão bom ver você. Quero saber todos os detalhes da sua vida desde que parti. Foi horrível? Você tem passado bem? Podemos conversar agora?", ele saltou da cama, disparou pelo corredor sem fazer barulho, passou pelos quartos onde Liana e Mamoon se recolhiam e saiu da casa para o ar frio da noite.

No jardim, ficou sentado, impotente, dentro do 4x4 da família, pegou no porta-luvas o cachecol do irmão mais velho, enrolou no pescoço e se abraçou a ele. Seus irmãos, por força dos pedidos insistentes do pai, tinham convencido Harry a vender suas motocicletas, o que ele só fez, de fato, quando eles prometeram substituir suas motos pelo empréstimo daquele veículo. E estava se revelando algo útil. Levou vinte minutos de carro até o pub da aldeia, aonde ainda não tinha ido. Não fazia a menor ideia de como seria recebido ali. Mas precisava ver pessoas que ainda não fossem fantasmas.

Cinco

Houve uma época em que todos os dias a mãe de Harry acordava cedo para preparar um café da manhã incrementado para ele antes de levá-lo à escola. Quando estavam juntos na cozinha, ela falava por cima do ombro sobre filmes, política, homens, *poltergeists*, vizinhos, feminismo, sonhos — um fluxo surreal de conversa contínua difícil de acompanhar, do qual, isto estava subentendido, ele era o elo. Ela o beijava muito ou de repente começava a chorar. Tinha uma risada louca, capaz de assustar, ou de repente dizia: "Você não faz ideia de como eu detesto essa classe média babaca!". Às vezes, para ilustrar uma ideia, ela encenava uma situação, imitando vozes. Ou então cantava: pop, folk, ópera, boa parte das vezes com um baseado ardendo no cinzeiro. Citava Lautréamont tantas vezes que até hoje Harry recordava as palavras. "Aranhas silenciosas, nojentas/ tecem suas teias no fundo de nosso cérebro."

Na maioria das noites, ela ia visitar amigas ou ia a festas, ao teatro, ao balé. Aparentemente, odiava o tédio, bem como a tirania da possessividade e do controle. O pai de Harry disse certa vez, com alguma ironia, que para ela a vanguarda da libertação política era a oportunidade sexual. Ela também condenava o marido por não acreditar na ideia da década de 60 de que a loucura conduzia à sabedoria. Para ela, o objetivo da vida não era ser o mais são possível, e achava seu marido um "policial da alma", pois ele acreditava que seu trabalho era manter as pessoas sãs, assim como outros podiam querer libertar as pessoas da tirania do álcool. Mas isso só servia para torná-las mais sem graça, acreditava ela. Quantas pessoas ela era? Quantas pessoas podíamos ser? Harry não sabia o que achava de tudo aquilo. Lembrava, porém, que na maioria das noites, no fim da vida, ela se esgueirava para o quarto dele e Harry dormia nos braços da mãe, quase como um jovem amante, até de manhã. Era amor ou loucura? Tempos depois, uma amiga de sua mãe disse: Harry, você se parece muito com ela; tem grande inteligência, é capaz de entender qualquer coisa. Os dois são brilhantes, mas frágeis — e você se sente arrasado ao primeiro empurrãozinho, morto de preocupação e de medo de fracassar.

Quando Harry tinha doze anos, a mãe morreu. Depois que ela partiu, teve a sensação de ter ficado sozinho por dez anos. Precisava se levantar sozinho com o dia ainda escuro, fazer sua comida e ir de bicicleta para a escola, sem que a mãe lhe oferecesse uma pera, cortasse a casca do pão de seu sanduíche ou corresse atrás dele com livros ou com a chuteira que ele havia esquecido. Seus irmãos gêmeos idênticos, quatro anos mais velhos, estavam em Latymer, enquanto ele estudava em St. Paul. Na idade em que os outros meninos tinham podido contar bastante com a presença da mãe, ele se viu forçado, muito prematuramente, a ser independente. E os gêmeos sempre tiveram um ao outro: batiam boca, discutiam e travavam brigas sangrentas em volta da casa, não havendo, contudo, um só momento em que não mantivessem um contato ou rancoroso ou ávido um com outro, quase como num círculo fechado, mas não fechado de todo.

Harry cuidava de si mesmo lendo em seu quarto, enquanto punha para tocar discos e fitas dos irmãos e conversava sem parar com a mãe em sua mente. A família havia se desfeito das roupas dela, mas quando Harry passou a usar o armário da mãe, ainda havia muitos sapatos dela no fundo. Cogitou deitar-se com o ouvido colado ao tapete e falar com os sapatos. Fazia filmes na cabeça em que ela aparecia escolhendo e calçando os sapatos; ele imaginava aonde ela teria ido com cada par, com quem havia se encontrado e sobre o que havia conversado.

Harry se dava conta agora de que a ideia de isolamento que criara sobre si mesmo era só parcialmente verdadeira, um mito que ele havia inventado. Ele não tinha mãe e seu pai em geral estava trabalhando ou cuidando da casa ou com alguma namorada. Mas seus irmãos nunca foram tímidos ou desajeitados. Na escola, eram astros do rúgbi e do futebol, ganhavam dinheiro posando de modelos e mais tarde montaram uma banda, a Ha-Ha Fish, que tocava na inauguração de lojas da moda em Carnaby Street e nas bolorentas salas de fundos de pubs em Camden, diante de uma plateia formada por colegas de escola. Eles diziam que, se Harry aprendesse a tocar baixo, poderia se apresentar com eles, e foi o que ele fez.

Uma adolescente com uma massa de cabelo escuro, saia curta, camiseta e meia-calça colante preta abriu a porta de um quarto e viu um menino, mais novo do que ela, sentado na cama e piscando os olhos diante de um livro, enquanto se coçava e se contorcia de ansiedade, um prato de comida intacto ao lado. Os amigos dos irmãos de Harry e suas numerosas amigas viviam na casa deles e, desde o início, o menino foi objeto de muita piedade e atenção das jovens mulheres. Nada como um menino louro sem mãe para fazê-las acudir correndo com beijos, balinhas e muito mais. Quem ia querer abrir mão disso? Os gêmeos começaram a falar do "harém" do pequeno paxá bonitinho, referindo-se às meninas que se mostravam ansiosas para ajudá-lo a fazer a lição de casa, cozinhar para ele, escolher suas roupas, cortar seu cabelo, ir com ele ao cinema, às lojas e acompanhá-lo a outros divertimentos nos fins de semana e feriados.

Uma garota que está começando a sair da casa dos pais e querendo virar adulta pode ser persuadida a atos de amor espantosos. Quando Harry fez treze anos e começou a demorar mais tempo no chuveiro, uma série de garotas se revezavam em turnos para beijar, abraçar e passar a noite com ele. O menino sem mãe detestava dormir sozinho; às vezes, desabava no chão do quarto de um dos irmãos. Logo se deu conta de que muitas garotas eram suscetíveis a seus apelos para que cuidassem dele. Precisava substituir uma única mulher por uma horda de mulheres diferentes. Com catorze anos, ele estava seduzindo mais garotas do que os amadores dos seus irmãos. O pai achava muita graça quando chegava e via a casa toda engrinaldada de meninas em flor. "Meninas de St. Trinian", ele chamava aquilo, ou então de "O Reino das Garotas Púberes". O pai deixou bem claro a Harry que, quando ficasse mais velho, ele seria invejado — odiado, melhor dizendo — por seus dons, seu charme e sua naturalidade, e que ele devia esconder suas virtudes, sem, porém, suprimi-las. Harry, na ocasião, não entendeu do que o pai estava falando.

Seu pai possuía uma biblioteca incrível: filosofia, psicologia, ficção, arte. Para Harry, aquilo era o máximo; ali, ele se desenvolveu. Não que deixasse de sentir falta da mãe; ainda continuava zangado com ela, para dizer o mínimo, pois era assim que ela continuava viva e ativa em sua mente. O que Harry não queria era que ela sentasse na ponta da cama, quando ele estava sozinho ali no campo.

Agora, ao volante, passou correndo por ruazinhas sinuosas e depois saiu afobado do carro. Logo estava diante do balcão convidativo de um pub movimentado, e outras pessoas se viravam para ele, o forasteiro, a curiosidade que todo mundo parecia conhecer bem. Pessoas juntaram-se à sua volta. Aparentemente, os moradores do local — fazendeiros e astros do rock envelhecidos que moravam em casarões, e seus fãs, que moravam em casas pequenas — estavam secos para saber novidades sobre "o escritor".

Era mesmo verdade que Mamoon não tinha amigos? Ele era mesmo cruel com a esposa, e até violento? Era um adorador do diabo? Mais importante: estava mesmo falido? E não era verdade que havia tirado o máximo proveito da região rural que lhe dera as boas-vindas e onde seu talento tivera a chance de florescer? Ele não vivia reclamando de tudo? Será que em algum momento se mostrou suficientemente agradecido?

Nada pode ficar parado enquanto vive na mente dos outros, inclusive, é claro, uma personagem e uma reputação. Não demorava muito, Harry percebia, para uma personalidade se ampliar e inflar, à medida que o tema se tornava aquilo que os outros preferiam que ele fosse. A exemplo da mãe de Harry, Mamoon tinha se projetado além e acima de si mesmo, um processo que o próprio Harry estava agora corrigindo, mas também incentivando, à sua maneira. Então, o que era uma pessoa senão um eu que viajava entre a fantasia privada e a criação pública?

Mamoon não havia ocupado aquela mesma posição para Harry, quando ele lia e relia as entrevistas do escritor, seus perfis e ensaios, em *Playboy*, *Rolling Stone* e *Esquire*, quando jovem? Aquele Mamoon havia de bom grado excursionado para o interior das trevas do próprio mundo contemporâneo e voltado de lá com o testemunho, a evidência e o pensamento, revelados num homem intrépido, um conquistador determinado a expor e explicar as verdades mais duras. Não foi ele o primeiro a percorrer, nas cidades mais soturnas do norte da Inglaterra, os caminhos da transformação ocorrida na comunidade muçulmana, do antirracismo socialista para um radicalismo com base num formato novo e mundial, uma ideia reacionária do Islã? Seu ensaio "O machado da ideologia" foi crucial. E sua análise foi ainda além, ao acompanhar a trajetória de mudança do Islã de uma forma de teologia da libertação para um culto da morte que exigia sacrifício, com base na obediência à lei do Pai Absoluto.

Onde estava Harry agora em relação a tudo isso? Como Mamoon, ele não podia apenas levantar o espelho; precisava explicar por que Mamoon estava ali e o que aquele homem significava.

As palavras de Harry deviam manter o escritor vivo na história da literatura, por mais que, pessoalmente, tivesse vontade de matá-lo.

Feliz de se ver fora da casa e de ter álcool dentro de si, Harry sentiu-se mais animado. Quanto menos falasse com as pessoas dali, mais apreciaria aquela noite. Cometeu o erro de sugerir, para a irritação de quem estava à sua volta, e se arriscando a assumir ares de superioridade, que uma boa maneira de fazer contato com um escritor podia ser passar os olhos pelas frases dele. Depois desse passo em falso, Harry achou melhor se acomodar num canto isolado do bar, de onde podia espiar a jovem e fogosa mulher de um fazendeiro da região, entediada de pôr ovelhas de molho em antissépticos ou de espremer os úberes de animais recalcitrantes; ou talvez a parceira de um caminhoneiro de longo curso, eternamente atrasado por força de uma greve na França.

Então ergueu os olhos; o pub estava escuro, mas viu o que queria. Seu instinto não tinha se enganado. O jogo de sedução estava rolando. Terminou de tomar seu drinque. Antes de pegar outro, foi ao banheiro, meteu uma moeda na máquina de preservativos e apertou o botão do modelo básico. A garota que estava sorrindo e sacudindo o cabelo comprido para ele parecia mais jovem do que ele gostaria. Harry não precisava de nenhum escândalo. Mas ela havia mandado embora os amigos. Com ar receptivo, a garota se pôs de pé. Ela ia guiá-lo.

Harry estava seco para ir atrás daquela sereia, apesar do caminho ser um corredor às escuras que levava à porta de fundos do pub, um túmulo sem decoração alguma, sem aquecimento e com fedor de urina ou coisa pior, como se a privada estivesse embaixo da mesa. Os bebedores estavam ali. Um cabeludo com cara de pit bull, só de calção e com tatuagens, jogava bilhar sob uma lâmpada tubular que piscava. Um casal de Medusas, puxando cachorros presos em correntes, esperava, olhava em volta com desdém e falava palavrões. Harry sentiu medo. Foi na direção da garota.

Eles se sentaram juntos. Quando as palavras minguaram, o que aconteceu logo, ela lambeu os dedos e apagou as velas da mesa, esfregando a cera quente nas mãos e nos braços dele. Ela era simples e encantadora, e não era nem de longe jovem demais, uma garota de cabelo escuro, peituda, de vinte e poucos anos ou talvez mais, olhos pretos, pernas grossas enfiadas numa minissaia justíssima. Apresentou-se como Julia. Ele a seguiu para fora e apontou para seu carro.

Andaram de carro por meia hora, até a garota dizer a ele para parar numa rua larga de prédios velhos de um conjunto habitacional popular. A noite estava quieta e silenciosa, naquela chuvinha e neblina, exceto por alguns latidos de cães.

"Venha comigo", disse ela.

Mas Harry se perguntou se não estaria velho demais para a aventura desoladora que parecia acompanhar inevitavelmente a necessidade de contato humano. Será que ele queria mesmo rastejar meio embriagado para dentro de um apartamento de um conjunto habitacional de paredes úmidas à meia-noite, na zona rural? Ainda mais porque, quando a garota o conduzia pelo corredor sombrio no térreo, Harry viu de relance, através de uma porta aberta, uma cena de devassidão hogarthiana.

Uma mulher de meia-idade para cima, de camisa aberta e braços levantados, e três homens brutos e mais velhos, em roupas com que deviam estar dormindo por semanas, estavam dançando. Sacudiam os braços no ar e berravam com uma violência embriagada. Julia não o deixou parar para ver. Puxou-o para a frente. Dali a pouco, Harry estava dois andares acima, num sótão, talvez vítima de alguma ilusão, mas certamente apertado numa cama de solteiro, agarrando-se a um travesseiro fino e ao que agora parecia ser uma garota proletária de rosto gordo e vinte e poucos anos. No entanto, quando ela terminasse de fumar seu cigarro e — se ele se apressasse — antes que acendesse outro, ele ia transar de novo com ela, e dessa vez a poria de joelhos no chão, abrindo espaço entre roupas e xícaras, enquanto olhava as calcinhas e sutiãs pendurados no espelho.

Não que algo importante pudesse ser alcançado sem inconveniências ou mesmo sem algum sofrimento; e ele ficou feliz de ver que ela era melhor do que ele tinha imaginado. Como acontecia muitas vezes, ele receava ficar com medo e acabar se descontrolando e podia começar, mais uma vez, a repisar a ideia de que ele e os irmãos podiam ter levado a mãe à loucura. Não fazia muito tempo, o pai dissera: "Não existe nenhuma ambivalência: os filhos fazem os pais morrer. Vocês três foram demais para ela". Pensando nisso, Harry precisava de uma noite de consolo e de companhia. Uma garota é um cordão umbilical, uma corda de salvação da realidade. Sua mãe não ia gostar de o ver sozinho.

Apesar do tum-tum da música e do choque eventual de gritos abruptos que vinham de algum lugar do prédio, ele relaxou. Enquanto ela o acariciava e ele beijava o cabelo dela, Harry podia pensar em como estavam andando as coisas com seu livro. Pelo menos, tinha havido algum progresso; Harry achava que vinha fazendo as perguntas corretas. Ia tocar o barco.

Naquela tarde, ao passar pela biblioteca em seu caminho de volta ao celeiro, Harry avistou seu inimigo pela janela. O velho tinha subido até a metade de uma escada, procurava um livro nas estantes e parecia especialmente vulnerável. Numa explosão de confiança espontânea, e já àquela altura com certa dose de desespero, Harry entrou na casa às pressas. "Aí está o senhor", disse, e bombardeou Mamoon com indagações a ponto de ficar curioso consigo mesmo.

Por fim, o escritor desceu da escada com todo cuidado, se acomodou confortavelmente numa poltrona e falou, em tom quase desolado: "Devo lhe dar mais, caro homem. Você parece angustiado, e até mesmo zangado, agora".

Mamoon falou sobre seu pai com respeito e afeição; a mãe, ele quase não mencionou, mas quando pressionado se mostrou gentil. Quanto aos irmãos, de novo Mamoon falou de como gostava deles, tendo pago a faculdade de um deles nos Estados Unidos. Da irmã, ele nunca falara por trinta anos e nada disse agora. "Não é uma discussão interessante." Sobre Peggy, não acrescentou grande coisa, declarando que havia suprimido os detalhes, mas que "estava tudo nos diários".

"Qual sua visão hoje sobre o caso?", perguntou Harry. "Sobre ela. Sua esposa."

"Sabe, Harry, eu a amei por muito tempo", disse Mamoon. "Mas, embora inteligente e bonita, a pobre mulher se tornou cada vez mais angustiada. Ficou muito doente por conta da bebida. Às vezes nem se lavava. Nascida para a frustração, ela só queria aquilo que eu não podia dar. A bebida a tornou agressiva… sobretudo contra si mesma."

Harry perguntou: "Será que um homem mais rude teria posto Peggy para fora de casa?"

"Como poderia mesmo um homem mais rude ter posto Peggy para fora da casa que lhe pertencia? Eu poderia ter me mudado. Mas há muita coisa que amo aqui — o silêncio para escrever. A história longa, o romance, é coisa antiquada e, dizem, é um gênero morto. Talvez se pareça com a pintura a óleo, na medida em que sua criação requer trabalho intenso e impõe disciplina férrea, paciência e contenção. É tudo que sou capaz de fazer. Quanto a Peggy, não podemos simplesmente abandonar as pessoas em apuros, caramba. É a maldita compaixão. Mas de fato penso que, da próxima vez, devo me casar com uma mulher de verdade."

"Em vez de com...?"

"Um caso clínico."

"O senhor tem compaixão. Isso é bastante sabido", disse Harry. "Mas saía com outras mulheres?"

"Muito menos do que você talvez gostaria de imaginar."

"O senhor não disse, certa vez, que ninguém pode se dizer casado de fato até ter cometido adultério?"

"Espero que sim." Mamoon prosseguiu. "Peggy e eu trabalhávamos juntos em meus manuscritos. Essa era a nossa intimidade, o propósito das nossas conversas."

"Era o amor que sentiam um pelo outro?"

"Muitos artistas tiveram uma musa. A ideia confunde os idiotas acerca da origem da arte. Querem crer que ela jorra de uma única fonte pura. Já se disse que minha obra não tem ido muito longe desde que Peggy morreu."

"E o senhor concorda com isso?"

Mamoon deu de ombros e começou a andar na direção da porta. "Eu trabalho quando posso. Que diabo posso fazer o dia todo além disso? Conversar com você? Um artista, não se esqueça, se sente melhor quando às voltas com sua arte."

Isso tudo era mais maçante do que a ideia tão comentada nas fofocas sobre um indiano intransigente e diabólico que levou à loucura as mulheres que se dedicaram a ele. Os telefonemas de

Rob, tarde da noite — Rob esbravejava ao telefone, falava tudo pelo menos duas vezes e em tom exclamativo: "O que conseguiu arrancar dele? O que conseguiu? Ainda na estaca zero? Qualquer novidade, trate de me contar logo!" —, estavam deixando Harry tão aflito que começava a se perguntar se seria capaz de escrever um primeiro livro sobre um homem a respeito do qual, um dia, haveria tantos livros. E se ele não fizesse o livro, Harry explicava a Julia, não teria uma carreira. Seus irmãos estavam se dando muito bem na vida, mas aquilo podia ser uma maldição, pois ele, Harry, não seria nada.

Harry acordou quando o dia começou a raiar e deu uma espiada no quarto escuro, de paredes azuis, onde tinha ido parar. Acariciando e cheirando a mulher simples e amável a seu lado, Harry lembrou-se então das palavras ríspidas que tinha ouvido de Liana na tarde anterior, logo depois de ter conversado com Mamoon. Ela veio correndo da cozinha até o canto onde Harry imaginava estar a salvo, deitado à sombra de uma velha macieira, com um caderno, para repousar um pouco.

"Por que você ofende tanto Mamoon?"

"Ah, meu Deus. Desculpe." Ele sentou. "O que houve?"

"Que história é essa de dizer que seu pai era um homem de verdade — e um exemplo para você — porque teve três filhos e criou os três sozinho?"

"Papai nos educou. Dizia que era seu único dever. É meritório. E eu quero fazer a mesma coisa, Liana."

Liana encarou-o. "Deve ser praticamente impossível para você imaginar o que foi a vida de um rapaz indiano tímido, precoce, que veio para cá e não só teve de ganhar a vida como ainda fazer da vida um triunfo em meio a estranhos e até inimigos — sem dúvida entre pessoas que não o incentivavam. Ele mostrava suas histórias às pessoas e elas lhe diziam literalmente: 'Por que você imagina que alguém possa estar interessado nesses malditos indianos?'."

"E como eu poderia não entender isso?"

"Quantas vezes preciso lembrar-lhe que você planou pela vida a bordo de um tapete mágico de privilégios sociais? O mundo sempre foi o jardim particular de homens altos, louros e bonitos que podem entrar em qualquer lugar sem pedir licença e pedir o que bem entendem." Ela prosseguiu: "E nunca esqueça que Mamoon e eu somos iguais e, por mais esnobe que pense que nós somos, se tivéssemos fracassado teríamos ficado de mãos abanando. Quantos chamados 'escritores de cor' existiram antes do meu marido? As pessoas acreditam que os negros nem sejam capazes de pronunciar o nome de Tchaikóvski!".

Harry ponderava que tipo de lição aquela conversa podia conter, quando se despediu de Julia de manhã cedo.

Ela passou os braços em volta do pescoço dele e disse: "É como se um raio tivesse me atingido. Me apaixonei. Vou fazer amor com você agora, Harry, e não vou deixar você ir embora. Você lembra meu nome?".

"Julia. Não é isso?"

"Não vou esquecer o seu. Eu podia ter beijado você quando servi o chá Earl Grey."

"Que chá Earl Grey?"

"Não lembra? Na primeira vez, no jardim, na casa de Mamoon. Você estava lá sentado, tão lindo e preocupado. Eu quis você naquela hora. Vi você no quintal. Sei que anda concentrado. Sua cabeça parece estar sempre em outro lugar. Mas algo de eterno passou entre nós. Não sentiu?"

"Um pouco", disse ele. "Era *você*."

"Sim. Estou confusa. Você não sabia?"

"Mais ou menos."

"Não lembra? Eu ofereci um biscoito digestivo e um bolinho Jaffa para você."

"Eu nunca esqueço um bolinho Jaffa. Mas eu devia estar pensando se algum dia eu conseguiria mesmo escrever o livro."

Ela sussurrou. "Seu pênis é meu cachorrinho. Adoro o gosto dele na minha boca."

"*Bon appétit.*"

Ele ficou surpreso, mas satisfeito, com o amor dela. Ele certamente era uma novidade na cidadezinha, onde o banco genético era limitado; o êxtase ia se exaurir em breve. Ele ia desfrutar enquanto durasse.

Seis

Algumas noites depois, tendo descalçado a bota no primeiro andar, Harry se esgueirou para fora da casa de Mamoon, como um adolescente fugitivo, fechando a porta sem fazer barulho.

Respirou fundo: o ar da noite era como um gole de uísque; a música em seu carro logo soava animada e ele cantava alto enquanto abria caminho entre as ruazinhas. Verdade: seus órgãos genitais eram surdos aos apelos da razão. Mas não seria mais o caso de dizer que sua razão tinha ficado surda ao clamor de seus órgãos genitais? Não foi sua mãe que disse: "Apanhe o amor onde o encontrar, menino, e se considere uma pessoa de sorte"? Mas não era apenas um clamor da luxúria; ele andava inquieto e insone. Achava impossível passar a noite inteira dentro da casa dos gritos.

Tinha lido boa parte do relato sobre o início do relacionamento entre Mamoon e Peggy e começara o trecho em que Mamoon, em viagem, viu pela primeira vez sua "deliciosa" amante colombiana, Marion. Que vertigem ela lhe proporcionara: Mamoon tinha descoberto uma mulher que o desafiava, desejava e enfurecia.

Enquanto isso, Peggy, que em seus diários sofria mais até do que gostaria — talvez adiantando sua morte —, continuava a aparecer diante de Harry, em geral sob o disfarce de sua mãe. Algo no passado não ficara resolvido ou organizado; a história não estava completa. Aquele fantasma de mãe começara a lhe fazer perguntas sobre quem era ele e quem ele amava de verdade. Seria ele capaz de amar? Seria ele capaz de ficar de fato com alguém? "Por que você está falando comigo?", gritou Harry. Ela o estava assustando. "Por favor, eu lhe peço, me deixe em paz."

Assim, quando Mamoon e Liana se recolheram, Harry mais uma vez foi beber com os habitantes do lugar. Esperou que Julia entrasse correndo pela porta e voasse para ele, uma massa de ardor e de perfume. Embora ela o tivesse convidado com insistência para vê-la outra vez e ele a tivesse visto na casa de Mamoon, esvaziando a lavadora de pratos e passando roupa, Harry jurou a si mesmo que iria evitá-la. Mas agora iam passar a noite juntos. Contente por estar de folga, ele iria dar palmadas nela com uma escova de cabelo, como Julia havia exigido, dormir nos braços dela e ir embora cedinho, de manhã, antes de todo mundo acordar.

Mas de manhã Harry ainda estava cansado; tinha ficado até tarde conversando com Julia e, dessa vez, dormiu além da conta. Ouviu as pessoas andando pelo prédio. Procurou suas roupas, o telefone, e viu na mesinha, junto com exemplares da revista *Closer*, vários atlas, antologias de poesia e livros sobre mitos. Harry estava descendo a escada discretamente e tentava chegar à porta sem ser ouvido, quando o braço de Julia disparou, vindo de trás da porta da sala.

"Mais cinco minutos", suplicou. "Só cinco. Olhe..."

Ela devia ter se levantado cedo para arrumar tudo. As cortinas se ergueram em ondas: as latinhas de cerveja haviam desaparecido, os cinzeiros estavam vazios e a mobília voltara ao lugar. Na sala da frente, ocupada por uma televisão monumental, um sofá, algumas cadeiras e uma mesa, Harry comeu depressa o bacon e os ovos que Julia fizera questão de preparar para ele. Julia sentou-se à sua frente, bebendo sua cidra do campo predileta — forte, turva, com pedacinhos boiando —, comendo um profiterole e fumando um cigarro.

"O que aquilo está fazendo aqui?", perguntou Harry, apontando para uma bandeira de St. George acima da lareira. E notou, sobre o aparador da lareira, três garrafas do champanhe que Mamoon e Liana bebiam e, ao lado delas, um bom pedaço de queijo fino. Havia também uma velha fotografia de Mamoon, do tamanho usado em passaportes, segurando um canecão de cerveja.

"Meu irmão, Scott, o Skinhead, faz parte do Partido Nacional. Somos de raça britânica. Você não é?"

"Julia, você não percebeu — e peço desculpas por falar muito sobre isso —, mas estou escrevendo um livro sobre um indiano."

"Pare com isso. O velho não é problema nenhum", disse ela. "Aliás, os pais e o irmão dele também eram de cor?"

"Ah, sim. A família toda. Escuros como a noite."

"Mas ele não é somaliano e sempre faz críticas aos muçulmanos, é o que dizem."

"É verdade."

"Você gosta mesmo de muçulmanos?"

Ele respondeu: "O mundo está cheio de gente com as mais diversas crenças, Julia. Cientologistas, rastafáris, católicos, mórmons, seguidores do reverendo Moon, batistas, membros do partido conservador, dentistas, capitães de indústria — toda e qualquer loucura tem sua torcida organizada. Os hospícios e o Parlamento estão abarrotados de vigaristas e só um louco pode querer eliminá-los. Meu pai estava certo. Parta de uma suposição de insanidade e depois ria, quando possível".

"Scott diz que eles acham que somos imundos e nojentos

e que vamos arder nas chamas do inferno. Ele diz: 'Onde nosso país foi parar? Quem nos tirou do bom caminho?'."

"Mas o país é muito mais bonito agora. Todo mundo faliu, mas ele continua estável, diferente de todos os outros lugares da Europa. E existe menos ódio do que antigamente." Ele disse: "Por falar em crenças diferentes, quando terminei meu último livro e estava em busca de alguma ideia boa, fui à zona sul de Londres e fiz uma pesquisa para um longo relato sobre os novos skinheads. Vivem raivosos por nada. Um bando de Viúvas Twankeys dando murro em ponta de faca".

Ela pôs o dedo sobre os lábios. "Psssiu... Meu Deus, feche bem a boca e esqueça isso. O centro da cidade, onde aposto que você nunca pôs os pés, está entupido de poloneses e muçulmanos. Ninguém liga para trabalhadores brancos como nós. Tem uma mesquita numa casa que eles vigiam, os meninos. Os rapazes fazem fogueiras para assustar os cabeças de toalha e os corvos pretos. Vão atrás deles e batem. Para ensinar que não devem tentar acabar com a gente."

Ele se levantou. "Obrigado, mas é melhor eu ir para casa e escrever um livro."

"Por favor, Harry, eu gosto tanto de você. Não sou como eles. Não ando por aí cheia de ódio. Você está tentando me rotular?"

"Não me dê razões para eu fazer isso."

"Que bom, seu namorador. Agora, só mais cinco minutos." E ela perguntou: "Se você gosta tanto da obra do escritor, me conte uma das histórias dele".

"Agora?"

"Enquanto eu termino de comer meu doce."

Enquanto ela segurava o doce e dava uma minúscula mordida, Harry disse: "A última grande obra de Mamoon, uma novela, *Tardes com o ditador*, é uma obra-prima da sátira cômica sobre um bando maltrapilho de cinco ditadores do Terceiro Mundo derrubados do poder, que se reúne numa cafeteria em Edgware Road para tomar chá. Foi adaptada para ópera no Barbican e num fim de semana, no início deste meu trabalho, Mamoon me mandou, como teste, imagino, ir assistir a uma apresentação da ópera. Era muita gente em pernas de pau, uniformes espalhafatosos, música industrial. Gostei, mas ele ia morrer se visse aquilo. Para ele, o mundo não precisa de exagero nenhum".

"E o que acontece na história?"

"Esses ditadores — homens capazes de fazer churrasco com seu cãozinho de estimação e beber seus olhos numa sopa — andam pra lá e pra cá com suas compras em sacolas; jogam baralho; bebem. De início, a conversa deles é quase só banalidades: os elevadores do prédio onde moram não funcionam, que transtorno ter de conseguir um preço módico para reformar o uniforme militar, ainda mais agora que estão engordando de tanto ficar sentados no sofá vendo *Big Brother* na televisão. E não é só isso: não conseguem ver *Newsnight* sem preocupação e reclamam que o dinheiro que roubaram da plebe nem é tanto quanto as pessoas imaginam numa época de inflação e recessão como esta.

"Embora continuem a ser procurados e admirados, como astros pop envelhecidos, por loucos e excêntricos, o grande sonho deles é voltar a exercer a ditadura e torturar. De que serve um ditador desempregado com tempo de sobra nas mãos? Depois de conversarem sobre traidores e espiões e de se queixarem de ter sido abandonados por seus partidários, começam a discutir. O problema é que, se brigarem uns com os outros, não vão ter muita companhia. Mas eles carecem de autoconhecimento e um dia tudo desaba..."

"Como?"

"Um deles descobre que está começando a se apaixonar por uma garçonete da cafeteria que frequentam."

Julia perguntou: "E ela é bonita?".

"E jovem e gentil. Como você."

"Pare com isso."

"Escute: ele nunca deixa de levar livros de poesia e bonequinhos de madeira para ela, e a moça se sente lisonjeada."

"Qualquer garota se sentiria, se um homem fizesse isso."

"Ele parece gentil e sensível, o nosso ditador, embora já tenha três esposas nunca mencionadas."

"Ele devorou as três?"

"Elas certamente teriam um gosto bom", disse Harry. "E em geral, uma garota tão deslumbrante como aquela — a garçonete de que estamos falando é espanhola, morena; não existem pessoas inglesas num raio de muitos quilômetros..."

"É mesmo?"

"Você vai ver, Julia. Vou lhe mostrar Londres."

"Vai?"

"Bem, pelo menos algumas partes."

"Por favor, Harry, não faça uma promessa que não pretende cumprir. Para mim, suas palavras são a verdade."

"Isso nunca é uma boa ideia", disse ele. "Pois bem, no mundo dos ditadores, uma garota gostosinha como aquela seria estuprada e sua família seria queimada viva, só para começar, para todos eles ficarem espertos. Mas no caso daquela beldade, certo dia, quando o ditador estava pagando a conta, ele não conseguiu resistir — sussurra no ouvido dela e a convida para ir ao cinema."

"Só que um dos outros ditadores percebe o que está acontecendo. Sente ciúmes, porque também gosta um bocado da tal garçonete. E sabe que a garçonete jamais vai sair com o primeiro ditador, se souber quem é ele. Quem vai querer namorar um assassino em massa — um homem que torturou pessoalmente algumas de suas vítimas?"

"Argh. Nem eu."

"Mas, na verdade, ele se fazia passar por jornalista, até por artista..."

"E ela acredita nele?"

"Acredita."

"O que acontece? Ela sai com ele?"

"Eles saem juntos, sim."

"Não me diga que ela dorme com ele logo no primeiro encontro."

"Você faria isso?"

Ela deu de ombros. "Se eu estivesse a fim dele. A gente tem dificuldade de achar diversão por aqui."

Harry prosseguiu: "Os dois têm uma boa noitada. Ele é maduro, educado e cavalheiresco. Dá um beijo delicado nos lábios da garçonete. Começa a rolar uma química. Ela começa a sentir afeto por ele. Enquanto isso, o outro ditador prepara uma trama para mostrar a ela uma matéria de jornal sobre o primeiro ditador...".

"E aí? Os ditadores brigam mesmo?"

"Mas então outro ditador entra em cena..."

Naquele momento, a porta abriu e uma mulher de aspecto trágico, de olho inchado, já ficando azul, entrou mancando na sala e olhou em volta distraída, como se nunca tivesse visto aquele lugar. Harry ergueu os olhos e se deu conta de que já a tinha visto — na noite anterior, claro. Mas em outro lugar. Como se chamava aquele prédio? Déjà Vu?

"Chegou tarde, mãe", disse Julia.

"Bom dia, senhor", a mulher disse para Harry, quase fazendo uma reverência, mas também parecendo tremer. "Rude."

"Como?", perguntou Harry, olhando em volta. "Rude por quê?"

"Ruth", explicou Julia. "Minha mãe."

Ruth disse: "Seria muito bom, senhor, se nos desse uma

carona até a casa. Todos nós dormimos demais por causa da enfermidade. A sra. Azam pode se mostrar muito bruta e malvada".
"Pode mesmo?", perguntou Harry.
"Ela deu um tapa na minha Julia."
"Onde?"
"Na cozinha. Tive de segurar meu Scott e impedir que ele fosse até lá. Depois de tudo que fizemos, anos e anos de todo tipo de coisa, muito antes de ela chegar aqui, nos tratando como criados, ela reduziu nossos salários e disse: 'Sei que você não sabe o que está acontecendo fora do seu quintalzinho, mas os tempos estão difíceis'. Você devia ver a conta de champanhe deles. Ela e o patrão tomam três garrafas toda noite. O que a gente pode fazer, se quer trabalhar?"

Harry continuou surpreso com a mulher, até conseguir organizar as informações que tinha e situá-la. Ruth, a mãe de Julia, trabalhava na casa para Liana e Mamoon; ela havia servido o jantar para ele não fazia muito tempo.

"Não tem problema", respondeu ele meio sem jeito.

A mãe saiu e Harry estava terminando sua comida o mais depressa que podia, quando Julia disse: "Eles gostam de você, o patrão e ela. Ouvi os dois conversando. Eles nem notam que eu existo".

"O que eles dizem a meu respeito?"

"Ele ouviu sua descrição."

"Que descrição?"

"No telefone. Quando você o chamou de Saddam Hussein e disse que ele tinha a cara igual a uma bunda asquerosa."

"Ah, ele comentou isso, é?"

"Repetiu as palavras bem devagar, como se estivesse absorvendo uma por uma. Depois falou alguma coisa como: você nunca será um romancista, e o biógrafo é o abutre... Não, desculpe, como foi mesmo?... o coveiro do mundo da literatura."

"Obrigado, Julia."

"Com quem você estava falando no telefone? Com sua namorada?"

"Sim. Alice Jane Jackson."

Julia disse: "Ela é adorável, não é? Liana ouviu falar que é adorável. É verdade que ela vem nos visitar?".

"Sim. Não. Talvez. Ela fica folheando revistas e mastigando o próprio cabelo. Não é muito ligada em gente da literatura e no palavrório deles, no blá-blá-blá sobre resenhas, prêmios e tudo isso. Acha que eu não devia ter aceitado o trabalho de fazer o livro. É meio negativa, mas pelo menos é protetora."

"Harry, confie em mim, *eu* posso ajudar você mais do que imagina. Posso manter você bem informado."

"Pode?"

"Eu saco um monte de coisas que estão rolando!" Nesse ponto, ela hesitou. "Acho que eu tenho uma coisa, e posso ver se ela está por aqui. Uns escritos de Mamoon que eu peguei. Cadernos. Eles podem ser úteis."

"Como conseguiu esses cadernos?"

"Faz alguns anos. Achei no celeiro quando Mamoon me pediu para fazer uma faxina lá."

"Tem muita tralha úmida lá, empacotada, apodrecendo. Além de mim, ninguém pôs os olhos naquilo. Por que você pegou e leu coisas particulares?"

Ela deu um tapinha no nariz e sorriu. "Eu queria saber uma coisa."

"Que tipo de coisa?"

"Folheando um caderno, vi meu nome escrito ali. E o nome da mamãe e o do Scott."

"Sei. E por quê?" Ela não respondeu nada. Harry perguntou: "Posso dar uma olhada neles?".

"Pode, claro."

"Você é uma gracinha." Beijou a cabeça de Julia e disse: "Por favor, me mantenha atualizado, quando necessário".
Ela o beijou nos lábios. "Me mantenha satisfeita."
"Farei isso. Sou seu homem."
"É mesmo, Harry? Fico muito feliz. Nem consigo acreditar."
"É só uma maneira de dizer, Julia, e não um contrato."
A mãe de Julia sentou no banco dianteiro do 4x4 de Harry com sua bolsa no colo. Julia foi para o banco de trás e pôs os fones de ouvido. Ruth disse: "Não tem problema, senhor, se a gente pegar também a Whynne, minha irmã? Ela vai ajudar a gente hoje".
"Claro, Ruth", disse ele. "Quanto mais gente, mais animado fica este dia quente e bonito no campo, com o sol subindo antes que venha a chuva."
"Muito obrigada por ter vindo à nossa casa. O senhor gosta da Julia, minha filha, não é, senhor?"
"Ela é meiga e carinhosa. A senhora fez um belo trabalho com ela."
"Obrigada, senhor. Para mim, é um grande elogio, vindo do senhor. Um homem tão importante, até um doutor. O senhor passa receitas?"
"Só filosóficas."
"Também tenho um filho."
"A senhora foi abençoada duas vezes. O que ele faz?"
"Assusta as pessoas."
"Profissionalmente?"
Ela gargarejou. "Deixa as pessoas se borrando de medo."
"Em que campo de atividade?"
"Segurança. Não tem isso lá em Londres?"
"Sim, e temos tanto disso que morremos de medo o tempo todo."
"Que bom que o senhor está aqui. Ele é um sujeito de sorte, o meu filho."

"Em que sentido?"

Ela respondeu: "Por ter um emprego que se adapte a ele".

"É o melhor que podemos dizer de alguém, Ruth. Uma vida plenamente realizada se estende à frente dele, apesar dos tempos difíceis que vivemos."

"O senhor já conheceu meu filho?"

"Não creio que tenha tido esse privilégio."

"Mas vai ter." Ela prosseguiu: "O senhor acha que ele pode ir trabalhar em Londres algum dia?".

"Por que não?"

"O senhor o ajudaria, se pudesse? Deve conhecer pessoas que precisam de segurança."

"De fato."

"Eu ficaria muito agradecida. Meus filhos não tiveram um pai como mereciam. Os homens por aqui não prestam pra nada."

"Ao que parece, os homens não prestam pra nada em toda parte, Ruth. Mas a ambição num jovem é uma coisa maravilhosa."

Longe de ser, como Harry havia imaginado, composta de chalés decorados com flores e aquecidos por aparelhos de calefação da marca Aga, na verdejante e encantadora zona rural inglesa, a parte da cidade para a qual a mãe de Julia conduzia Harry era formada por conjuntos habitacionais degradados e feios — muitos com janelas e portas tampadas por tábuas pregadas, aparentemente abandonados — e ruas pichadas e meio em ruínas. As pessoas tinham caras apagadas, se moviam devagar, eram malcuidadas, ao mesmo tempo entorpecidas e violentas. Obviamente os pais tinham dado o fora ou sido levados embora pelo desemprego, ou por outras mulheres. Harry parecia ter descoberto uma ilha governada por adolescentes: uma pobreza e um desespero ingleses, semiviolentos e não mitigados por anos de investimento governamental. Você não deixaria seu carro parado ali, muito menos sua família sozinha.

Quando a irmã apareceu, ela também sentou em silêncio no carro, o almoço dentro de uma caixa de plástico em cima dos joelhos. Para evitar quaisquer indagações desnecessárias, Harry fez as mulheres saírem do carro pouco antes de chegar à casa. Erguendo os olhos enquanto emprestava a Ruth as vinte libras que ela havia pedido para as "despesas", Harry teve a impressão, embora daquela distância não pudesse ter certeza, de que Mamoon estava de pé junto à janela do seu quarto, ajeitando o colarinho da camisa, e seus olhos encobertos pela sombra pareciam suspensos e acesos por um interesse malicioso.

Harry foi depressa para a cozinha a fim de fazer um café. Liana olhou para ele, mas não disse nada. Pouco depois, Ruth, sua irmã e Julia chegaram e logo começaram a virar os tapetes e a enfiar os braços nos vasos sanitários. Harry pretendia ir para o celeiro continuar seu trabalho, começando mais um dia metido com os diários e as cartas de Peggy.

Mas primeiro foi ao seu quarto trocar de roupa. Enquanto fazia isso, ouviu baterem na porta.

Sete

"Harry?" A batida leve de Mamoon assustou Harry e ele baixou os papéis que estava segurando. "Preciso falar com você."

"Precisa mesmo, senhor?"

"Ah, sim. Podemos conversar no final da manhã? Vai estar livre?"

"Conversar? É por isso que estou aqui, senhor, para rastejar a seus pés como um verme, como o senhor disse um dia desses."

"Vejo você na biblioteca, meu amigo, *insh'allah*. Estou ansioso para o nosso encontro."

"Está mesmo?"

"Por que não? Há muito a dizer."

Aquilo foi uma surpresa; Mamoon nunca antes tinha solicitado a companhia de Harry. Ou ele queria corrigir alguma informação, o que era improvável, ou Harry ia ser posto no olho da rua.

Desatento, cansado e sentindo-se culpado, depois das energias despendidas com Julia, Harry também estava preocupado por não ter ido mais longe em suas mais recentes perguntas a Mamoon, que tratavam da sra. Thatcher. Harry perguntara por que Mamoon gostava de alguém sem nenhuma cultura discernível e que havia conduzido a Grã-Bretanha à vulgaridade e ao consumismo. Além disso, qualquer pessoa pensaria que um indiano que escrevia livros era a última coisa que Thatcher apreciaria neste mundo. Ela parecia gostar da companhia de Mamoon e ele fora convidado a visitá-la tarde da noite na Downing Street. Alguns dias antes, Harry ouvira Mamoon dizer que Thatcher "enfrentara a máfia" e "demagogos absurdos como Scargill", e que "Margaret gostava de homens". Embora um furo de reportagem sobre as conversas particulares entre Mamoon e Thatcher pudesse ser de grande ajuda para o livro, o fato é que Mamoon não disse mais nada sobre o assunto.

Agora, tentando pensar num jeito mais proveitoso de se aproximar de Mamoon, Harry foi dar uma volta no bosque com Yin e Yang, que eram capazes de correr o dia inteiro. Ele disse para Alice ao telefone: "A coisa está piorando. Mamoon só me deu umas migalhas. Tenho milhares de fatos e dados, mas quem quer saber disso? O que eu vou fazer, meu amor? Como vou abrir o homem de verdade?".

Harry sabia que teria de fazer a Mamoon perguntas que não faria a seus amigos nem, a rigor, a ninguém. Havia muitos aspectos de seus amigos, e na verdade de suas namoradas, de que Harry, por força de uma reserva inglesa, não queria ter nenhum conhecimento. O esquecimento e também a hipocrisia eram, para ele, as artes necessárias e centrais da vida, assim como nitidamente também eram para Mamoon. Então, se perguntava Harry, por que ele tinha decidido se tornar justamente um biógrafo literário — alguém que procurava a verdade de outra pessoa para reformulá-la com suas próprias palavras? Será que aquilo era o que ele devia mesmo estar fazendo na vida? Ou se daria melhor como membro da guarda costeira, como um de seus irmãos havia sugerido recentemente?

Em Londres, no fim de semana anterior, caminhando com o pai pelo Richmond Park, Harry consultou-o sobre como fazer algum progresso com Mamoon. O velho disse: "A persistência é a chave, sem dúvida você deve ter aprendido isso comigo, não é? Se você quer tratar um esquizofrênico, por exemplo, sobretudo do tipo mais ou menos catatônico, a única receita é tempo e atenção total. E é preciso entrar na fantasia dele, em vez de tentar refutá-la. Pode levar meses ou anos até você chegar a algum lugar. Às vezes você não chega a lugar nenhum. E não é só isso, os pacientes tentam deixar você maluco. Querem instalar a doença deles dentro de você. Ao mesmo tempo, os médicos ficam muito irritados com os pacientes por não melhorarem e muitas vezes até os castigam, assim como os professores se impacientam com seus alunos. A verdade, Harry, é que nesses relacionamentos há muita coisa acontecendo, mesmo quando parece que nada está acontecendo. As pessoas sãs sempre invejaram os loucos, por sua liberdade e seu êxtase. Veja o caso de sua mãe", ele disse. "Ela podia ser adorável, e era adorada. Mas nem todo o nosso amor e atenção foi capaz de mantê-la viva."

"Posso lhe fazer uma pergunta agora? Eu nunca falei disso. Você a amava?"

"Amava, Harry. Ela amou outros homens. Eu não acredito exatamente no padrão de casamento burguês, uma forma projetada para restringir a sexualidade e que por certo cobra um preço alto demais. Porém ela dificultou as coisas para mim. Era curiosa a respeito do mundo, ela acreditava nas coisas: essa foi sua fraqueza. Se queria conhecer alguém, ela simplesmente ia atrás da pessoa, de qualquer um, não interessava quem fosse, e danem-se as consequências. Ela desaparecia; nós ficávamos loucos de preocupação; mas depois de uma semana ela voltava, dizendo que tinha ficado com uns DJs em Brighton. Você sabia disso? Os garotos contavam para você?"

"Contavam, bastante."

Harry não quis dizer ao pai que ainda sonhava com umas férias que a família passara na Itália, e que naquelas férias ele foi ao quarto da mãe e encontrou a porta entreaberta. Espiando pela brecha, viu a mãe na cama com um homem. Ainda estavam deitados; ela nos braços dele. As roupas dela caídas no chão, mas os sapatos, de um jeito bem estranho, estavam juntos, sobre uma cadeira — como numa espécie de exposição, conjeturou Harry, ou para a própria segurança deles. Harry empurrou a porta um pouquinho e entrou no quarto. A mãe pulou da cama, puxando o lençol na frente do corpo; o homem continuou nu. Ela berrou para Harry sair.

Ele correu para fora e, quando viu a mãe algumas horas depois, ela não se mostrou nem um pouco abalada nem tocou no assunto. Então ele soube que havia outra mãe dentro da mãe que ele acreditava conhecer, e depois disso Harry se perguntou muitas vezes quando veria a mãe de verdade outra vez. Mas qual mãe seria? Será que ela havia, de propósito, provocado ereções em Harry ao esfregar languidamente pomada para eczemas em sua pele?

Por intermédio dos irmãos, soube que tinha sido poupado de conhecer os extremos mais graves a que a mãe havia chegado, embora ele a tivesse ajudado a procurar baratas pela casa e a fechar as cortinas para que os espiões não olhassem. Quando isso não os mantinha afastados, ela alojava os três irmãos dentro do carro e os levava para viajar, cantando, com uma garrafa de vodca na mão — a água estava envenenada —, e eles iam para a Escócia a fim de escapar de algum estuprador. Quando ela foi à delegacia denunciar o homem, os filhos a viram ser algemada e levada a uma enfermaria fechada, onde lhe aplicaram remédios, e só voltou para casa meses depois, num estado ainda pior.

O pai disse: "Você deve saber que ela teria orgulho de você, por ser um homem da literatura. Ela gostava — e muitas vezes gostava até demais — de qualquer metido a besta capaz de empunhar uma caneta de modo decente. Os escritores sempre põem sua arte em primeiro lugar, como deve ser. Mas em geral estão livres à tarde, altura em que a mente deles cede a vez para os órgãos genitais. Mulheres se sentem atraídas por artistas, é claro, como são atraídas por médicos e por prisioneiros no corredor da morte. O poderoso e o vulnerável. Se quer continuar a ir para a cama com mulheres, sobretudo quando ficar mais velho, esse é o rumo que deve tomar, garoto".

"As infidelidades dela magoaram você?"

O pai deu de ombros e disse: "É impossível calcular as maneiras como nós dois magoamos um ao outro. Quando tentávamos ajudar um ao outro — eu a transformando em paciente e ela me transformando numa autoridade tediosa — o fazíamos de maneiras muito ruins, até piores do que nossas agressões reais".

Em seguida o pai disse a coisa mais dura que Harry julgava ter ouvido.

"A verdade é que ela foi toda a vida que você teve e sempre estará em seus sonhos, até o dia em que você morrer; ela era sua mãe, Harry. Mas para mim ela foi apenas mais uma mulher. Vocês, garotos, são uma recordação muito feliz daquele tempo. Sabe, quando a gente termina um relacionamento e diz que não sente mais amor, na verdade a gente quer dizer que nunca amou de verdade. O passado é um rio e não uma estátua."

Embora Alice fosse contrária à biografia, antes de Harry partir para a casa de Mamoon, bem no princípio, ela havia insistido para que ele treinasse sua técnica de entrevista. Alice estava preocupada com o pavio curto de Mamoon e com sua indiferença, que, somados à cordial discrição de Harry, poderiam permitir que Mamoon se esquivasse do rapaz a tal ponto que os dois acabariam se limitando a bate-papos banais. Portanto Alice havia insistido em que ela e Harry fizessem uma lista de perguntas incisivas e rigorosas a ser apresentadas a Mamoon, as quais ela gravou em vídeo, com Harry fazendo as perguntas com a voz mais neutra e mansa do mundo. No entanto Mamoon tinha feito inúmeras entrevistas com alguns dos personagens mais antipáticos do planeta, perguntando-lhes sobre crianças que haviam matado e mulheres que haviam estuprado — "Estrangular a mulher até a morte completou seu prazer ou o senhor julgou isso apenas um suplemento, como o conhaque que se toma ao final do jantar?" —, e usava o silêncio como se fosse uma faca. A "questão" era sempre qual dos dois seria capaz de esperar sem ansiedade; Mamoon também podia, como Rob havia previsto, ficar entediado e irritadiço. "A visão de você, Harry", disse Rob no início, "sem a menor sombra de dúvida vai fazer Mamoon se lembrar de como ele deixou pouco tempo livre para viver de fato e de modo autêntico."

Por acaso Harry descobriu alguns assuntos literários que enervavam e animavam Mamoon. Tais assuntos propiciavam momentos proveitosos, em que ele se mostrava mais desarmado e que Harry tinha de explorar de maneira parcimoniosa, por temor de deixar seu oponente prevenido para aquela isca. Parecia mais uma briga de trânsito do que uma crítica literária, e Mamoon quase saltava da cadeira. "O fresco irritadinho da literatura inglesa, o bunda-mole de fígado cor-de-rosa, o veadinho que ama a mamãe?"

Harry tinha se referido, de passagem e em voz baixa, a E. M. Forster. "Puxa, qual é sua opinião, senhor?"

"Opinião? Não tenho opinião nenhuma sobre um homem que dizia querer escrever sobre sexo homossexual, assunto que com certeza precisávamos muito conhecer. Como ele mesmo não tinha colhão para fazer aquilo, passou trinta anos olhando pela janela, quando não estava sonhando acordado com motoristas de ônibus e com outros paquistaneses. Um quase homem que dizia detestar o colonialismo e que usava o Terceiro Mundo como bordel, porque lá não seria preso, como aconteceria, se mostrasse o pênis num banheiro de Chiswick. Aparentemente, ele preferia seus amigos a seu país! Que corajoso e original! Claro", prosseguiu, os olhos soltando chispas, "que Orwell era até pior. É o pior dos Blairs. Será que ainda o levam a sério neste país?"

"Sobretudo como ensaísta."

"Escreveu livros para crianças ou, melhor dizendo, para crianças que têm a infelicidade de estarem estudando seus livros. Toda essa escrita de alfabetização, o estilo simples, a mente nua, vazia, com um forte vestígio de sadismo, o socialismo sentimental, o Grande Irmão e os porcos, e nada sobre amor — intolerável. Nenhum adulto, exceto um professor, pode se dar ao trabalho de ler qualquer um de seus romances. Quando penso no Inferno, ele consiste em ficar sozinho para sempre num quarto 101, com nada mais para ler senão qualquer um dos livros dele."

"Mas o senhor não disse, certa vez, que o mistério da crueldade humana é o único tema que importa?"

"Parece uma coisa que eu disse, de fato, se bem que repudio tal ideia. Existe o amor. Nenhum desses escritores, o boiola e o puritano, descreveu uma mulher linda. Que tipo de escritor não consegue fazer isso?"

Ele encolheu os ombros; depois, parecendo ter chegado ao clímax após essa rajada jihádica de ódio, afundou em sua poltrona, de boca aberta, murmurando: "Gosto muito mais de Willie Maugham ou do vulgar H. G. Wells. Porém o único que ainda amo ler é a Deusa".

"Quem?"

"Aquela que me faz lembrar da minha vira-lata alcoólatra solitária, que perambulava por Londres e Paris quando aqui cheguei — Jean Rhys. Ela é a única escritora em língua inglesa com quem a gente tem vontade de ir para a cama. Afora isso, tem só as Brontë, Eliot, Woolf, Murdoch! Já pensou fazer cunilíngua com uma delas? Como Jean dizia, o mundo é simples: tudo se resume a cafés onde gostam da gente e cafés onde não gostam da gente."

Harry ficou levemente impressionado.

Oito

Ele estava de pé diante da porta da biblioteca. Como não conseguia se lembrar do mantra que Alice insistia em afirmar que ia servir para acalmá-lo, Harry repetiu para si mesmo: "Morte, ruína, perdição...".

"Entre."

A sala forrada de livros era silenciosa e fresca, as cortinas pesadas barravam a entrada da luz. As mesas, onde se empilhavam os livros mais obscuros e difíceis do mundo, eram peças de antiquário. Bustos, esculturas, pinturas e tapeçarias, algumas refinadas, outras vulgares, tinham sido transportadas de navio da casa dos pais de Liana, perto de Bolonha. Harry tirou os sapatos ao pisar num comprido tapete veneziano escolhido por Mamoon, quando tinha ido fazer compras com Liana. Era como andar sobre um quadro de Mantegna, na direção de um juiz implacável, ansioso para distribuir sentenças de morte.

Mamoon tinha se trocado. Em vez de sua habitual roupa de treino folgada, vestia calça de flanela cinzenta, mocassim italiano com meia cinzenta de lã e camisa branca de mangas compridas e desabotoadas. O gato avermelhado em seu colo estava de olhos fechados enquanto Mamoon acariciava sua cabeça.

Harry sentou à sua frente e pôs sobre a mesinha de centro seu caderno e sua caneta, bem como o gravador.

Mamoon disse: "Harry, por favor, meu caro rapaz, antes de você dar a partida nessa aterradora caixa de gravação, pode me ceder a vez para eu aborrecê-lo com uma pergunta?".

Harry fez que sim com a cabeça. Se não pegasse no sono, Mamoon de vez em quando fazia a Harry perguntas diretas e difíceis de responder, perguntas que, todavia, Harry achava que precisava responder, a fim demonstrar que o silêncio não servia para nada.

"Harry, você acredita em monogamia e fidelidade?" Harry ficou surpreso. "Acredita?"

"Acredito. Sim, eu acredito, em tese."

"Em tese?"

"Ah-han."

"Você é um teórico, então, não é?"

"De certo modo."

"E de que modo você é de fato um teórico?"

Harry respondeu: "Dizem que a fidelidade é a melhor solução, que tudo é mais simples na prisão do amor. São poucos os que chegam a enlouquecer. As várias alternativas acabam trazendo mais infelicidade, não é?".

"Como vou saber?", disse Mamoon. "Vivi todo esse tempo e até hoje não sei responder a perguntas irrespondíveis. As pessoas vêm aqui e me pedem verdades universais, mas estão batendo no endereço errado. Aqui só vão encontrar perguntas universais, aquelas que fazem a literatura."

"E como espera que *eu* responda a elas?"

"Observei a maneira como você olha para as mulheres. Levantamos informações a seu respeito, ouvimos rumores que nos chocaram. Felizmente Rob foi seu fiador, do contrário não teríamos aceitado contratá-lo. Talvez, porém, você ainda não esteja pronto para se retirar da caçada."

Harry disse: "Minha mãe morreu. Eu precisava de atenção feminina. Havia tias. As amigas de meu pai, as namoradas de meus irmãos. Era um prazer luxuoso correr para os braços de mulheres naquela idade, quando muitas delas se mostravam mais do que boazinhas comigo. Talvez tenha virado uma espécie de obsessão para mim experimentar e satisfazer uma mulher, depois de me sentir em dívida com ela".

"Retribuir a bondade?"

"O senhor deve saber que, no momento, estou me dedicando seriamente a um tratamento de desintoxicação no que diz respeito a esse assunto. Aprendi que posso ter um efeito muito forte sobre as mulheres. Quando elas querem ser desejadas, suas paixões podem ser colossais. Mas agora estou tentando parar, ou pelo menos me aquietar, depois de certas aventuras e desventuras um tanto perigosas."

"Recentes?"

"Ah, meu Deus, eu já devia ter aprendido a lição a esta altura."

"Do que você está falando? Preciso de um exemplo."

"Não estou seguro de que devamos nos dispersar, sr. Mamoon."

Mamoon inclinou-se para a frente. Estava ficando impaciente. "A questão, Harry, é que para eu não achá-lo abominável é preciso existir mais reciprocidade aqui. Sobretudo da sua parte." Mamoon acariciou o queixo do gato, agora irrequieto. "Está entendendo?"

Harry disse: "Senhor, eu não tinha limites em matéria de mulher. Eu pedi demais. Minhas dívidas foram cobradas. Peguei uma mulher no metrô".

"Em que estação?"
"Central."
"Ah, sim. Marble Arch. Bond Street."
"Adorei essa mulher mas depois tive pena dela — mas talvez eu a tenha enganado —, uma pessoa sozinha, uma estudante madura de além-mar, que no final não queria me deixar e depois, de propósito, engravidou de mim. Ou pelo menos foi o que ela disse. Aparentemente, era sua última chance com aquela idade. Ela não queria mais nada de mim — só um filho! Fiquei preocupado. Lembro que ela escreveu tudo o que havia acontecido."

"Ah-ha. Existe um registro. Vá em frente."

"Com certa dose de risco, escalei a parede lateral do prédio dela e invadi sua casa para ler o diário e descobrir os fatos relativos à gravidez. A porta abriu enquanto eu consultava as provas. Achei que eu ia morrer de um ataque do coração. Era sua companheira de apartamento, com uma faca na mão. Estava tão apavorada que achei que podia me matar por acidente.

"Falei que ia explicar tudo. Tomamos um pouco de uísque. Acabei indo para a cama com ela. Depois me recusei a fazer aquilo de novo. Então a mulher contou tudo para a amiga, que entrou no carro e foi atrás de mim. Depois fiquei sabendo que ela passou três dias me esperando em vários lugares, antes de tentar me atropelar quando eu andava de bicicleta. Minha roda de trás ficou esmagada. Quando ergui o rosto e vi os olhos da mulher, deixei a bicicleta pra lá e tratei de correr para salvar a vida. Enquanto isso, tive de esconder toda essa história da minha namorada, com a qual eu tinha começando a morar."

"Alice... esse é o nome dela, não é?"

"Sim, ela é meiga e incorrigível, e não tem muito rumo na vida. Mas é boa de se olhar e eu a adoro, sou doido por ela. Antes, se pudesse, eu transava com três garotas no mesmo dia."

"Três? Você conseguia dar conta disso?"

"Quatro foi o meu recorde. Não, cinco. Qual é o seu, senhor?" Como Mamoon nada respondeu, Harry disse: "Agora estou decidido a livrar minha alma do diabo e ser um homem direito. Mas naquela época havia outras com as quais eu não tinha terminado de verdade — sobras de outra fase, digamos assim. Uma teve um aborto. Outra tentou o suicídio — na minha frente. Um de meus irmãos disse que eu nunca precisaria me dar ao trabalho de tocar meu pênis, embora isso fosse me poupar de muitas encrencas".

"Você parece um especialista, se é essa a palavra, em enlouquecer os outros. Será que é de propósito?"

"Passei maus bocados, Mamoon. Mas às vezes parecia valer a pena."

"Em que sentido?"

"As mulheres eram sensacionais."

"Como?"

"Uma delas tinha olhos grandes", disse Harry. "Toda vez que ela abria bastante os olhos, era como se todas as roupas estivessem caindo do seu corpo. Era violinista, tocava Bach e cantava para mim."

"Ah."

"Está vendo? Elas valiam o sacrifício. Eu sabia que era um tolo por ir atrás delas, mas seria ainda mais tolo se não fosse."

"Ótimo. Um homem que não deixou atrás de si um rastro de mulheres arrasadas é alguém que mal se pode dizer que viveu. E se alguém consegue obter a sexualidade e o amor delas, juntos, esse é de fato um homem de sorte. É uma coisa tão rara quanto um belo dia de primavera no campo."

Harry disse: "Devo dizer que me sinto contente por estar aqui no campo, onde há mais sossego. Posso ser mais monstruoso do que eu gostaria de acreditar — em minhas paixões e na maneira como elas terminam subitamente, como se as paixões nunca tivessem existido. Sou uma dessas pessoas que precisam saber de onde vai vir sua próxima refeição, para o caso de ela simplesmente não vir. Nem todas as mulheres gostam de ser tão usadas assim, é claro".

"Por que você se comporta desse modo?"

"Já pensei nisso, Mamoon, e o senhor vai ficar surpreso de saber."

"E então?"

"Adoro o fio da navalha. Quero ser cortado. Meu terror é uma vida burguesa banal. Não suporto a coerção cotidiana. Acredito que a banalidade apagaria minha modesta centelha."

Mamoon disse: "Escrevi o seguinte: devemos nos curvar em sinal de gratidão aos fundamentalistas, que nos lembram como o sexo e os livros são perigosos. Todo sexo e, a rigor, todo prazer precisam conter uma gota venenosa de perversão, de transgressão diabólica — de mal, até —, para valer a pena ir para a cama com isso. Tornou-se banal agora que é ubíquo. Como estudante dedicado dos jornais de escândalos, aprendi que o adultério — prazer mais traição — é a única diversão que nos restou. O casamento domestica o sexo, mas liberta o amor. É inadequado enquanto solução para as necessidades humanas, mas com o capitalismo as alternativas são muito piores.

"Mas tudo isto", prosseguiu Mamoon, apontando com um gesto para a sala, "isto a que você se refere como cotidiano, burguês e maçante, eu quero isso. Preciso disso. Amo isso."

"É mesmo?" Harry inclinou-se para a frente, a fim de ligar o gravador.

"Não toque nisso", disse Mamoon. "Tirei meu time de campo, Harry. Outro dia tive de enfiar uma faca numa torradeira de pão e só isso já representa mais perigo do que sou capaz de suportar. Tenho certeza de que vai acontecer também com você — o desejo de conforto e satisfação. O desejo de não ser especial. Mas alguém me disse, talvez tenha sido o Rob, que vocês têm planos de se casar, não é verdade?"

"Espero que sim. É o que desejo fazer. Sem dúvida nenhuma. Vejo o casamento como uma espécie de defesa, uma barragem contra a turbulência do desejo. Você acha que pode funcionar assim?"

"Por que imagina isso?"

Harry pegou o gravador e mostrou-o a Mamoon. "Eu é que devo fazer as perguntas."

"Sua vida é mais interessante do que a minha."

"Não vai escrever sobre mim, vai?"

"Prefiro você como personagem de ficção, e você devia se sentir lisonjeado de aparecer num de meus livros, ainda que sem calças. No entanto, Harry, meu relógio parou. O embalsamador está arregaçando as mangas. Enquanto estamos conversando, setenta e duas virgens estão vestindo uniformes escolares para mim. Você deve viver, e eu confirmo: ponha seu pênis sempre em primeiro lugar. Harry, você sabe que eu o considero meio tapado e frouxo, mas isso não significa que você não tenha me ensinado muita coisa."

"Muito obrigado. Isso me anima demais. Mas o que foi que ensinei ao senhor?"

"Meu backhand estava todo errado, você sabe disso. Há anos venho batendo do jeito errado. Muito para cima." Mamoon prosseguiu: "Você é muito mais sofisticado, ponderado e culto do que eu era na sua idade. Mas em outros aspectos você é pouco refinado e autoenganador".

"Sou?"

"Desculpe se ri de você."

"O senhor riu de mim?"

"Não ouviu o barulho que fiz?"

"Ouvi, senhor, e fiquei assustado, com medo de que o senhor estivesse passando mal. Por que fez o barulho?"

"As justaposições que você descreveu são de fazer rir", disse Mamoon. "De um lado, há uma existência burguesa e banal e, de outro, a fantasia do que poderia ser chamado de deleite infinito — como se as duas fossem as únicas alternativas."

"Sim", disse Harry. "Parece uma idiotice total, agora que o senhor apresenta a questão dessa forma."

"Desculpe se fui rude. Mas a maneira como você pinta a situação é enganadora. O arcabouço, podemos dizer, está no lugar errado. Você não aplicou sua considerável inteligência nessa questão e eu quero saber por quê. É quase uma separação fundamentalista que você pôs em ação." Mamoon fitou o teto. "O romance é contaminação. O romance vê a complicação." E prosseguiu: "Seria bom recomendar a você que prestasse atenção a algo que Conrad declarou, certa vez, não que ele seja um escritor com quem eu me importe tanto assim agora — pouca coisa me dá prazer, como você sabe, uma vez que já estou quase morto".

"O que Conrad disse?"

"'A descoberta de valores novos é uma experiência caótica. É uma sensação momentânea de trevas. Deixo meu espírito planar, deitado de costas, naquele caos.'"

"Planar, deitado de costas, naquele caos", repetiu Harry. "É disso que eu preciso."

"Se eu fosse você, prestaria atenção ao trecho que fala de valores novos."

Harry percebeu que Mamoon olhava para ele com ar divertido. Harry disse: "Sou um homem fraco, é o que você acha? Ou alguém que recebe mais prazer do que merece?".

"Prazer?" Mamoon riu. "A maioria das pessoas não sabe maximizar seu prazer, Harry, elas sexualizam sua dor. Certamente você percebeu que na sua maioria as pessoas vivem sem amor, passam a vida tentando encontrar pessoas que não lhes deem tesão."

"Por quê?"

"Pense bem."

"Não seria esse um retrato do senhor?"

Mamoon inclinou-se para a frente na cadeira e disse: "Detesto exprimir uma opinião, mas você insiste em me forçar. Quero que nunca fique muito claro. Nada confunde tanto quanto a clareza. As melhores histórias são as abertas, aquelas que não compreendemos de jeito nenhum. Mas minha ideia acerca desse tema é bem simples: os amores que você descreve são encontros muito reduzidos, é claro. Não são relacionamentos, não. Não poderiam ser descritos como tais. São dependências, ou antirrelacionamentos. Quem sabe você só goste de ficar com pessoas a quem odeia?".

"Como assim, senhor?"

"Relacionamentos que não se desenvolvem se tornam sádicos. É preciso haver uma troca que desenvolva ambos os participantes; é preciso haver algum tipo de transformação, ou uma coisa nova, do contrário haverá violência. A violência daqueles que desejam explodir uma situação."

"O senhor conhece bem isso?"

Mamoon deu de ombros. "Transformação mútua é coisa rara, como são as coisas boas, em geral. A meu ver, as pessoas deviam viver como desejam, até encontrarem alguém a quem queiram ser fiéis. Afinal, como vocês dizem, ninguém pode fazer sexo oral consigo mesmo."

"Exatamente."

Mamoon prosseguiu: "Acho que já falei bastante por hoje. Sinto a necessidade de me deitar por algum tempo e pensar naquilo que você me levou a falar". Sorriu para Harry. "Por que não convida sua namorada para ficar aqui? Eu gostaria de vê-la."

"Gostaria?"

"Tenho a sensação de que a presença de uma mulher jovem me deixaria mais loquaz."

"Como assim?"

Mamoon fechou os olhos e disse: "Talvez seja hora de eu ser lembrado, mais uma vez, das coisas mais belas e mais abjetas. No dia do enterro de Victor Hugo, era impossível achar uma prostituta nas ruas de Paris. Estavam muito ocupadas prestando-lhe as últimas homenagens. Aquilo é que era um homem — e ele ainda tem um espetáculo em cartaz em West End".

"Certo." Harry juntou suas coisas e começou a fazer o caminho de volta pelo tapete, rumo à porta.

Antes de Harry sair, Mamoon abriu os olhos e disse: "Você talvez descubra que não pode comprar a sexualidade no varejo, como uma roupa feita em série, como algum tipo de fantasia de tamanho único — essa crassa ideia burguesa, a moralidade de escravos. Se você pensar nisso a sério, vai ver que as pessoas têm que formar e moldar sua sexualidade conforme aquilo que lhes foi dado. Porém é bem mais parecido com escrever um livro do que ler um roteiro".

"Obrigado."

"De nada. Como vai a nossa psiconarrativa — meu monumento, sua antologia de horrores?"

"Vou chegar lá, senhor. Mas ainda existe uma distância considerável a percorrer."

"Ótimo. Sempre haverá, eu suspeito. Espero que você esteja me transformando numa história que eu vá gostar de ler. Sou interessante? Estou muito ansioso para ser surpreendido pela maneira como vou sair na foto."

Harry disse: "O senhor vai ficar bastante surpreso".

"Por quê?"

"A verdade é uma tatuagem na testa. Não podemos vê-la sozinhos. Eu sou seu espelho."

"Você. Maldição do inferno."

"Má sorte." Harry parou um momento. "Tenho de perguntar uma coisa: o senhor já parou para pensar se eu poderia visitar e entrevistar Marion?"

"Para que perder tempo com ela? Sempre haverá mulheres. Elas vêm e vão, ao que parece. E daí? Não as persiga. Deixe que elas acorram em manadas a você."

"Por que o senhor recusa?"

"Já disse que não é uma boa ideia. Você só vai deixá-la irritada. Como se a pobre mulher já não tivesse sofrido o bastante."

"O que foi que ela sofreu exatamente?"

"Saia daqui."

"Tem mais uma coisa, senhor. O seu backhand ainda precisa de aprimoramento."

"Sim, é o que eu pensava. Precisamos cuidar disso. Quero voltar à minha boa forma física. Preciso de você para me incentivar a fazer umas séries de abdominais, flexões de braço e flexões na barra. Preciso exercitar o corpo outra vez. Ele pode vir a ser útil algum dia."

Harry saiu depressa, mas Liana o esperava do lado de fora, como ele já havia previsto, pois Liana não tinha nenhuma companhia, a não ser Julia. Ela caminhou ao lado dele pelo gramado, querendo conversar com ele. Quando ela dizia "conversar", o sentido era que ela queria que ele a ouvisse. E foi um certo alívio ouvir, porque Harry se sentia exausto depois do que tinha dito a Mamoon, como se tivesse participado, à revelia, de uma sessão de terapia que corta a carne até os ossos.

Ela disse: "Você me conhece bastante bem, Harry, para saber que eu sou uma mulher nostálgica". Ela queria falar sobre sua imensa vontade de "sair da lama", que era como ela começava a se referir ao campo. "O campo tem cheiro de excremento", disse. "Mamoon gosta, pois lhe traz lembranças da sua terra natal. Mas agora preciso ir para Londres e temos de levantar dinheiro para comprar um apartamento. Detesto ter de ficar tão longe do meu cabeleireiro. Minhas roupas estão se desmantelando. Vamos dar festas e jantares. Você sabe que sou louca para encontrar Sean Connery e o ator de *Ghandi*. Porém, enquanto isso, vou oferecer um jantar para Mamoon por aqui mesmo. Será que sua namorada poderá vir e ficar conosco por alguns dias? Estou tão abatida, Harry. Quem sabe ela nos alegre um pouco? Ela é divertida? Eu gostaria muito que alguém fora da nossa rotina viesse aqui em casa."

"O convite de vocês dois é muito gentil, mas fico sem jeito de convidá-la", disse Harry. "Alice vem de uma família que mora num conjunto habitacional popular e seu pai é esquizofrênico. Ela não fez faculdade e o irmão está na cadeia."

"Por que motivo?"

"Tráfico de drogas e arrombamento de residência. Ela entrou na escola de arte, mas fora isso não tem formação. Lê revistas de moda em sua casa no conjunto habitacional como se estivesse estudando textos de um *samizdat* e acabou conseguindo arranjar um emprego no ramo da moda. Não é bem paga, mas adora roupas e tira fotos maravilhosas das roupas. Porém, quanto a literatura, só posso dizer que Valentino é seu Dante e Alexander McQueen é seu Baudelaire."

"O mestre romano é o Dante dela? Uma vez segurei a mão dele em minha cidade, como também fiz com a mão de Fellini. Por favor, convide-a. Mamoon está trabalhando, mas não vai reclamar demais, se vierem pessoas a nossa casa e não o irritarem. Se ele não for com a cara delas, é claro, podem perder a esperança."

Harry disse: "Numa manhã dessas, quando o levei de carro à cidade para consultar seu quiropodista, Mamoon disse que adoraria ter uma espingarda de caça". E chegou a imitar a voz absurdamente empostada de Mamoon: "Será que alguém se daria conta no caso de nós darmos cabo de alguns desses jovens? Será que alguém se importaria com isso, já que há tantos deles à toa por aí?".

Liana disse: "Ele fala a mesma coisa dos ciclistas. Mas se não vier alguém, vou berrar como um demônio das lendas irlandesas. Você vai trazer a Alice para o jantar de aniversário de Mamoon — qualquer pessoa jovem é bem-vinda".

"Vou perguntar a ela. Já sei o que ela vai dizer."

"O quê?"

"O que eu vou vestir?"

"Uma mulher em sintonia com o meu coração. Ah, Harry, como diz Dante, o escritor famoso: 'Hoje à noite é o começo de sempre... *Amore e'l cor gentil sono una cosa*'."

Nove

"Vamos lá, Boswell, você é um homem de verdade ou suas histórias são todas inventadas, como as minhas?", gritou Mamoon, sempre louco para travar uma competição letal depois de uma manhã mantendo viva a cultura. "Meus miolos nem sempre ficam suando! Faça-me correr! Você não quer matar o escurinho metido a besta que roubou suas mulheres brancas? Arrisque a sorte e cometa um assassinato, afinal! Que risco você já correu alguma vez na vida?"

Harry achava divertido jogar bolas para lá e para cá e fazer Mamoon rebater. E Mamoon gostava das aulas vigorosas; o deixavam animado, sobretudo a parte das provocações.

Paft — Harry bateu na bola e em seguida gritou: "Pronto, Fred Perry, exercite seu backhand agora, se for capaz! Vai, vai, vai, vovô!".

Quando Mamoon corria de verdade, tossia; pigarreava, engasgava, escarrava, seu corpo todo tremia. Depois queria jogar de novo, forçar a si mesmo.

Na cozinha, quando eles estavam saindo, Liana havia brandido para Harry seu dedo coberto de joias. "Por mais que ele insista que você o mate, que ele adoraria ser assassinado por você, eu não quero que você lhe proporcione um ataque cardíaco, está certo? Esse pode ser um trabalho de ódio e eu desconheço a incidência de biógrafos que assassinaram o protagonista de seus livros, mas não vamos agora dar início a essa tendência."

Em pouco tempo, Harry estava se perguntando se tinha a intenção de começar uma tendência. Mandou uma bola forte na diagonal, mas não forte demais. O velho se moveu devagar e pesado atrás da bola e de repente parou, como se tivesse levado um tiro, gritou de dor e desabou sobre os joelhos.

Harry correu na direção de Mamoon, virou-o de barriga para cima e disse para ele ficar parado. Ia buscar ajuda.

"Nunca fiquei parado em toda a minha vida", respondeu Mamoon. "Vou me levantar e andar!"

Apesar daquilo que Harry havia identificado como uma distensão muscular, Mamoon começou a rastejar pela quadra, exigindo que recomeçassem a partida de tênis. Segurando-se na cerca, mal e porcamente se pôs de pé, todo torto, e ergueu a raquete, a postos.

"Saque! Estou pronto! Vamos lá, seu inglesinho sacana de escola de elite!"

Harry jogou a bola bem devagar na direção dele. Mamoon se deslocou afoito atrás dela e, mais uma vez, desabou de joelhos, caiu de cara no chão, agarrando o lado do corpo com a mão.

Harry não tinha trazido o telefone. Teve de levantar Mamoon e carregá-lo como pôde até a casa. Era uma boa caminhada e Mamoon era pesado, estava suando e praguejando. Por fim, Harry pediu a Mamoon que montasse em suas costas; depois de alguma reflexão, pareceu ser aquela a posição mais eficaz.

Enquanto faziam o percurso, Mamoon bufava no ouvido de Harry: "Aposto que você gostaria de estar escrevendo mais um péssimo livro sobre o Conrad. Diga lá, qual é mesmo aquela história em que um homem tem que carregar um cadáver nas costas? Ou será que eu virei o inseto autoritário de Kafka?".

Como precisava manter o fôlego, Harry não estava em condições de responder.

Liana olhou de relance pela janela para ver a criatura gemebunda de duas cabeças e duas pernas que capengava na direção da casa. Disparou para fora, exigindo explicações sobre o que Harry tinha feito com seu marido. Enquanto lhe dava assistência, Harry esperava que Mamoon explicasse, mas o velho se limitava a uivar, praguejar, e se recusava a deitar-se, até Liana ameaçar espancá-lo. Ela mandou Harry até o bosque pegar um pedaço de pau para servir de bengala a Mamoon.

Como Liana estava preocupada com a organização do jantar de aniversário de Mamoon, Harry foi incumbido de cuidar fisicamente de Mamoon pelos próximos dias. Arrastava o velho para sentar e levantar de poltronas pela casa, o levava até a porta do escritório — se bem que, como todo mundo, ele não tivesse permissão de ultrapassar esse ponto — e o ajudava a voltar para casa. Liana pendurou um telefone celular no pescoço do marido com dois números, o dela mesma e o de Harry. Um escritor é amado por desconhecidos e odiado por seus familiares. Quando jovem, Harry ficaria surpreso, agradecido e lisonjeado se Mamoon Azam ligasse para ele cinco vezes por dia. Por que um homem tão importante, com quem todo mundo, sem dúvida nenhuma, adoraria conversar, iria querer falar com *ele*? Agora, na condição de alguém da "família", Harry estava perto demais e chegava a ter medo de ouvir aquela voz lânguida: "Por favor, Harry, meu caro rapaz, se estiver próximo, me faça a gentileza de pegar um livro, um de capa verde, acho que é verde, esverdeada, ou pelo menos turquesa, só que não consigo lembrar o título nem o autor... está perto da televisão... Pelo menos eu acho que está perto da televisão. E também não consigo achar meus óculos. São os de armação azul e não preta. Será que você tem alguma ideia...".

Foi um lance de má sorte a lesão corporal de Mamoon, que o deixou fisicamente incapacitado, bem como mais irascível do que já era, ter coincidido com o desejo de Liana impressionar Harry com seus amigos. Ela estava particularmente empenhada no jantar e, na verdade, um tanto obcecada com ele — "o começo do sempre", era como ela se referia ao jantar.

Com Julia voando atrás dela o tempo todo e atendendo a seus gritos, Liana foi às pressas à cidade em inúmeras ocasiões, levando listas para organizar o cardápio, as bebidas e o esquema dos lugares à mesa. Estava ansiosa para garantir que houvesse uma combinação perfeita de pessoas. Pelo visto, a maioria dos convidados seria gente da região, mas também viriam amigos de Londres; outros viriam de carro, do outro lado do país. Ia haver conversas espirituosas, risos, bebida e boa comida. Seria útil também para Harry: ele veria como um homem bem-sucedido vivia e era amado. Representaria um ensaio para o tipo de coisa que Liana planejava promover com regularidade em Londres, tão logo juntassem o dinheiro necessário para comprar um apartamento.

Alice, agora trabalhando em Londres, soubera de tudo por intermédio de Harry. Ela estava em Paris com o pessoal do trabalho, mas prometeu pegar o trem e se juntar a eles, se pudesse, dependendo de como andassem as coisas na cidade.

Na noite do jantar, um mês depois da chegada de Harry à casa, ele e Mamoon estavam sentados à mesa da cozinha esperando que Julia terminasse de ajudar Liana a se vestir. As duas mulheres, auxiliadas por Ruth, já estavam às voltas com aquilo fazia um bom tempo — desde a manhã da véspera, para ser exato. Mamoon tinha comparado aquilo à redecoração de Chartres.

Enquanto isso, os homens, que levaram apenas um segundo para vestir seus ternos e ajeitar o cabelo, já haviam tomado um punhado de estimulantes martínis.

Harry perguntou a Mamoon se ele estava bem: "Se não se importa que eu diga, está com a cara alarmada de um homem que acabou de descobrir que embarcou no trem errado".

"Não é a bebida que faz minhas mãos tremerem, Harry. O que pode haver de pior do que um jantar em homenagem a alguém, meu amigo? Prefiro ficar em casa praticando a automutilação. A esposa, como você a chamaria no falso dialeto *cockney* que deve ter aprendido na sua escola da elite, parece acometida por um acesso de loucura, mesmo para os padrões dela."

"Esse jantar está deixando vocês dois tensos. Liana é maravilhosamente gentil…"

"Devo dizer que você é um rapaz brilhante demais para ficar erigindo a efígie de alguém e trazendo bebidas. Estou me afeiçoando muito a você. Podia me fazer um pequeno favor?"

"Eu já estava imaginando que essas palavras eram sinal de um iminente…"

Mamoon inclinou-se para Harry: "Fique de olho em Liana esta noite — você se sai muito bem em conversas sobre sutiãs, vibrações positivas e outros assuntos de interesse feminino."

"Como assim?"

"Você é esperto o bastante para perceber que assuntos como enxaquecas e gatos nunca dão errado com mulheres. Conduza a velha garota rumo ao chá de menta."

"Está bem."

"E, por obséquio, você ainda podia me fazer o favor de pegar aquela garrafa de vodca, por gentileza? A que está no congelador, onde Liana guarda seus suéteres de caxemira." Harry pegou a garrafa e duas taças pequenas de cristal. Mamoon serviu duas doses e bebeu uma de um só gole, enchendo-a de novo a seguir.

"Beba isto. É melhor puro. O vermute está nos deixando confusos." Harry bebeu e Mamoon encheu de novo sua taça. Mamoon disse: "Sei que você tem muita experiência neste campo".

"Que campo, senhor?"

"Mulheres."

"O senhor conhece melhor o assunto. Viveu com Peggy durante anos. Estou estudando o caso."

"Harry, por favor, não deixe de sublinhar para as ávidas massas leitoras que ela era uma mulher absolutamente bondosa, mas que ninguém deveria ter se casado com ela. A gente se apaixona e depois se dá conta de que, enquanto viver, estará à mercê da infância de outra pessoa. Por exemplo, depois de certo tempo, nos daremos conta de que estamos vivendo, na verdade, debaixo do sovaco da mãe da esposa. Cometi um erro. Perfeitamente compreensível."

"Como?"

"Acreditei que sexo e trabalho podiam ocupar o lugar do amor. Devo dizer que, quando Peggy morreu, me senti aliviado e talvez até um pouco alegre. Por algum tempo, eu não sabia o que fazer. Na verdade, eu precisava daquilo que tenho agora. Uma garota enrolada — terrivelmente enrolada, sem dúvida —, mas que sabe ser mulher para um homem."

"E que tipo de mulher é essa?"

"Uma mulher dedicada não a si mesma, aos filhos, a uma causa ou ao álcool, mas ao homem que ela idealiza, a seu lápis e a seu gênio. E esse homem, na medida do possível", suspirou Mamoon, "deve ser eu."

"O senhor é um homem de sorte. E logo será mais ainda."

"Por quê?"

"Espere até ver sua esposa esta noite."

"Ela fez outra plástica no rosto?" Harry balançou a cabeça. "Algo ainda mais caro? Por favor, me conte."

"Um minuto." Harry se levantou, ficou junto à porta dos fundos e acendeu um cigarro. "Vou lhe contar."

Naquela manhã, Julia tinha ido ao quarto de Harry, fechado a porta e quase chorado. Não que fosse do tipo chorona. Quando Harry perguntou qual era o problema, ela contou que Liana, que andava especialmente agitada e ansiosa nos últimos dias, a havia lembrado enfaticamente que ela, Liana, era a patroa, que tinha tudo, e que Julia não tinha nada, por isso era melhor Julia prestar bastante atenção. Julia estava à beira de ser demitida.

"Garota, você devia se mostrar mais agradecida e se comportar melhor", acrescentou Liana. "Então, *insh'allah*, talvez eu e Mamoon possamos ajudar você a progredir neste mundo cruel."

Harry ficou sabendo que havia mágoas acumuladas: Liana, numa ocasião, acusara Julia de ter o cabelo seboso e de ser desmazelada. Exasperada com a prepotência de Liana, com sua impaciência e com mais uma ameaça de tapa, Julia tinha pensado e pensado. Acabou elaborando um plano para retaliar, sem ser demitida. Não que Harry achasse que Liana fosse se livrar de Julia; ele sabia que Liana não estava pagando Julia proporcionalmente ao tempo que ela passava na casa e que Liana tentava vender a imagem de que as duas eram amigas.

Julia não encarava o dinheiro como uma coisa essencial, no caso. Tinha descoberto, enfim, algum propósito e vinha trabalhando para se inserir de maneira indispensável na vida de Liana. A primeira coisa que fazia de manhã era preparar o guarda-roupa de sua patroa, estendendo as roupas, as joias e os acessórios para o dia. Cuidava para que o banheiro de Liana fosse tão esfregado e limpo quanto uma sala de cirurgia. Então a levava de carro, fazia compras com ela, escovava e alimentava os animais e servia seu sorvete de baunilha quando ela ficava ansiosa. Julia estava transformando Liana na grande Lady que Liana sempre imaginara ser, cuidando de tudo para ela. Por outro lado, Harry tinha ouvido Liana dizer, sem constrangimento, que trabalhar "como experiência" para o casal "ficaria bem" no currículo de Julia, ao que esta respondeu com um sorriso forçado. "Por que você está fazendo essa cara?", perguntou Liana, e Julia respondeu: "Mas, senhora, não temos carreiras por aqui. Às vezes temos um emprego. Mas não é comum".

Não era nenhum segredo para Harry que Julia preferia a Casa da Esperança à própria casa. Tinha ido à casa pela primeira vez quando criança, na época em que sua mãe trabalhava para Peggy. O irmão de Julia, Scott, que costumava cuidar dela, muitas vezes ficava fora e, nos últimos meses, as bebedeiras da mãe tinham aumentado em frequência e intensidade. Mal se passava uma noite sem que Ruth fosse ao pub e levasse vários homens para casa, para uma nova rodada. "Mereço um pouco de companhia a esta altura da vida", repetia Ruth, puxando uma caixa de cerveja para perto de si. "Talvez eu não tenha tido sorte no amor, mas nunca é tarde para viver! Olhe para você, por exemplo", prosseguiu. "Traz esse garoto chique de novo para cá e eu não falo nada, não é?"

"Mas por que você teria de falar alguma coisa?", perguntou Julia. E disse para Harry: "Isso quer dizer que, ao que tudo indica, mamãe começou a odiar você".

Harry disse: "Outro dia de manhã, enquanto eu comia meus ovos mexidos, notei que ela me olhava de um jeito maldoso. Mas eu sempre fui muito educado com ela, não fui?".

"É só com você", respondeu Julia. "Ela faz uma imitação hilariante de você paquerando." Julia estava à beira de repetir a imitação, mas mudou de ideia. "Ela diz que você é um esnobe, de classe média e metido a besta, e que você é tudo que ela mais odeia neste país. E que mais dia, menos dia alguém ainda vai lhe dar uma boa lição."

"Estou sempre ansioso para aprender, como você sabe. Mas confio em Deus Pai que meu professor não será o Scott."

Nas noitadas de Ruth, havia dança, coitos ferozes, seguidos de lutas e sangue no chão, pela manhã. Quando podia, Julia ficava na casa de sua amiga Lucy; às vezes, quando achava que seria terrível demais em casa, se esgueirava para um dos celeiros e dormia num sofá, sem que Liana e Mamoon soubessem. Mas em geral ficava mesmo em casa, sem dormir, atrás da porta aferrolhada, se perguntando se e quando devia interferir. Se os gritos soassem muito desesperados e os murros, violentos demais, ela se vestia, descia e berrava com os malucos. Destruía o aparelho de som estéreo a marteladas. Uma vez ligou para a polícia. Apesar de Ruth usar óculos e ser magrinha, e até esquelética, daquela maneira descarnada de alguns alcoólatras, a mãe um dia acertou um murro tremendo, em cheio no ouvido da filha, que pareceu ter causado uma concussão na pobre menina, deixando-a com um zumbido incessante. Não só isso; um dos homens parecia ter se mudado para a casa delas e feito morada dentro de uma caixa de papelão, embaixo da mesa da sala. Quando Julia sentava à mesa, uma mão pegajosa tocava e acariciava sua canela. "É como morar num pub", disse Julia.

Em suas folgas, ultimamente não ia para casa, preferia ir nadar num rio estreito e gelado, mas limpo, que ficava quase escondido no fim de um campo de feno. Ela e Harry iam até lá num quadriciclo motorizado que Scott havia consertado. Enquanto Harry dedilhava seu violão, cantando uns blues lentos para ela, Julia contemplava o céu cor de lavanda, o campo e o futuro.

Ela havia começado a caminhar com mais vigor e logo teve vontade de dar umas corridinhas leves, às vezes em companhia de Harry. Tinha faixas de cabelo tingidas de vermelho e assim a cor parecia dançar, quando corria. Para relaxar, Julia sentava numa cadeira de cozinha, no fim do campo, com o rosto virado para o sol. Disse: "Muitas amigas minhas tiveram filhos. Sei como elas sofreram. E como continuam sofrendo muito depois de o bebê nascer e o homem ir embora". Ela mesma cuidava de muitas daquelas crianças; era carinhosa e paciente com crianças. Dizia que garotas como ela eram chamadas de "carrinhos de bebê" pela classe média local, só que o único passatempo mais constante ali era transar.

Certa noite, depois de Harry lhe dar um beijo, Julia tirou um grande envelope da bolsa e entregou a ele. Dentro, havia três cadernos manchados e surrados, repletos de anotações quase ilegíveis feitas por Mamoon, a lápis e à caneta esferográfica desbotados. Julia vinha guardando aquilo embaixo de sua cama. Harry agradeceu e enfiou-os nos bolsos de sua calça de combate; mais tarde, quando teve tempo de passar os olhos rapidamente pelos cadernos, viu que eram ouro em pó.

Ele e Julia evitavam contato visual dentro da casa. No entanto, convencida de que havia um vínculo "eterno" entre os dois, ela lhe enviava mensagens pelo celular com frequência, mandando beijos e instruções sobre o que ele devia fazer com ela mais tarde. Certa vez, Julia entrou no quarto de Harry com um balde e um esfregão, enquanto ele trabalhava. Quando ele se virou, Julia enfiou a mão na parte da frente de sua própria calça colante, ficou lambendo o dedo médio e se esfregando, enquanto ele a observava pelo espelho.

Harry gostava que Julia fosse atrevida; a chama de seu sorriso travesso e contestador sempre o animava. Harry gostava mais ainda de Julia quando ela se mostrava ardilosamente esperta, a ponto de perceber que atiçar a paranoia de sua patroa podia trazer ótimos resultados.

Esta foi sua retaliação. "Liana, você é a patroa, organiza tudo aqui, Jesus seja louvado. Mas existe uma coisa que eu *tenho* mais do que você."

"Está brincando comigo, só pode ser isso. O que é?"

"Adivinhe." Depois de uma risadinha, Julia continuou, com seu jeito humilde e obstinado. "Você transa menos do que eu. Menos do que a maioria das pessoas."

Liana parou e olhou fixamente para Julia, como se nunca a tivesse visto. Julia recuou um passo, imaginando que talvez Liana fosse bater nela ou demiti-la.

"Sim, bem... As pessoas andam falando sobre isso?"

"Andam."

Liana contraiu os lábios. Não era à toa que ela se definia como feiticeira, mística e clarividente. Pensou alguns instantes e depois respondeu: "Minhas mãos ainda ficam úmidas quando Mamoon entra no quarto".

Julia disse: "E alguma parte dele fica úmida?".

"Sim, essa é a questão. Você acertou em cheio, bem na mosca, eu preciso aumentar meu poder sobre ele."

"Precisa mesmo, madame."

"Do contrário, ele vai ficar entediado e se tornar muito perigoso, como fez com Peggy e Marion. No meu país, nós mulheres somos muito impetuosas e sabemos que só existe um modo de segurar um homem — satisfazê-lo. Vou deixar Mamoon sem nenhuma gota de seiva e sem nenhuma migalha de energia, e ele não vai ser capaz sequer de dar bom-dia para outra mulher."

Liana ia tratar de fazer todos saberem que ela podia usar seus "artifícios e astúcias" para deixar o marido excitado — naquela mesma noite. "Então a língua afiada dos fofoqueiros da aldeia que acham que meu marido não me deseja vai ter de ficar bem fechada dentro da boca, e para sempre."

"Bela tacada, Julia", confirmou Harry. "Perigoso, mas sutil. Mal posso esperar para ver que tipo de artifícios e astúcias Liana tem em mente. Ela não poderia encontrar uma ajudante melhor do que você. Vamos torcer para que esse pequeno plano não vire um tiro pela culatra."

* * *

Harry apagou a guimba de seu cigarro e serviu mais uma dose de bebida para Mamoon. Disse: "Liana, com a gentil ajuda de Julia, está queimando as pestanas para inventar maneiras de agradar você. Nem é preciso dizer que a mulher ideal à qual você se refere — uma mulher para um homem — precisa ser mantida ocupada pelo homem".

"Você vai ficar surpreso de saber que aumentei os proventos de Liana no mês passado."

"De que o senhor proveu Liana?"

"É verdade que o homem tem de pegar a mulher pelos ouvidos, falando com ela e, às vezes, até escutando o que ela diz. Mas dessa vez eu a peguei pela cabeça. Comprei uma peruca para ela."

"Sem dúvida ela precisa sair mais de casa, ser exibida. Do contrário, é o mesmo que ter um quadro de Velázquez dentro de um armário. Seja bondoso: dê a ela uns peitos novos no Natal. Liana adoraria essa gentileza."

Mamoon riu. "Meu caro rapaz, seu pau está tão duro que você nem consegue caminhar direito. Mas eu também mal consigo andar — e você sabe por quê. Além disso, meu sangue esfriou, afinal." Prosseguiu para dizer que tinha um grande amigo em Paris, um poeta maravilhoso, mais velho do que ele. "Imagine dois velhos sentados num café, vendo o mundo morrer. Ele é mais fraco ou mais persistente do que eu, mas continua a praticar o jogo do amor. Outro dia, ele disse que a única coisa que se pode dizer em favor da velhice é que a gente não goza depressa, se é que chega a gozar."

Mamoon contou que os olhos do amigo de repente se concentravam; ele se punha de pé e ia atrás de uma mulher pela rua, enquanto citava Stendhal e caminhava: "A beleza é uma promessa de felicidade...". O amigo de Mamoon instalava as mulheres em apartamentos, fazia amor com elas — pelo menos no início — e pagava para elas estudarem e se tornarem advogadas. O esquema se rompia quando as mulheres achavam alguém mais rico e mais jovem. Um dia, ele foi detido pela polícia numa sacada, aquele velho, tentando visitar de surpresa uma de suas beldades queridas, que naquele momento estava com outro homem.

"Então, Harry, ele me procura, chorando — não existe terapeuta melhor, quando se trata de consolar um amante abandonado."

"O senhor tem inveja dele?"

"Meu amigo talvez precise aprender, como eu creio que você aprenderá, a reconhecer o momento em que já é tarde demais e que, mais do que um big bang, os suspiros de um matrimônio de companheirismo, um ágape, uma conversa cordial, podem ser a união-modelo e o objetivo de todo amor. Gentil, educativo, equilibrado, desapaixonado — um amor assim vai contribuir para dias de contentamento, quando a pessoa é capaz de pensar com liberdade. E mais: terá sempre o jantar servido na hora em que desejar."

"Parental ou pseudofraternal, em vez de adulto?"

"Quem disse que não será adulto?"

"Não tem sexo nenhum."

Mamoon tomou sua vodca de um só gole. "Sou obrigado a reconhecer que talvez você esteja farejando alguma coisa." Harry sorriu, contente por ter despertado o interesse de Mamoon, afinal. "Você é quase, mas não tanto, o tolo que eu gosto de acreditar que é."

Harry se inclinou para a frente. "O senhor pôs seu pênis na página."

Mamoon fitou-o com ar inquisidor. "Como assim?"

"Mamoon, o senhor transformou suas mulheres em personagens de ficção, em vez de amar essas mulheres como pessoas reais."

"Pense no que você poderia alcançar, Harry", disse Mamoon, em tom lamentoso, "se você não fosse sempre longe demais."

"É só quando vou longe demais que acho que estou chegando a algum lugar", disse Harry.

Mamoon tinha acabado de fechar os olhos, quando se ouviu um grito vindo de algum lugar da casa. "Estou na área, e prontinha para botar para quebrar! Prepare-se, todo mundo!"

"Rapazes, ela está chegando!", alertou Julia.

Mamoon voltou a si e apoiou-se à sua bengala. "Espero que valha a pena."

Apoiada pelo cotovelo por Julia, Liana desceu a escada cuidadosamente. Com algum esforço físico, Mamoon deu meia-volta na cadeira para ver a esposa. Harry não soube se foi o modelo que a mulher de Mamoon havia escolhido para o aniversário ou o fato de ela parecer estar vestindo todo o dinheiro do marido de uma vez que fez Mamoon assumir o aspecto de um homem que vê um aquecedor elétrico prestes a cair na banheira onde ele está tomando banho.

"Me ajude", disse para Harry, erguendo os braços. "Por favor, me ajude a levantar — minha metade de baixo está morta."

Dez

Houve um chiado e uma crepitação: Harry achou que o mundo ia pegar fogo. Liana estava cruzando as pernas.

"Se isso não der certo, nada dará", ela se inclinou e sussurrou para Harry, dentro do carro, enquanto puxava a saia para baixo.

Ele disse: "Até eu estou sentindo uma agitação dentro da calça".

"Estou ansiosa para ver como vai ser esta noite. Quero muito tocar nele."

"Talvez você tenha muitos orgasmos suaves."

"Farei isso depois", disse ela. "Cá entre nós, eu gozo com facilidade, às vezes duas ou três vezes seguidas — se eu gosto do homem. Se não gosto, é só uma vez. Será que o sexo faz a vida valer a pena? Não foi você que disse, outro dia: 'Nossas vidas são tão boas quanto são os nossos orgasmos'?"

Harry deu uma risadinha. "Espero que tenha sido eu."

Olhou para Liana outra vez e a elogiou por sua saia curta de couro em forma de letra A, pelo top fino e pelo que ele identificou como uma sapatilha Louboutin com salto. Quanto à bolsa, Harry foi obrigado a reconhecer que sempre tinha sido fã da padronagem que imitava pele de leopardo; ele tinha uma calça de pijama com o mesmo padrão.

"Pare e estacione, é aqui", disse ela para Harry afinal. "Mamoon", falou Liana, mais alto, "por favor, escute, vamos sair agora."

"Aqui?" Mamoon espiava aflito pelas janelas. "Tem certeza?"

"Absoluta."

"Não pode ser. Siga em frente, rapaz."

"Não, não", disse ela, já saindo do carro e dando a volta para ajudar Mamoon a desembarcar. "Estou falando sério."

Harry também ficou surpreso que o jantar fosse se realizar no salão dos fundos de um restaurante indiano comum, com uma imitação da decoração colonial dos anos 1970. Sem dúvida foi um choque para Mamoon, que começou a tremer como um aposentado prestes a ser deixado num asilo.

"Você disse que não queria viajar e esse é nosso próprio Pottapatti, onde antigamente ficávamos juntos namorando por horas e horas, falando da nossa infância, da cor que queríamos pintar a biblioteca, do futuro e do que faríamos juntos. Você sabe que adora a comida daqui, querido *habibi*", argumentou Liana, acariciando as mãos dele, ao mesmo tempo que tentava soltá-las do banco onde ele se agarrava.

"Eu adoro?"

"Você disse que o *keema* era a ambrosia dos deuses. Há muita coisa para beber e, olhe, lá estão seus amigos!"

"Odeio aqueles sacanas…"

"Não seja tolo. Eles leram seus livros. Seja grato pelos direitos autorais."

"Meu editor mandou exemplares de graça para eles."

Harry e Liana tiveram alguma dificuldade para arrancar

Mamoon do carro e levá-lo ao restaurante, sobretudo porque ele estancou para fitar Liana com expressão descrente quando ela o avisou pela primeira vez que seria especialmente simpático se ele fizesse "só um pequeno discurso" depois.

"Discurso? Aqui?"

"Por favor, querido, só por um momentinho, umas poucas palavras delicadas para seus caros amigos. Basta usar aquela sua máscara de Nelson Mandela. Para você é muito fácil."

Como Mamoon já havia intuído — "Ah, meu Deus, vai ser como uma dessas palestras de terça-feira de Charcot" —, uma sucessão de pessoas um tanto descarnadas e esquisitas começou a chegar. Sentado bem fundo em sua cadeira junto à mesa, Mamoon, sem a menor vontade, ou mesmo incapaz de se levantar, cumprimentou a fila de mortos-vivos com a indiferença de um bilionário indiano diante de seus serviçais. Um casal rico de americanos vindo de Londres, que sempre havia admirado a obra de Mamoon e queria conhecer "o grande homem", também tinha sido convidado por Liana, para dar certa "variedade". Apesar da enxurrada de elogios feitos pela mulher ao último livro dele, sobre a Austrália, que ela definiu como um clássico estelar no gênero do "jornalismo pessoal", sem o exibicionismo americano, Mamoon não quis falar com eles.

Durante o jantar, quando os amigos perguntaram a Mamoon o que ele estava fazendo naquele momento, e quando ele deu de ombros e respondeu: "Nada, é tarde demais para tudo, a obra existe, a obra está feita, eu estou acabado e só a escuridão eterna me espera", Liana entabulou uma conversa sobre estradas com pistas duplicadas, atalhos e "o cinturão verde", como fazem no campo.

Indagado acerca de suas opiniões sobre o assunto, Mamoon pigarreou e falou com certa decisão: "Amo todos vocês e amo a Inglaterra — o campo, o povo, até a comida, sobretudo quando é indiana", antes de fechar os olhos.

Liana tilintou sua taça a fim de chamar a atenção das pessoas: todos olharam com reverência para Mamoon, à espera de que os lábios do velho começassem a se mover mais uma vez.

Por fim, Mamoon abriu os olhos para dizer: "Vivemos num país que só tem passado e nenhum futuro. Se sou conservador é porque desejo conservar o que considero o caráter desse passado, da Inglaterra e do povo inglês. Sou imigrante, mas a Inglaterra é meu lar. Passei mais tempo neste deserto de macacos, nesta democracia de asnos, do que em qualquer outro lugar e prefiro esta atmosfera interiorana de liberdade e de espírito esportivo a qualquer outro lugar. Também tenho acompanhado sua comédia e sua tragédia com muito interesse. Quando eu era criança, a Grã-Bretanha era o país mais poderoso do planeta, seus representantes eram temidos e admirados. Adoro o ceticismo que ele desenvolveu nos anos 60, a maneira como as figuras políticas, longe de serem idealizadas, como são muitas vezes em outros países, são avacalhadas e ridicularizadas sem medo.

"Porém agora, ao que parece, nós, escritores e artistas, não temos permissão para ofender. Não devemos questionar, criticar ou insultar os outros, com medo de sermos perseguidos e assassinados. Hoje em dia, um escritor sem guarda-costas dificilmente pode ser considerado um escritor sério. Uma resenha ruim é o menor de nossos problemas. Qualquer idiota que acredite em qualquer insanidade deve ser tratado com complacência, pois é seu direito humano. O direito de falar é sempre usurpado, sempre condicional. Temo que o jogo esteja quase encerrado para a verdade. As pessoas não a desejam; não as ajuda a ficarem ricas.

"Adaptando as palavras de György Lukács, estamos hospedados no Hotel do Grande Abismo, que oferece todos os serviços e comodidades: é lindo, bem iluminado, confortável, com funcionários atenciosos. Tem paisagens incríveis, porque está empoleirado na beira de um penhasco. E como seus habitantes escavam por baixo dele, em busca de petróleo, pode desmoronar a qualquer momento. Vamos sobrevivendo neste agradável enclave liberal, onde as pessoas falam e leem livremente, num tempo que elas tomam emprestado. Mas para os que não estão dentro dele — os despossuídos do mundo, os pobres, os refugiados e aqueles que são forçados a viver no exílio — a existência é uma desolação."

"Essa separação crescente é fatal. Nós, dentro do hotel, somos os felizardos e não devemos esquecer isso. Até eu sou grato por isso. Nunca voltarei para meu lar. É aqui que vou morrer."

"Não neste restaurante, espero", disse Liana.

Mamoon prosseguiu: "A notícia que trago é que, como o homem é o único animal que odeia a si mesmo, o destino provável do mundo é a completa autodestruição". Ergueu sua taça. "Então, tudo de bom, meus amigos. Um brinde a um apocalipse feliz."

"Feliz apocalipse", murmuraram os convidados, erguendo suas taças obedientemente.

"Autodestruição completa", disse Mamoon.

"Autodestruição completa", repetiram seus amigos.

"E morte", acrescentou Mamoon.

"Morte."

"Morte."

Eles cantaram "Parabéns a você". Depois, antes do *kulfi*, o sorvete indiano, um dos acólitos de Mamoon, um jovem indiano que às vezes fazia pesquisas para ele, se levantou e, como qualquer um faria, proferiu um discurso elogiando o talento de Mamoon, sua humanidade, compaixão e compreensão. O intelectual também se referiu a Mamoon como revolucionário e comparou-o a Derrida, Fanon, Orwell, Gógol e Edward Said. Felizmente, Mamoon se tornara incapaz de expressões faciais; apenas estupefação e perplexidade permaneciam, enquanto as palavras eram despejadas sobre ele.

Harry, se dando conta de que talvez fosse boa ideia incluir em sua introdução aquela cena de despedida e de síntese da vida, estava anotando tudo. Quando os discursos terminaram, ele saiu um pouco para respirar o ar fresco e, sentado num muro, acrescentou informações e certo colorido sobre os convidados. Harry não ia se limitar a apresentar os "fatos"; queria um tom mais pessoal, mais romanesco, ao mostrar o escritor em seus últimos anos de vida, empanturrado de sucesso e de homenagens. De volta ao restaurante, Harry ficou satisfeito de ver que os convidados estavam tomando café, embora a maioria, àquela altura, já estivesse inapelavelmente embriagada. Correu para um canto do restaurante e verificou seu celular. Será que ela havia ligado?

Tinha saudade de Alice, mas não acreditava que ela sentisse saudade dele nem de ninguém. Por ser mais fria, ela era assim. Sem pais que tivessem tempo para ela, Alice se tornou autossuficiente numa idade precoce. Porém, como Harry já estava na casa fazia quase cinco semanas e começava a achar que estava perdendo a coragem e ficando deprimido com a lentidão do trabalho, ele havia insistido com ela, e até lhe deu uma garantia inabalável disto, que, caso Alice se juntasse a ele no campo, ninguém diria nada pretensioso, incompreensível ou mesmo inteligente quando ela estivesse por perto. Com base nisso, Alice afinal tinha concordado em fazer-lhe uma visita. Mas Harry, agora, recebeu uma mensagem de Alice pelo celular, aberta naquele momento, dizendo não estar certa de que iria. Não conhecia os convidados e, de todo modo, estava mesmo muito ocupada. Como sempre, ela o mantinha "à espera".

"Querido, me ajude." Harry sentiu uma mão no ombro e um braço em volta da cintura. Liana sussurrou: "Precisamos sair daqui. Já estou farta. Olhe".

Harry viu que Mamoon — que depois de seu hino de louvor à Inglaterra parecia ter se recolhido para dentro de si mesmo — havia caído da cadeira e estava sentado no chão como uma criança atônita. Alguns convidados cambalearam em sua direção e o ajudaram a sentar na cadeira. Enquanto isso, Liana comunicava aos amigos que achava que já era o bastante para Mamoon.

Harry teve de ser ajudado por dois funcionários do restaurante, com suas gravatinhas-borboleta tortas, a carregar um Mamoon semi-inconsciente através de todo o restaurante e até o banco de trás do carro. Tiraram seus sapatos, puseram uma almofada embaixo de sua cabeça e um cobertor por cima do que restava dele.

"Se eu soubesse que escrever uma biografia iria demandar tamanho trabalho braçal, teria pensado duas vezes antes de aceitar", Harry disse para Liana quando a tarefa foi cumprida e ele já havia dado uma gorjeta aos funcionários do restaurante.

"Vamos embora", disse ela. "Em frente, por favor."

Onze

Liana pediu a Harry que dirigisse com cuidado e deixasse Mamoon dormir. Ele ia acordar dali a uma hora, mais ou menos, e mais tarde eles teriam sua diversão sexual. Pela janela do carro, ela fez os últimos gestos de despedida e acenou para alguns convidados que iam embora, um dos quais vomitava na sarjeta.

Como Liana fazia beicinho e se balançava de um jeito ridículo, como se fosse explodir por força de alguma pressão interna, Harry tirou uma das mãos do volante e apertou-a contra o peito dela.

"Cuidado", gritou Liana. "Tenho uma rosa de cristal de quartzo no sutiã!" Quando Harry disse, em tom displicente, que achava que os convidados de Liana tinham apreciado a comida, ela respondeu: "Se você acha isso, então é um tolo que não entende nada de culinária indiana. Você nunca mais vai ficar constipado. Não viu que foi uma tragédia? Nunca mais quero saber dessas bizarrices".

"O que você quer mesmo, Liana, é ser uma grande lady, uma anfitriã chique da alta sociedade, com um salão onde Somerset Maugham, Arnold Bennett e, em raras ocasiões, Thomas Hardy apareçam para tomar um chá e bater papo sobre o que está em cartaz no teatro."

Liana disse: "Para fazer isso, eu precisava estar em Londres. Você percebeu como Mamoon faz pouca coisa por mim?".

"Mas você é a esposa do Tolstói", disse Harry. "Não basta o consolo do status e do respeito?"

"Só organizei esse jantar menosprezado porque Mamoon não me leva a lugar nenhum. Você conhece o Ben Imundo, meu médium de mente suja?"

"O médium de curto prazo? Aquele que você disse que é um traveco?"

"Querido, com aquelas unhas, ele só pode ser."

"Liana, me permita perguntar: de que adianta contratar um médium que só consegue enxergar no máximo seis meses à frente? Não é a mesma coisa que ter um cirurgião cego?"

"Perguntei ao Ben Imundo assim", disse ela. "Você não consegue ver Mamoon com tesão? Durante os próximos seis meses, você está vendo algum sexo para mim? Nem pensar — ele acha que fui amaldiçoada por meu ex-marido e pediu setecentas libras para tirar o mau-olhado."

"Nenhuma chance de um desconto por fidelização?"

"Harry, eu pergunto a você: que escolha eu tinha? Mamoon mal fala comigo. Escrevi sobre minha carência em letras bem grandes e deixei meu diário à mostra. Que tipo de marido passa pelo diário da esposa sem dar nem uma olhadinha?"

"Ele toca em você?"

"Nem no meu aniversário! Para mim, o sagrado mora no profano. Será que alguém pode enlouquecer por falta de paixão e amor? Será que ainda sou tocável? Acho que você deve saber, Harry."

Ele olhou para ela. "Você é uma mulher suculenta, apetitosa como um golfinho e também no seu auge sexual. Uma mulher de potencial não utilizado e com muita vida pela frente. Sobretudo durante os próximos seis meses."

"Por mais que eu tenha tentado, meus quarenta anos não foram satisfatórios", disse ela. "*Tesoro*, querido, o divórcio e tudo isso secam a gente."

Liana descreveu sua admiração literária por Mamoon e como, num instante, ela se transformou em amor. Para ela, foi um "despertar" — sexual, espiritual, emocional. Ela viu o sentido do mundo; tudo se encaixava e sua alma se encheu de luz e de vida. Isso durou os três primeiros anos. Depois a luz começou a fraquejar. "No momento, ele não tem nada para me dar e nenhuma intenção de dar nada."

Harry disse: "Você já trabalhou embalando livros em sacos de papel, Liana. Agora você tem casa, terra e cachorros que abanam o rabo para você. Quando Mamoon se for, você vai ficar com o dinheiro e será olhada com admiração, como a guardiã da chama eterna. Você tem o trabalho de uma vida inteira pela frente, negando autorização para isso e aquilo e atacando qualquer jornalista que chamar seu marido de pederasta charlatão".

"Harry, para as mulheres é pior, você não entende, Harry. Quando você tiver setenta e cinco anos, vai poder arranjar uma esposa. Ele vai ser meu último amante. Talvez meu último homem na vida e nunca mais serei amada outra vez. Que homem vai se aproximar de mim depois de Mamoon?"

"Você será a mulher que teve um grande artista como marido, Liana. Você ainda sente tesão?"

Embora Mamoon estivesse roncando, Liana se virou para verificar se ele estava mesmo dormindo. O iPod de Harry estava em volume baixo, tocando música brasileira e jazz nórdico — trompetes suaves e pianos lentos e melodiosos. Harry ouviu Liana respirando depressa. Deixou-a ouvindo a música e se concentrou em conduzir o carro através das vielas escuras e estreitas, margeadas por árvores e arbustos que obscureciam e ressaltavam a luz dos faróis enquanto o carro avançava.

Liana se inclinou para o lado e sussurrou: "Sou uma fera, querido, uma fera. Falei para Julia que, em termos ideais, não quero ficar sem amor por mais de um mês".

"E o que ela disse?"

"Ela gritou — é melhor uma semana. E me informou que uma mulher que não tem um orgasmo por dia fica com a pele ressecada e com rugas. Segundo ela, a gente deve esfregar o sêmen do amante na testa."

"Ela tem mesmo uma fisionomia bem leitosa."

Liana prosseguiu: "Eu não devia admitir — não vá incluir isto em seu livro —, mas abri os braços e abracei uma árvore".

"Os cachorros mijam nas árvores, Liana." Ele disse: "Gostaria que eu falasse com ele sobre esse assunto?".

"Faria isso? E se não fizer..." Então olhou para ele com ar severo: "Vou começar a lhe perguntar aonde você vai à noite".

"Como é?"

"Quando escurece."

Harry sabia que ela andava espionando. Respondeu: "Quando escurece, eu vou relaxar, Liana. Gosto de dirigir. Às vezes vou até Stonehenge, pulo a cerca e encosto o rosto na pedra ancestral. O relaxamento me ajuda a pensar no livro. No meu trabalho de escritório, como você chama".

"Estou dizendo isso cordialmente, Harry. Tome muito cuidado. Respeito seus segredos, mas deixe essa conversa fiada de Stonehenge para sua namorada. Gostaria muito de saber como ela é."

"Estou chateado, porque ela disse que viria para o jantar de aniversário de Mamoon."

"E ela é sempre assim esquiva?"

"A vida inteira dela é um *no-show*."

"Detesto dizer, mas você me lembra o Mágico do Tarô. Tem

muito poder espiritual. Merecia coisa melhor." Liana prosseguiu: "Vou lhe dizer o que vamos fazer. Tenho uma formação católica puritana. No meu tempo, éramos punidas por duvidar de Deus. Eu me mantive afastada de toda experimentação química. Mas li sobre o assunto em romances modernos. Você já experimentou cocaína ou... como é que se chama? Ecstasy? Você tem alguma coisa aí?".

"MDMA? Não é bom para você."

"Então por que, segundo os jornais, milhões de pessoas estão tomando?"

"Dá prazer a curto prazo."

"É o que eu quero", suspirou ela, "prazer a curto prazo. Estou começando a me sentir uma velhinha. Meus joelhos doem. E meu coração também."

"Meu pai sempre disse que drogas ilegais são melhores pra gente do que remédios legais. Quantos artistas criaram quando estavam bêbados ou depois de tomar láudano, ópio, cloral, anfetaminas? O que os antidepressivos fizeram de bom pela cultura?"

"Certo. Se você não me arranjar um pouco desse material bom para eu experimentar, vou lá naquele pub fétido da cidade onde você costuma ir beber." Ela tocou no joelho dele. "Só um pouco, Harry, por favor." Ele disse que Liana teria de prometer ajudá-lo. "Você precisa pedir a Mamoon que me autorize a entrevistar Marion. Certo?"

"Mas ele não confia muito nela. Marion é cheia de ódio e jurou uma vingança terrível."

"De que tipo?"

"Estamos à espera a qualquer momento. Tudo o que ele fez foi se apaixonar profundamente por mim. Ele não quer essa mulher atirando nele de tocaia. Não corra esse risco: se você mencionar o nome dela, Mamoon vai quebrar sua cara ao meio."

"Tenho de correr o risco."

* * *

Na casa, Harry já estava familiarizado com a dificuldade de retirar Mamoon do carro, levá-lo para a cozinha, depois para o primeiro andar e pô-lo na cama.

Liana tinha ido na frente e, no quarto, apagou luzes e acendeu velas. Em seguida desabou em sua poltrona amarela predileta, decorada com pássaros exóticos, soltou o cabelo e tirou o sapato.

"Você deve saber", disse, quando ele forçou, aos tropeções, a entrada de Mamoon pelo funil da porta e o arrastou até a cama, "que o arco do pé dentro desse sapato é a forma que o pé de uma mulher toma quando tem um orgasmo." Ela enfiou a mão no sutiã, retirou seu broche de cristal e acariciou-o com impaciência. "Acorde o Mamoon."

Harry disse com voz suave: "Mamoon... Mamoon...".

Não houve nenhuma reação. Ela disse: "Você é uma bichinha sarada... Dê uma bofetada nele. Mais tarde ele vai te agradecer. Nós dois vamos agradecer".

Harry deu um tapa na bochecha de Mamoon. "Vamos lá, acorde, meu velho."

Liana disse para ele bater mais forte. "Ponha o motor dele pra funcionar. Jogue água nele."

Harry deu um leve tabefe no velho com as costas da mão e borrifou um pouco de água em sua testa. Mamoon ergueu a cabeça, abriu os olhos e fixou os olhos em Harry por um instante. Em seguida, sua cabeça tombou de novo e ele fechou os olhos.

Liana bufou e fez um gesto, apontando para o pijama de seda de Mamoon. "O filha da mãe está fora de combate esta noite. Vamos ter de arranjar nossa própria diversão. Pelo menos tente enfiar o homem nesse pijama."

"Por que *eu* é que tenho de fazer isso, Liana?"

"Você queria conhecê-lo e eu estou morta de cansaço! Não acha que meus tornozelos estão meio inchados?", perguntou Liana. "Falando sério, por um momento você me deu esperança. Acha mesmo que posso ganhar Mamoon de volta daquele jeito que conversamos?"

Depois de várias bufadas e tosses indignadas, Mamoon já havia regressado a seu sono profundo na hora em que Harry se incumbia da complexa tarefa de retirar o velho de dentro de sua calça e enfiá-lo no pijama. Enquanto isso, Harry espiou pela janela. Lá fora, estava tudo escuro; caía uma chuva fina. Harry se aproximou da janela: julgou ter visto a luz de um celular ao longe.

Disse a Liana: "Você vai ter de ser muito determinada e usar todos os seus truques de sedução".

Ela acariciava o braço da poltrona com o cristal retirado do sutiã. "Tem razão. Andei inativa demais." Com um movimento estudado, cruzou as pernas. "Vejo você olhando para mim. Antigamente, ele olhava para mim. Adorava minhas pernas, se bem que acho que ficou um pouco surpreso, naquele dia maravilhoso, em Veneza, quando se deu conta de que teria de casar com o resto de mim também. Harry..."

"Sim?"

"Você foi muito inspirador esta noite... Você vai aonde costuma ir todas as noites? E se eu ficar assustada? E se eu chorar?"

"Não chore." Por fim, Mamoon ficou pronto. Harry foi até a porta e se despediu de Liana. Agradeceu pela noite e disse-lhe para dormir bem. Recolheu-se a seu quarto e trancou a porta. Alguns minutos depois, ela foi até lá e tentou abrir, gritando: "Não me rejeite como todo mundo!".

Ele não acreditou que ela estivesse sendo sincera e Liana

logo desistiu. Harry foi até a janela, passou para o lado de fora e pulou para baixo.

Julia estava à espera dele no jardim, segurando sua capa impermeável por cima da cabeça, debaixo da chuva da meia-noite.

Doze

"Eles não são para mim."

"Claro que não."

"Mas não são mesmo."

"Sei o que você está pensando e eu já disse que eles não são para a maioria das pessoas, Alice. Esses velhos pomposos, autoritários são mais do que um gosto adquirido; são uma perversão, talvez."

Mas Alice achava divertido repetir que Harry devia estar apaixonado por Mamoon. Era "óbvio". Ele perguntou de onde ela havia tirado aquela ideia.

"Outro dia, quando você me telefonou num de seus ataques de infelicidade, fui obrigada a suportar uma descrição minuciosa dos lábios e dos olhos dele." Alice repetiu a voz arrastada e pegajosa de classe alta de Harry. "'Os olhos dele, querida Alice, podem parecer escuros e impenetráveis, mas contêm o calor de castanhas cozidas durante cem anos…'"

"Sim, foi só a título de informação. Você vai me agradecer quando tiver vindo para cá."

Ele reiterou que haveria um acúmulo de crédito; uma fogueira de dinheiro estava ardendo em Bond Street para ela. E assim, depois de muita argumentação, evasivas, e também depois da promessa de uma viagem a Veneza, ocorreu um fato importante: Alice não só consentiu em visitá-lo como ele a encontrou esperando com impaciência na plataforma da pequena estação, mais cedo naquela manhã, digitando em seu celular.

Agora o casal estava percorrendo, de carro, o labirinto de ruazinhas estreitas rumo ao destino onde todas as vias locais se encontravam: a Casa da Esperança. A bela cabeça de Alice sobre seu pescoço comprido virou e, no momento perfeito, a cerca viva se abriu: vacas pastavam, pássaros cantavam, cervos olhavam parados. Enquanto ela sorvia a beleza repousante da paisagem, como Harry sabia que Alice ia fazer, ele disse que precisava se desculpar por não tê-la convidado propriamente para o reino da calmaria.

"Mas meu corpo está relaxando", disse ela. "Isto é quase um momento de ioga no meu tapetinho. Por que você não me disse que era tão lindo aqui?"

"Olhe para cá. Diga, o que está achando da minha aparência?"

"Você tomou banho? Aquela camiseta foi embora. Se eu fosse você, passaria um gel no cabelo para ele ficar com um aspecto mais cheio. Você curtiu o jantar da noite passada? Conte tudo."

Harry contou que, antes de Mamoon perder a consciência, tinha apresentado a ele todos os amigos como seus *darbari* — o que significa cortesão ou menino que pratica a prostituição com homossexuais. Contou que, depois, Liana lhe pediu drogas e insistiu para que ele trocasse a roupa de Mamoon no momento de dormir. Além disso, Liana deu a entender que talvez Harry gostasse de tirar também a roupa dela. Daquele jeito, em breve ele estaria apto a trabalhar no Teatro Real Vitória, de Londres, como camareiro de atores.

Alice observou: "Você anda paquerando alguém? Ah, meu Deus, Harry, eu implorei para você se comportar normalmente aqui. Será que você anda rosetando a torto e a direito por aí?".

"Garanto a você que é coisa dela. Liana não larga do meu pé. Ela sente o cheiro do meu sangue, do meu medo, da minha fraqueza e vive em cima de mim, cheia de intimidade, abelhuda, ridicularizando a minha formação. Quando me chama de medíocre e sem criatividade, o que ela faz quase todo dia, eu tremo de raiva e choro sozinho."

"E ela deixa escapar alguma verdade?"

"Preciso sorrir e sorrir."

"Por que o Rob faz tanta questão disso?"

"Estou aqui para progredir espiritual e materialmente." Quando Alice perguntou como andavam as entrevistas, Harry respondeu: "Como você me aconselhou com toda a sensatez, quando chego à porta da biblioteca de Mamoon, paro e conto até dez antes de entrar. Mas então, com receio de que meu tema introduza a cabeça de um peixe-espada no meu ânus, começo a tremer todo e preciso correr ao banheiro antes que ele comece a falar". Alice questionou sua masculinidade, como gostava de fazer muitas vezes, e ele retrucou: "Se um dia você ler os ensaios de Mamoon, o que nunca fará, vai ver que ele já comeu carne humana".

"Por favor..."

"Não muita. Não foi um braço ou um pescoço. Mas pelo menos, como dizem quando se trata de crianças, ele experimentou... frita, com sal e pimenta. Eu tenho mesmo um pouco de medo *dele*, Alice. Quando vê que estou me aproximando com meu caderninho, ele parece que se perturba, como um molusco prestes a levar uma esguichada de suco de limão no nariz." E prosseguiu: "Muita coisa depende de eu conseguir me encontrar com a ex-amante dele, Marion. Rob disse que preciso obter a

permissão de Mamoon, porque, se eu deixar o velho mais hostil do que ele já é, vai me pôr no olho da rua".
"Do que você tem medo?"
"Da desaprovação dele. Do seu temperamento. Você vai ver tudo e captar como as coisas são graves aqui."
"Vou?"
"Não consigo deixar de fazê-lo me considerar uma pessoa desprezível."
Alice abraçou a si mesma. "E ele também vai pensar isso de mim?"
"Não no início. Ele vai seduzir você. Depois vai arrancar sua cara e dar para os porcos comerem."
"Ah, pelo amor de Deus, Harry, por favor me leve de volta à estação. Por que diabo você me convidou para vir a esta merda de lugar?"
"Minha escuridão está se espalhando, Alice. Ando vendo e ouvindo coisas que não podem existir aqui nem em lugar nenhum. À noite, quando não estou fazendo mulheres velhas ter alucinações, sinto a depressão começando a me queimar pelas beiradas. Se eu afundar nisso, vou ser obrigado a desistir de tudo e escrever um romance."
"E então seremos pobres."
"Pior. Desprezados pela minha família. Na verdade, por todas as famílias."
"Odeio dizer isto, mas eu bem que avisei."
"Mas você me verá atravessar as chamas e mesmo assim manter a maior parte do meu cabelo na cabeça e pelo menos um testículo intacto."
Passaram pela oficina, pela igreja, pelo pub e viraram na rua estreita. Logo estavam vencendo os buracos do caminho rumo à casa encantada da floresta.
Ela se inclinou para o lado, beijou-o e disse que ele era um

sádico. "Dá para ver como você está ansioso. Você não vai fazer alarde quando eu desaparecer, não é? Você sabe que eu gosto de fugir."

Enquanto puxava do porta-malas do carro as inúmeras malas que Alice havia trazido e as arrastava para a casa, Harry informou que os habitantes dali chamavam o lugar de Hotel Panorâmico e que as saídas ficavam trancadas. Ela não ia desaparecer.

Naquele instante, soou um grito: Liana saiu num turbilhão para cumprimentar, observar e abraçar Alice. Imediatamente, Alice se encantou com os cachorros e Liana se mostrou ansiosa para dar uma volta com ela e mostrar a casa.

Mas primeiro Harry e Alice foram para o quarto deles e ele se deitou na cama. Semiadormecido, observou Alice dar uma geral nas roupas dela. Alice trocava de roupa pelo menos três vezes por dia e gastava a maior parte de seu dinheiro, além de boa parte do dinheiro dele, em roupas. Ela conseguia muitas roupas a preço baixo com colegas de trabalho e estava sempre bem vestida. Suas peças prediletas eram aquelas que ela nunca usava — as que ficavam esperando a "ocasião certa" — e que eram muito numerosas. Roupas e acessórios mostravam a criatividade da pessoa; a maneira como a pessoa se apresentava era sempre uma livre escolha, como uma pincelada numa pintura. Alice tinha explicado a Harry que ele apreciaria mais as mulheres se entendesse as roupas que elas usavam.

Quando Alice se mudou para a casa dele, o desfile de ficar pondo e tirando roupas era frequente e regular. Ambos apreciavam sapatos femininos e podiam preencher boa parte da noite com os pés de Alice. O apartamentinho de Harry se transformou numa caverna cheia de vestidos e casacos. As roupas de Alice cobriram os livros de Harry. E isso era o de menos. "Estou endividada, Harry. Não consigo parar de gastar. Um aparelho de chá, uma máquina de *espresso*, joias, Milão — todas essas coisinhas necessárias estão me levando à ruína." Alice queria que ele lhe emprestasse algum dinheiro, mas a menos que Rob lhe desse um adiantamento um pouco maior, Harry não tinha nada. Se os dois iam de fato comprar uma casa e constituir uma família, precisavam ser previdentes, como todo mundo na Europa.

Harry não conhecia ninguém que não fosse louco e admitia que Alice não era diferente de ninguém naquele momento: não havia nenhuma vergonha na dívida; de fato, pessoas sem dívidas e frugais eram consideradas tolas e perdedoras. No entanto, Harry teve de pressioná-la para cortar despesas, como faria qualquer pessoa em apuros financeiros. Mas ela chamava as compras de sua "válvula de escape" e estava preocupada porque, se reduzisse as despesas, teria de procurar outra forma de aliviar a ansiedade.

Naquele dia, depois que ela se instalou, Harry achou que seria uma boa ideia Alice passar algum tempo na companhia de Liana. Com sua mente feroz, mas entusiástica, concentrada em comida, mobília e nos humores do marido, Liana proporcionaria um bom exemplo para a jovem.

"Liana, querida, diga-me, o que acha da minha garota?", sussurrou Harry, quando, mais tarde naquela manhã, por um momento, se viu sozinho com a mulher mais velha. "Devo mandar que faça as malas?"

"Ver o rosto radiante dela me animou. É um pouco presunçosa, como você mesmo disse, mas é fresca e delicada. Eu a amei a partir do momento em que demonstrou ter bom gosto. Ela disse uma coisa maravilhosa: 'Liana, esta é sem dúvida nenhuma uma casa feminina'. Ela me faz lembrar de mim mesma antes de eu ter ressacas e de ter conhecido Mamoon, a tal ponto que podia ser minha filha. Ela é modelo?"

"As pessoas paravam Alice na rua e diziam para ela ir trabalhar como modelo. Então ela foi, por pouco tempo. Mas Alice é sossegada demais para ficar mostrando a bunda em troca de dinheiro."

"É tão magricela que eu quase consigo enxergar através dela. E o cabelo, que cor extraordinária."

"É natural."

"E eu disse que não era? Loura platinada, suponho que chamariam assim. É quase branco."

"Por favor, Liana, não dê nenhuma roupa para ela. Por que você está se desfazendo das roupas?"

"De que servem estas roupas aqui, afinal? Mulheres só usam roupas lindas para que os homens possam tirá-las."

Harry falou: "Pobre Alice, hoje cedo ela estava quase tremendo de pavor de você, Liana".

Liana agarrou o braço de Harry com força. "De mim? Jamais diga isso! Só quero assustar o Mamoon... e você, é claro. Por quê?"

"Ela está com medo. A profundidade da sua experiência e sofisticação é intimidadora."

"Pobre criança encantadora. Devo ajudá-la e orientá-la. Ela ilumina esta casa."

Alice apareceu. Liana gritou e acenou, os cachorros correram para o carro e Liana arrebatou Alice para a cidade, a fim de fazer compras para o almoço. Mais tarde, Liana lhe mostrou a cozinha e cozinhou com ela, as duas beberam uma garrafa de vinho, enquanto Liana falava sem parar. Em pouco tempo, Liana estava chamando Alice de sua "filha bonita e perdida havia muito tempo" e arrastou-a para fora com os cachorros, a fim de darem uma volta pelo lado externo da casa, pelos celeiros e pelas terras, e depois para verem seus sapatos e suas roupas; aquelas peças interessavam Alice, pois eram italianas e de primeira linha.

Quando uma mulher mais velha conhece uma mulher mais jovem e gosta dela, oferece roupas a ela. Isso consolida algo entre as duas, talvez uma hierarquia, bem como uma compreensão. Liana também deu a Alice joias italianas e indianas, tanto assim que, quando Harry encontrou Alice mais tarde na cozinha, teve de parar e olhar duas vezes, porque Alice — que na estação de trem vestia uma jaqueta laranja simples, shorts jeans e sapato de tiras —, agora, enquanto andava tilintante pela casa, parecia uma atriz de cinema de Bollywood. Num exame mais atento, Harry viu que Liana tinha, a rigor, fantasiado Alice de uma versão mais jovem de si própria.

Liana disse: "Que garota mais criativa é essa sua Alice. Deu uma olhada neste lugar moribundo e logo disparou uma dúzia de boas ideias para uma repaginada total. Vou falar com meu agente. Poderíamos filmar uma série de TV aqui. Estou vendo que você me olha como se eu fosse uma pessoa vulgar. Mas estamos conspirando juntas para que a casa consiga se sustentar financeiramente. Vamos encher tudo aqui de jovens artistas".

"Jovens de quantos anos?"

"Não arrisque sua vida, contando isso ao Mamoon. Ele já está fumegando no quarto porque o almoço atrasou. Mas, graças a Alice, temos aspargos, figos, postas de vermelho, sorvete e a melhor mozarela do mundo — burrata —, enviada pela minha irmã. Ah, mas estou arrancando os cabelos de medo que Mamoon seja rude com ela. Ele anda uma fera, e por sua causa."

Quando Harry perguntou se ela havia preparado Mamoon para Alice, como tinha prometido, Liana não se mostrou nada convincente. "Bem, preparei um pouco o terreno."

"O que você lhe disse?"

"Frisei bem que, embora jamais tenha ouvido falar de um escritor chamado Mamoon, ela iria ficar com uma imagem elevada dele, como tem dos grandes estilistas."

Harry sentiu um calafrio. "Você comparou Mamoon a eles?"

"O contexto foi esse."

"E se ele disser algo horrível para Alice?"

"Eu já o avisei para não começar a falar do sonho dele. Agora ande logo, traga o minotauro antes que ele tenha uma explosão de raiva."

Treze

Era meio da tarde quando Harry atravessou o jardim em direção ao quarto de Mamoon, a fim de tirar o velho de seu confinamento; ele estava parado, curvado sobre sua bengala. Após o incidente na quadra de tênis, o médico diagnosticou uma hérnia de disco e não uma distensão muscular e recomendou-lhe uma cirurgia, sem garantir, porém, que ela daria resultado devido à idade avançada do escritor. Mamoon falava de seu contratempo em minúcia, engolia punhados de analgésicos e, segundo Liana, de lá para cá tinha ficado mais mal-humorado e truculento que de costume acerca do que ele encarava como um futuro de desamparo e decrepitude.

"Mais uma manhã de nada", disse ele, enquanto Harry o levava à cozinha e o acomodava em sua cadeira. Julia se apressou em trazer a água mineral gasosa predileta de Mamoon, sem gelo.

Alice se aproximou dele, sentou-se, pegou sua mão e fitou-o nos olhos. "Obrigada por me convidar para vir aqui", disse. "Que lugar encantador."

"Minha querida, estávamos esperando por você", disse ele. "Diga, como anda o mundo da moda?"

"Vai bem, obrigada."

"Poderia me explicar para que ele serve?"

"Como disse?" Ela balançou a cabeça, sem conseguir acreditar. "São negócios. Compramos, vendemos e não deixamos as pessoas passarem frio. O que há de inútil nisso?"

"Não pense que eu já não ouvi falar de você", disse Mamoon, examinando Alice. "A nossa Liana me contou que você me comparou a um alfaiate."

"Que alfaiate?"

Uma veia que corria da linha do cabelo de Mamoon até a sobrancelha estava latejando. "Um alfaiate ou remendão, ou algum tipo de reciclador de retalhos. Estou enganado, Liana?"

Alice lançou um olhar de relance para Liana, que observava os dois prendendo a respiração. Como Liana não tinha a menor ideia do que dizer, Alice falou: "O senhor já viu um paletó de Alexander McQueen?".

"Claro que não. Do que você está falando? Será que esta rainha leu minha obra? Será que ela é capaz de ler sem mover os lábios?"

Alice respondeu: "Talvez eu tenha de fato mencionado, para tentar situar o senhor, já que o senhor é um mestre como é o mestre Valentino, adorado por muitos, inclusive por Liana".

"Você me situou, é? Você nos comparou mesmo?"

"É uma honra, eu creio."

"Em que sentido algo assim poderia ser uma honra?"

"Bem, para mim é."

Mamoon começava a parecer irritado. Disse: "Estamos falando apenas de aparência, no que concerne a essas pessoas".

"Não tenho certeza disso."

"Como?"

Alice explicou: "É mais do que isso. Estamos discutindo como algo deve ser feito. Qual o seu aspecto. Como é. Uma atitude".

"Uma atitude. O que você quer dizer?"

Ela disse: "Um beijo…".

"Fale mais alto. Estou quase surdo."

"Um beijo, um xingamento, uma xícara, um sapato, um cardigã, um relógio de pulso, uma piada, um gesto de delicadeza e, é claro, uma frase, um parágrafo, uma página… Afinal, tudo isso não tem de ter estilo, graça, elegância… e sagacidade?"

"Claro."

"Será que a arte só está num livro?"

Harry cochichou: "Flaubert escreveu: estilo é vida".

Mamoon disse: "Uma beleza mais universal pode ser algo por que vale a pena lutar".

"Certo", disse Alice. "Sim."

"Ótimo. Graças a Deus, ótimo", disse Liana. Ela ergueu o vinho. "Este é um Guigal 2009. Ou você prefere o Chablis?"

"Silêncio, por favor, Liana."

"Como disse, Mamoon?"

"Ao contrário do senhor, mestre, eu leio revistas", prosseguiu Alice. "O senhor não declarou a um jornalista que um artista tem de polvilhar um pouco de pó mágico sobre aquilo que faz? Isso não se aplica a todos os objetos? Olhe para este simples anel de platina." Ela lhe ofereceu a mão, que ele segurou e observou. "Vê o que quero dizer? O anel tem isso."

Mamoon respondeu: "Sim, está certo, é uma forma de sensualidade. Alguns chamam isso de Eros, que foi incubado num ovo e pôs todo o universo em movimento. O luminoso esplendor do amor".

"O senhor está vendo."

Ele ergueu os olhos para ela. "Você quase consegue me alegrar, querida."

"Só quase?"

Mamoon disse: "Você me faz lembrar que a língua, assim

como na verdade todas as coisas reais, tem de palpitar por sensualidade. Entendo isso. Mas, se pareço um pouco tristonho, é porque tenho sempre esse maldito pesadelo. É um pesadelo estúpido, comum, no entanto é persistente, e quero me livrar dele para sempre".

"No sonho, o senhor está nu?", perguntou Julia de repente. Ela estava escutando enquanto servia.

"O mestre nunca está nu", disse Liana. "Agora, Mamoon, por favor…"

Mamoon disse: "E *você* está nua em seus sonhos, Julia?".

"Sempre tem um pedacinho de pano, e corro feito louca pelos campos, cantando, enquanto todo mundo olha para mim."

"Sua tolinha." Mamoon esfregou a sobrancelha e disse: "Harry, se vai nos impor sua presença por um pouco mais de tempo, você pode nos ser útil. Creio que se preparou para ser algo semelhante a um intérprete de sonhos".

"Eu me preparei?"

"Liana me informou que você é capaz de desvendar o sentido de um sonho num estalar de dedos, que aprendeu a fazer isso com seu adorado pai."

Harry balançou a cabeça e disse: "Meu pai também me advertiu que não devemos contar aos outros nossos sonhos, da mesma forma que não devemos dar informações sobre a nossa conta bancária".

"Mas você é genial, Harry", disse Liana. "Mamoon, conte para nós, por favor. Podemos saber por onde sua alma tem viajado? Suas perambulações já nos atormentam faz um bom tempo."

Catorze

Mamoon disse: "É mesmo? Liana, permita que eu fale pelo menos uma vez".

"Vá em frente", disse ela.

Mamoon pigarreou e adotou o que Liana chamava de sua cara de receber prêmio Nobel.

"Estou num salão de paredes curvas, simétricas, não sei por que motivo. Estou fazendo minhas provas finais, mas não me preparei. Fico sentado olhando para a página em branco, até que o horror do meu fracasso aumenta e sei que vou implodir. Acordo suado e, como você sabe, Harry, às vezes gritando a plenos pulmões. O que isso significa, Harry?"

"Eu já disse, Harry, não precisa esconder seu talento", comentou Alice, apertando a mão dele. Ela deu uma risadinha. "Dance, macaco, dance."

Todos olhavam para Harry, que hesitava em expor seu talento ou dançar e apenas dizia *hmm* daquele jeito nervoso do Ursinho Puf, enquanto esfregava as mãos na calça jeans.

"É muito comum, esse sonho..."

"Sim, mas por quê?", perguntou Mamoon.

"Porque se refere àquilo para o que não estamos preparados — o grande teste que nós, homens, já enfrentamos, mas não temos como saber se vamos ser aprovados numa outra vez."

"Muito obrigado, Madame Sosostris", disse Mamoon. "A que teste você se refere?"

"Potência. Eficiência fálica masculina. Será que da próxima vez, ao contrário de todas as outras vezes, o homem vai poder satisfazer a mulher? Ou não vai conseguir satisfazê-la? Na verdade, o que o homem possui: um falo falível? Não admira que o senhor fique suando. Nossos sonhos estão sempre adiante de nós, senhor." E prosseguiu: "Com muita gentileza, o senhor me permitiu ver as cartas de seu adorado pai. Ele insistia, repetidas vezes, para que o senhor trouxesse glória à família, alcançando o sucesso — em tudo. Fiquei chocado, ele foi muito duro. Pior do que meu pai, e com muita insistência". Mamoon olhava fixamente para ele. Harry lembrou que Rob havia sugerido que uma citação, verdadeira ou imaginária, de algum escritor antigo sempre chamava e prendia a atenção do escritor. "Sabemos que os infames cristãos queriam renunciar ao desejo, mas, como disse muito bem o grande Petrônio: Como posso ser soldado sem uma arma?"

Houve uma pausa. "Entendo", disse Mamoon.

Liana observou: "Pare de olhar assim, Julia, tire essa expressão da cara. Vá cuidar de seu trabalho. Por que fica aí parada feito um poste?".

"O que devo fazer?"

"Nunca estive mais imunda. Prepare meu banho."

"Sim, senhora."

"Aliás, o que você está fazendo com esse livro de Mamoon na mão?"

"Este aqui? Estava lendo, senhora."

"Está lendo um livro meu, Julia?", perguntou Mamoon. "Está mesmo?"

"Estou... de novo", respondeu Julia. "Meu favorito: a história dos cinco ditadores, dois da África, um do Oriente Médio, outro da China e o último mais local, todos apaixonados por uma garota. O senhor mostra a delicada capacidade que o amor tem de melhorar as pessoas e o homem que habita no interior do monstro. É lindo, senhor. Me faz rir e chorar o tempo todo."

Mamoon ficou vermelho. "Que bom, que bom. Antigamente você lia muito."

"Quando... quando ela lia muito?", perguntou Liana.

"Quando ela era pequena, era muito divertida e dava um bocado de trabalho também", disse Mamoon. Esticou a mão e segurou o queixo de Julia. "Uma doçura... eh, *bela*."

Julia disse: "Mamoon me dava livros. Jogava todos os livros para cima de mim, como um teste, achando que eu nunca ia ler, mas eu sentava e lia tudo, e depois mostrava para ele".

"Isso mesmo", disse ele.

"Que tipo de livros?", perguntou Liana.

"Hmm... Harper Lee, Ruth Rendell, Muriel Spark..."

"*Grazie a Dio*, você é mais do que ridícula", disse Liana.

"Não me censure!", gritou Julia. "Nunca diga que sou burra. É o que a senhora está dizendo?"

"Liana jamais se atreveria a dizer isso, *bela*", interferiu Mamoon.

"Ela está gritando na minha casa, Mamoon", disse Liana. "Ouça como ela fala!"

"Está tudo bem", disse ele.

"Não a defenda!"

"Não estou defendendo", disse ele, muito calmo.

Julia sentou-se ao lado dele e disse: "Deve ser mesmo incrível, senhor, ter a habilidade de contar uma história como essa. O senhor deve acordar cheio de orgulho".

"Obrigado, menina querida, estou orgulhoso agora", disse ele. "Eu acordo suando no meio da noite, aliviado. Já acabei com esse negócio. Ter sido escritor no passado já é alguma coisa."

"No passado?"

"O senhor está brincando, é claro", disse Harry.

"Por quê?"

"Um amigo do meu pai, um cineasta da mesma geração do senhor, aumentou sua produtividade quando envelheceu. Ele sente necessidade de tocar o trabalho adiante, de honrar o talento com que foi abençoado."

"Mas para que fazer isso, cacete?"

"Por que o desejo de potência e de trabalho de um homem deveria diminuir? Afinal, que outra dignidade existe? Certamente, não existe nenhuma no desamparo simulado. 'Um homem deve seguir seu caminho mesmo em meio à ruína', escreveu Sófocles em *Antígona*. Tiziano fez o melhor que pôde para continuar trabalhando depois dos setenta anos. Goethe, com setenta e quatro, pediu a mão — mesmo que só a mão — de uma jovem de dezenove anos."

"É animador ouvir que existem formas de satisfação para alguém como eu. Eu gosto, e gosto de verdade, de ser escritor. Mas a obra é o bastante?"

Liana olhava fixamente para Julia e então deu um murro na mesa com toda força. "Como é que você se atreve? Por que fica aí parada desse jeito? Esqueceu que trabalha aqui?"

"Quer que eu continue separando seus sapatos?"

"Quero, e não pegue nada sem me pedir. Não quero topar de novo com você na cidade vestindo meu Marc Jacobs púrpura. Pedi que você o usasse em casa, para mim, e não na rua."

"Desculpe, senhora. Não vai acontecer de novo."

"E não deixe de colocar cascas de laranja dentro dele, à noite", gritou Liana. Depois, mal a garota tinha acabado de sair, disse: "Uma serviçal que acha que está no Bloomsbury Group — quanta bobagem essa garota fala só para chamar atenção. Já passou da hora de nós a substituirmos por alguém ignorante. Já pensou se ela cisma de entrar para um sindicato, Mamoon?".

"Eu deveria ter discutido o assunto com a sra. Thatcher", disse ele.

Depois que Julia saiu e Liana foi para o jardim a fim de ver os cachorros, Mamoon, agarrando com força os braços da cadeira e gemendo, tentou ficar de pé.

"Se você soubesse, Alice, como um artista resmunga e sofre para manter a linguagem cheia de gracinhas…. e como as minhas costas doem desde a contusão na partida de tênis, que me deixou duro nos lugares errados. A esta altura, já é como se eu estivesse semialeijado para sempre, enquanto seu namorado empurra minha cadeira de rodas."

"Mestre, por que não disse antes? Eu posso ajudá-lo."

"Como?"

"Harry não lhe contou que, por um tempo, fui estagiária de massagista?"

"Foi mesmo? Ninguém jamais me disse palavras mais doces do que essas", respondeu. "Seu querido Harry não tem nenhuma utilidade, só serve para fazer perguntas chatas sobre coisas que aconteceram há quarenta anos!"

"Isso provocaria dores até num atleta."

Ele deu uma risada. "Minha querida garota, tem certeza de que pode suportar tocar em mim?"

"Quando adolescente, fui cuidadora de idosos."

"Perfeito."

"Deixe-me encontrar um óleo de amêndoas."

"Procure no banheiro de Liana. Depressa: podemos ir ao meu escritório, para termos mais privacidade. Enquanto o Harry passa a limpo minha história, você pode realinhar minha coluna… se Harry der permissão."

Harry respondeu que nada o deixaria mais contente. Levou Alice para a sala e se abraçaram e se beijaram, encostados na parede. Ele sussurrou: "Sua deusa, como você fez isso, ganhou a confiança dele desse jeito?".

"Não sei, Harry. Ele é como você me contou, durão, quis logo pegar no meu pé e eu me senti acuada. Foi tão rápido que nem tive tempo de respirar. Mas eu sabia que precisava lutar, senão estaria acabada. Aconteceu assim, do nada."

"Sua tigresa, se você fizer massagem nele, o velho vai se acalmar e nós talvez cheguemos a algum lugar."

Ela o beijou. "Vou fazer isso e deixo o resto por sua conta."

Quando Harry voltou à cozinha, Mamoon sussurrou: "Obrigado por sua interpretação do sonho".

"Foi um prazer."

"É claro", disse Mamoon. "A adorável filha do campo, Julia. Aquela que sonha que está nua e que um dia, creio eu, dentro do meu raio de audição, enquanto vocês jogavam bilhar, à tarde, chamou você de tesudo. Enquanto outros conversam, você olha para ela divertido, interessado."

"Eu?"

"Por que será?"

"Acho que é porque em Londres nunca vemos gente branca trabalhando."

"Concordo que é uma visão maravilhosa e que também não é uma coisa que se veja muitas vezes por aqui. Faz tempo que eu digo que o tempo da raça branca chegou ao fim, uma verdade óbvia que tem provocado muita agitação entre os jornalistas. Os ricos vão governar, como de hábito; eles existem de todas as cores, sobretudo da cor amarela." Disse: "Mas admito que é bom ver as pessoas trabalharem".

"O senhor se sente superior?"

"Nem um pouco. Isso me recorda meu humilde dever de

contribuir, justamente aquilo que quero voltar a fazer assim que me livrar destas dores."

"Por que o senhor não tem conseguido trabalhar?"

Mamoon respondeu: "Posso ouvir Bach, até certo ponto, e Schubert consigo suportar, porque sou melancólico. Tudo o mais me deprime — Beethoven e, sobretudo, o excessivamente alegre Mozart, soltando gorjeios para todo lado. Outro dia, quando fingi desdenhar Orwell e Forster, sua carinha pareceu preocupada. Você ainda gosta de ficar impressionado. Na juventude, e com vinte anos, e até com trinta, eu gostava de ler e conseguia me concentrar num escritor durante semanas; lia toda a sua obra, tudo. Agora já me esqueci e, além do mais, tudo acabou".

"Acabou?"

"Veja só: Bertrand Russel, A. J. Ayer, D. H. Lawrence, Aldous Huxley, Anthony Powell, Anthony Burgess, William Golding, Henry Green, Graham Greene..."

"Não, não *aquele* Greene. Não, nunca."

"Bem, corajoso da sua parte. Mesmo assim, não lidos, ilegíveis, descartados, sumidos, uma montanha de palavras varrida para o mar, e que nunca mais vai voltar. O marinheiro Popeye tem mais longevidade cultural. Só mulheres e boiolas leem e escrevem hoje em dia. De resto, nos dias de hoje, assim que alguém é estuprado por um parente, logo pensa que pode escrever um livro de memórias. O jogo chegou ao fim."

Harry disse: "Alguns de seus livros *vão permanecer*".

"Vão?"

"Provavelmente uns quatro..."

"Quatro?"

"Não, três grandes obras. O primeiro romance e duas novelas, que são de primeira linha e imunes ao tempo. E provavelmente o antigo ensaio sobre as mulheres nas peças de Ibsen e Strindberg."

"Tanto assim?", disse Mamoon. "Está acabado, e é tarde demais. Eu não devia me queixar. O que me restou? Quantos artistas mais velhos do que eu produziram obras importantes?"

"Mas, senhor, esse é o sentido verdadeiro do seu sonho: o desejo de fracassar."

"Por quê?"

"Para deixar seu pai furioso, seu pai, que nunca lhe deu sossego com as expectativas dele."

"Prossiga."

Harry disse: "Renunciar à obra e ao amor das mulheres em nome de um equilíbrio ou de um retiro absurdo é uma traição autodestrutiva. Sua narrativa sobre si mesmo é muito mais limitada do que qualquer coisa que eu seria capaz de dizer sobre o senhor em meu livro. E olhe o que acontece com Lear. Ele permite que outros o humilhem, na verdade até os incentiva a humilhá-lo. Sem dúvida, um homem pode permanecer vivo e vigoroso se ele se sentir forte".

"E como ele consegue isso?"

"Devo dizer, senhor, que enquanto estive aqui aprendi uma coisa. O senhor me ensinou que é a frustração que torna possível a criatividade. A gente luta com o material e se torna inventivo, até visionário."

Mamoon segurava a cabeça. "Você me dá vertigem, além de dor lombar. Só penso numa coisa: preciso continuar trabalhando com palavras que depois serão esquecidas. Eu quero isso; posso fazer isso. Ao mesmo tempo, não é o suficiente."

"E o que é isso, essa coisa a mais?"

"Não sei. Vou pensar no assunto agora. Essa conversa me esgotou."

Harry ajudou-o a se levantar. Pouco depois, Harry observou Mamoon pela janela da cozinha, de chinelo e roupão listrado, enquanto arrastava os pés ansiosamente rumo a seu escritório, acompanhado por Alice. Harry notou que cada vez mais ele se assemelhava ao ponto de interrogação exigente em que parecia estar se transformando. Logo depois a porta do escritório bateu com força e fechou. Era exatamente o lugar em que Liana — e todo mundo — estava proibida de entrar. Tudo o que Liana podia ver de Mamoon, através das janelas, era o topo da cabeça, que permanecia na mesma posição ao longo do dia. "O rei está em seu escritório de contabilidade", Liana gostava de dizer. Caso precisasse dele com urgência, Liana tinha de telefonar, se bem que com o medo constante de que ele deixasse o telefone tocar até cair na secretária eletrônica, enquanto assobiava uma melodia de Stéphane Grappelli. O quarto de Mamoon era, pelo que Rob dissera, repleto de generosos presentes que recebera de depravados maníacos pelo poder, cleptomaníacos e ditadores assassinos e malucos. Diziam que Mamoon nunca havia conhecido um ditador cuja bota ele não estivesse disposto a lamber. Mas Alice era a única pessoa que Harry conhecia que tinha entrado no quarto desde o dia em que ele chegara à casa.

Noventa minutos depois, ao ouvir o latido dos cães, Harry voltou à janela, enquanto Julia varria perto de seus pés, e viu Mamoon voltar à casa com ar alegre e mais alto, como um ponto de exclamação invertido.

"Ela tem a cabeça de Jean Seberg e as mãos de Sviatoslav Richter", arquejou Mamoon. "A cada carícia, eu sentia que me transformava num gênio."

Alice bateu palmas. "Eu o deixei mais criativo!"

Mamoon disse: "Quem me dera eu tivesse sessenta e cinco anos outra vez… Harry. Você é um homem de sorte".

Quinze

"Juro, esta é a primeira noite de sono revigorante que tenho aqui", disse Harry quando ele e Alice acordaram no dia seguinte e estavam fazendo amor. Alice era a única mulher que ele gostava de olhar assim que acordava; naqueles momentos, ele tinha nascido para beijá-la. "Graças a Deus que você veio e está comigo. O barulho não deixou você enlouquecida?"

"Que barulho?"

"Os bichos lá fora. As raposas gritando, apanhadas nas armadilhas da nobreza do campo."

"Isso é a vida rural, Harry. São barulhos naturais. Mas há outro barulho."

"Qual? Onde?"

"Por que você está assim tão agitado? Alguma coisa deixou você perturbado?"

"Sim. Aqui eu vivo perturbado o tempo todo. Acho que mamãe está me chamando do outro lado da parede. Mães mortas falam mais ainda do que as vivas."

"E o que ela diz?"

"Pergunta o que é que estou fazendo aqui."

"É o que as mães sempre fazem."

Harry disse: "Continue segurando meu pau".

"Só um instante. Goze", disse ela. "Ah, grande, grande. Puxa."

A porta abriu e Julia entrou, trazendo o café da manhã numa bandeja.

"Bom dia, madame", disse Julia, colocando a bandeja na mesinha que ficava na ponta da cama. Harry se encolheu todo embaixo das cobertas. Foi a única vez que seu pênis se contraiu na presença de Julia. "Ah, senhor. Desculpe, é que... mamãe não está passando bem. Sofreu uma queda e bateu o joelho."

"Não foi um empurrão? Lamento muito, Julia. Espero que ela se recupere logo."

"Obrigada, senhor. Posso servir o chá para o senhor?"

"Seria perfeito, minha cara."

"Lá embaixo, temos torradas e ovos. Vou preparar seu banho, madame."

"Obrigada", disse Alice. Quando Julia saiu, ela sussurrou: "É assim todo dia, que nem um livro de P. G. Wodehouse?".

"Ah, sim. Desde que cheguei não levantei um dedo sequer. Estou achando enervante essa indolência toda."

Alice e Harry desceram para encontrar Liana, enquanto Julia e a mãe se moviam lentamente em volta deles, brandindo farrapos e espremendo bisnagas de unguentos. Embora Alice tivesse pedido a Julia que trouxesse uma tábua de passar roupa, Julia, sabe-se lá como, tinha conseguido encontrar as roupas de Alice e decidira lavar e passar as roupas do casal, explicando que não só ia ficar ofendida, caso Alice fizesse ela mesma o trabalho, como podia até perder o emprego.

"Eu imploro, Alice, madame, este é meu único meio de sustento", disse Julia, "desde que fecharam o abatedouro."

O fechamento do abatedouro havia trazido muitas consequências indiretas à região, na maioria dos casos deletérias. Trabalhando para Liana e Mamoon nos fins de semana, Julia tinha também acrescentado algumas horas no abatedouro durante os dias úteis, a fim de aumentar sua renda. Agora, ciente de que Liana estava ficando de saco cheio dela, não só cuidava muito bem de Liana e Mamoon, como limpava e arrumava o quarto e o banheiro de Harry e Alice e organizava os papéis de Harry, seus cadernos de anotações e seu material de trabalho. Harry sentia-se ligeiramente oprimido pela presença constante de Julia, mas não havia nada que pudesse fazer sobre aquilo nem sobre a maneira como os olhos de Julia observavam a ele e Alice de um ponto de vista convenientemente privilegiado, em geral de perto do rodapé.

Depois do fim de semana prolongado, Alice se deu conta de que tinha direito a uma folga anual e resolveu ficar, em vez de voltar correndo para a cidade, como havia pensado em fazer. Alice tinha desenvolvido uma visão romântica acerca daquele lugar, apesar de, como Harry se queixava, demorar uma hora para comprar leite e ser necessário usar bota de borracha de cano alto quase o tempo todo, ou até roupas impermeáveis para chuva com camiseta por baixo. Agora Alice dizia que amava Mamoon e Liana, que pareciam ser seus pais, e que passar aquela temporada de intimidade com Harry — testemunhando sua angústia e ouvindo suas preocupações, a exposição de suas carências — foi uma das melhores coisas que podiam ter acontecido para o relacionamento deles.

Enquanto Harry trabalhava, Alice ajudava Mamoon a escolher suas roupas, antes de levá-lo para caminhar ou passear de carro nos locais onde ela estava começando a produzir, "para o livro", uma série de fotografias do escritor no ambiente rural, encostado em árvores.

"Eu pensei que ele detestasse ser fotografado."

"Não por mim. Ele obedece a uma mulher", disse Alice mais tarde, quando andavam de canoa pelo riozinho manso. Alice estava sentada na proa, como que sedada, com roupas náuticas listradas e chapéu de aba flexível, conduzindo a canoa de vez em quando, afundando seu remo na água, como alguém mexendo seu chá. "Sinto que ele quer me entender e me ajudar."

"Ajudar você em quê?"

"A ter mais sucesso na vida."

"E o que é isso?"

"Ter mais prazer."

Mais cedo, naquela manhã, Harry tinha visto Alice andando na frente dele, sob o sol, devagar, sonhadora, sensual, quase alheia e fora do tempo, um ser em outra dimensão, e Harry pensou, sentindo-se culpado, que para ele aquilo era uma mulher; sempre outra, e uma provocação. Então Harry pegou um pêssego num cesto a seus pés, deu a ela e observou Alice morder a fruta e o sumo escorrer por seu queixo.

"Que gatinha linda você é…"

"Obrigada."

"Estou surpreso de saber que ele ouve você e se interessa pelo que você fala", disse Harry, entregando-lhe um guardanapo. "Amigos dele que entrevistei dizem que Mamoon vive concentrado nos próprios pensamentos. Numa noite dessas, ele teve um acesso de raiva porque o tomate estava muito frio."

"Eu detestaria se ele tivesse um acesso de raiva. Eu não ia saber o que fazer. Na certa, eu ia apenas chorar. Como Liana lidou com a situação?"

"'Frio, *habibi*? Ah, querido', foi o que ela disse. Em seguida pegou o tomate em questão, levantou o vestido e colocou-o entre as coxas. 'Um tomate frio. Deve ser a pior coisa do mundo. Deixe que eu esquento para você, está bem? Pronto, ficou melhor?' Quando pôs o tomate de novo no prato, Mamoon deu uma mordida nele. 'Assim está melhor, de fato, *memsahib*', disse ele. 'Você sabe que eu preciso poupar os dentes.'"

Alice, para quem a vulgaridade e o humor eram um portal para a loucura, disse: "Ele não tem nada para oferecer aos homens. Já com as mulheres ele fica à vontade. Faz piadas anárquicas e cantarola as melodias de Dido, que apresentei para ele".

"Dido?"

"Aquele negócio de Stéphane Grapelli toda hora estava me deixando deprimida."

"A mim também. Mas ele cantarola Dido? Vocês dois ficam ouvindo *White Flag*?"

"Ele fica fazendo *laralaiá*. A próxima vai ser Tracey Thorn e depois, devagarzinho, vou conduzi-lo na direção de Amy Winehouse. O que você acha, Julia? Ele escuta você?"

"Sim, escuta, sim", respondeu Julia, que estava esperando com um punhado de toalhas na mão. Harry e Alice tinham aprendido que bastava pronunciar o nome de Julia para ela se materializar, como um espírito. "Ele não me trata como uma criada. Nunca fez isso, desde que eu era pequena. Ele fica ali sentado, conversando comigo sobre o que ele está lendo no jornal, de manhã, e me perguntando quem são aquelas pessoas."

"Está vendo", disse Alice, movendo-se na direção de Julia e recebendo sua ajuda para subir no banquinho. "Vá ao encontro dele, Harry, e converse. Aproveite a oportunidade. Pus o dedo na cara dele e disse: 'O Harry já anda com insônia e depressão. Não aborreça meu companheiro, senhor escritor, ou as coisas não vão correr nada bem'."

"E isso chegou a ser uma ameaça?"

"Agora ele vai lhe oferecer mais. Hoje cedo ele parecia eufórico, talvez até diga que você pode ir falar com a outra mulher."

"Marion?"

"Agora, vá", disse ela. "Quero passar um tempo com Julia."

"Por quê?"

"Temos uma formação semelhante. E interesses semelhantes. Vamos, querida", disse a Julia. "Vamos juntas. Vamos conversar sobre homens, bebês e como éramos gorduchas quando crianças. Vamos assustar o Harry e depois fazer compras com Liana à tarde. Quero comprar perfume. E talvez, mais tarde, podemos dançar no celeiro."

Harry disse: "Eu não posso ir com vocês?".

"Claro que não. Você tem coisas importantes para fazer."

Dezesseis

"Seria possível conversamos um pouquinho hoje?", perguntou Harry em voz bem baixa, satisfeito por ter encontrado Mamoon na biblioteca.

Para a surpresa de Harry, Mamoon respondeu: "Sim, por que não? Estou ansioso", embora tivesse olhado para a prancheta de Harry como se ela fosse seu atestado de óbito. "Você traz algumas perguntas candentes, para variar?"

"O senhor está se sentindo mais revigorado depois da sua massagem matinal?"

"Minha pele está cantando. E você me pôs na desafortunada posição de ter de pensar em você, algo que tenho relutância em fazer."

"Pensar em mim de que forma?"

"Você está surpreso."

"Pasmo, senhor."

"Ótimo", disse Mamoon. "Seu fascínio pelo corpo feminino não é aberrante nem incomum. De fato, o corpo de uma mulher jovem é o objeto mais significativo do mundo, admirado e desejado por homossexuais, é claro, bem como por outras mulheres, bebês, lésbicas, crianças, estilistas de moda e homens. Não admira que os muçulmanos escondam a mulher como uma imagem sórdida, enquanto seus fundamentalistas nos fazem lembrar que a sexualidade feminina é o maior de todos os problemas. Para essas pessoas, a mulher já é uma prostituta. Eles têm razão de ficar tão preocupados", prosseguiu. "O corpo de uma jovem ocupa o centro do mundo e, em geral, o centro da maioria das eleições — aborto, mães solteiras, licença-maternidade, prostituição, incesto, abuso, o *hijab*... A mulher está no lugar de onde todos viemos e para onde todos desejamos ir. O corpo da mulher faz o conhecimento desaparecer. É admirável que alguém tenha tempo para pensar em filosofia, literatura, psicologia ou história. As mulheres também sabem disso, e esse é o motivo de elas andarem correndo na rua. Nenhuma mulher bela anda devagar."

"Quando foi que começou a se interessar por isso?", perguntou Harry, ajeitando seu gravador digital, mas ainda sem apertar a tecla de gravação.

"Lembro que quando jovem, em Madras, eu andava lendo Bertrand Russel, que era famoso por saber tudo e por quem eu tinha imensa paixão na época.

"Em algum lugar, ele escreveu que sua vida emocional era 'irracional'. Por Deus, ele condenava o 'irracional'. Russell ama, odeia, deseja — todo o pacote físico, corporal, e a única coisa que o maior filósofo do mundo foi capaz de dizer é que isso era 'irracional'. Me deu vontade de soltar os cachorros, como se toda essa história ainda precisasse de uma explicação, e sair atrás daquela gente irracional, gente tão cheia de poder neste mundo, e ouvir seu discurso."

"Qual é a cura, senhor?"

"Detenha seu dedo pérfido, Harry, antes que eu o esmague. Não grave isto: vai ficar entre nós. Você pergunta qual é a cura... Suponho que se trate da cura para o excesso de apetite, não é?"

"Sim."

Mamoon riu. "Todas as religiões se preocuparam com a moderação dos desejos das pessoas. Afinal, quem consegue viver com sua própria carência? Vamos pensar em persistência, como os estoicos fariam. Gosto de ler Sêneca, que diz que isso pode ser suportado. Ou em autoconhecimento, como preferia Platão, que podia dissipá-lo. Mas o apetite é tudo que temos e não podemos ou não devemos ser curados disso. Não sou nenhum freudiano, porém não se pode negar que o desejo é o motor da nossa existência, como é para qualquer criança que queira continuar vivendo. Como seu entusiasmo indica, em geral ele fica fora de controle e está associado à loucura, infelizmente, porque o objeto — a mulher em mente — só pode ser evasiva e vai evadir-se. Naturalmente, ela terá outras preocupações, outras vidas. Isso vai gerar ciúmes, a crença de que o outro tem aquilo que nós não temos. Proust fez dessa ideia simples uma mina de ouro. Mesmo assim, mais desejo, menos castigo, é o que eu digo."

Harry disse: "O senhor mencionou Bertrand Russel e o horror dele à desorientação".

"E daí?"

Harry deu uma olhada na prancheta, viu uma pergunta e ergueu os olhos para Mamoon. "Não seria o caso de dizer que, quando ficou com Marion pela primeira vez, o senhor experimentou um vínculo físico que ainda nunca tivera com ninguém? Que o senhor experimentou, naquela ocasião, um grande acesso de irracionalidade que o tirou do centro?"

"Você está criando uma história para mim, uma história paralela à minha vida. Por que não vai lá e pergunta para ela?"

"Obviamente, preciso fazer isso. O senhor aprova? Posso dizer isso, senhor?"

"Depende da Marion. Mas a querida Alice, com suas massagens e fotografias — e que sorte você tem —, me convenceu de que devo ser mais cooperativo com você."

"Ela defendeu minha causa?"

"Ela é gentil, você sabe, e fez um apelo por você. Também pensou no meu sofrimento, que vai terminar mais depressa, se eu der mais informações a você. Vá falar com a Marion e veja no que dá. Estou bem ansioso para ver a Marion dar um fora em você, como fez com outros bisbilhoteiros. Ela chegou a derrubar um tinteiro em cima de um escrevinhador de livros insistente."

"Por quê?"

"Você vai ver... ah... ela é ardida como pimenta."

"Foi por isso que o senhor não quis casar com ela?"

Mamoon riu: "Seria verdadeiro dizer que há ocasiões em que certos prazeres podem ser tão fortes que precisamos repensar nossa vida inteira, como uma forma de assimilá-los — ou de evitá-los".

Harry disse: "O prazer é capaz de nos deixar sem pontos de apoio, é verdade. O senhor quer dizer que uma série de orgasmos pode representar um novo começo?".

Mamoon levantou-se: "O que quer que Marion diga, serei sempre um forasteiro no seu livro".

"Obrigado por sua aprovação, senhor", disse Harry. "Uma última pergunta, que acabou de me ocorrer, nem sei por quê. O senhor se arrepende de não ter tido filhos?"

"Não ter tido filhos foi o ponto mais brilhante da minha vida até este momento", respondeu Mamoon. "Agora, faça suas malinhas de merda e suma da minha vista infeliz. Preciso de paz outra vez."

"Obrigado, senhor."

"Você vai me agradecer mais de mil vezes", disse ele, rindo. "Sobretudo quando voltar para cá, pé ante pé, a alma sangrando. Eu sei esperar."

Dezessete

Depois de quase dez dias, Alice e Harry voltaram para Londres. Lotte, do escritório de Rob, mandou a Harry passagens aéreas e um roteiro intenso para as semanas seguintes. Rob também queria que Harry desse uma adiantada no livro, precisava ver pelo menos uns dois capítulos no final do mês.

Harry sentiu-se aliviado por se ver livre da atmosfera claustrofóbica da casa de Mamoon. Na cidade, ele, o pai e os irmãos assistiram a uma partida do Chelsea e depois comeram; mais tarde, foram a um pub onde costumavam participar, em família, de um teste de conhecimento, num jogo de perguntas e respostas. O prêmio podia chegar a dez milhões de libras, tamanha a seriedade com que os homens encaravam aquele jogo. Os gêmeos eram bons em esporte e em música e o pai cobria ciência. Harry se encarregava de literatura. Eles se classificaram em segundo lugar e ficaram chateados. O pai os repreendeu, como se tivesse acabado de receber uma carta desabonadora do diretor do colégio.

Eles lembraram a Harry quem ele era. Seus irmãos não

estavam impressionados nem intimidados por Mamoon. Havia uma severidade fria na obra de Mamoon e, como ele nunca havia escrito um livro cujo título todo mundo conhecia, e como também raramente era visto na televisão, eles não davam a mínima para quem ele era. Do que eles não gostavam mesmo era de ver seu irmão caçula sendo feito de gato e sapato por um maníaco egocêntrico, que queria um retrato lisonjeiro de sua cabeça grande. Harry percebeu que, à sombra da personalidade de Mamoon, ele deixara sua identidade ser atacada; Liana e Mamoon pareciam capazes de fazer ou de dizer o que bem entendessem a Harry. E seu pai dissera: "Até agora você foi o espelho de que ele precisa, Harry. Então, por que ele não estaria feliz?".

"Ele tem bom coração."

"Tem certeza? Por que não bagunça a cabeça dele um pouco, torce seu pênis e o enfrenta para ver o que acontece? Às vezes, um pouco de desordem pode ser uma coisa criativa."

Harry e Alice foram a Paris, para uma picaretagem de desfiles de moda, e depois pegaram o trem noturno para Veneza — a cidade predileta da mãe de Harry — onde Alice nunca tinha estado. Quando ele e Alice acordaram de manhã, nos beliches do vagão-dormitório, foi um impulso, um pulo e um salto para o Grande Canal de Veneza. Mal desembarcaram do *vaporetto*, foram explorar a cidade. Harry estava ansioso para ver Alice observando as coisas, vê-la enquanto o mundo se abria para ela. Certa noite, ela pegou a mão de Harry. Tinha feito um teste de gravidez. Deu positivo. Eles não haviam planejado nada, exatamente, mas já tinham conversado um pouco sobre o assunto, e ela estava feliz; ele também estava?

Sim, sim, mas, quem sabe? Agora os dois estavam unidos para sempre. Harry ficou chocado, confuso e com medo. De repente, o futuro ganhou uma forma e uma inevitabilidade. Haveria obrigações. Ele se tornaria um tipo diferente de pessoa e os dois iriam se conhecer de uma outra maneira. "Meu Deus", disse Harry para o pai. "Estou ferrado."

"Já era tempo. Bem-vindo ao mundo", disse o pai. "Você sabe como encarar isso?"

"Não... ainda não."

"E ela sabe?"

"Ela tem amigas. Já andam fofocando e fazendo planos. Eu me sinto sozinho."

"Isso vai unir você ao mundo, Harry. Você não pode fugir a vida toda. Adoro ser pai e desconfio que você também vai adorar. Você é um homem melhor do que acredita ser."

Depois de alguns dias, Alice voltou ao trabalho e Harry, com aquele novo conhecimento crescendo dentro dele, viajou para a Índia a fim de visitar os locais onde Mamoon passara a infância.

Durante duas semanas e meia, encontrou-se com membros da família e conhecidos do velho, e também gente que Mamoon supostamente havia desprezado, ofendido, explorado ou fodido. Harry descobriu que Mamoon tinha sido um excelente aluno e também uma pessoa muito presunçosa, que dava a impressão de se considerar superior a quem estava à sua volta. "Parecia um pavão com seu paletó de botões reluzentes!", contaram a Harry. "Como fazia pouco de todo mundo!" Ele ouviu várias pessoas mais velhas dizerem que Mamoon não tinha sido um indiano "autêntico" e que era um alienado no subcontinente, como seria também na Inglaterra. Em casa, ele falava inglês, menos com os criados, só lia literatura inglesa ou francesa, conhecia pouco sobre o Islã e o induísmo, considerava ambos o ópio das massas e raramente visitava a região rural.

A mãe de Mamoon era religiosa, ficava no quarto rezando, só saía para consultar especialistas no Corão. O pai havia financiado a ambição do filho, Harry acreditava, mas não seu prazer, ao qual ele se opunha. O pai não tinha a menor intenção de produzir um playboy cosmopolita, mulherengo, que gostava de beber, que ficava sentado em cafés das capitais europeias de sapato surrado, pedindo dinheiro emprestado, cultivando autopiedade e dívidas, enquanto conversava sobre Bernard Shaw e Trótski.

Mas o pai não fora totalmente bem-sucedido. Harry ouviu, de uma fonte confiável, uma coisa estranha e intrigante, e começou a verificar a que o pai tanto se opunha. Mamoon tinha sido um adolescente sedutor, que aparentemente havia atraído tanto homens quanto mulheres — as mães dos seus colegas de escola; a enfermeira da escola; a esposa de um policial e, diziam, o próprio policial — para a sua órbita.

A exemplo de muitos patriarcas indianos, o pai de Mamoon, orgulhoso e esperançoso, estava determinado desde o início a mandar o filho para o detestado país de onde viera sua mãe, para lá ser educado. O filho, porém, continuou a ser o sonho do pai, que tinha apenas uma ideia vaga de como aquela mudança poderia ser devastadora para Mamoon e quanta presunção, desprezo e dificuldade ele teria de enfrentar. O pai era incapaz de imaginar o filho desesperado vagando pelas ruas de Londres noite após noite, quase enlouquecido de solidão e angústia, de vez em quando aliviado por uma cerveja ou uma prostituta. Ainda que fosse um pouco difícil, não seria por muito tempo, pois o menino voltaria para casa como um homem melhor e continuaria a ser o apoio do pai solitário, seu espelho, sua *chamcha*. "Lembre-se de mim", recordava o pai sem parar, colonizando a mente do filho. E não só isso: "Viva comigo". Mamoon recusou-se. Em seu sofrimento, Mamoon queria se unir à "civilização maior ou total", como ele diria mais tarde. Deixou o pai e nunca mais morou com ele. O pai providenciou a própria morte, desgostoso por conta disso.

Agora pode parecer que Mamoon sempre soube o que estava fazendo, que sua ascensão era quase inevitável. Harry descobriu quanta determinação e quanta força Mamoon demonstrou, ao permanecer na inóspita Grã-Bretanha não só para ganhar dinheiro por meio de sua escrita, mas também para se tornar um escritor original, um escritor como nunca se vira antes, falando da posição de um súdito colonial ou subalterno, porém sem ódio, e com fascínio pela cultura dos colonizadores, ou mesmo identificação com ela. Evitando causas e atitudes contemporâneas, Mamoon plasmou a si mesmo como um artista respeitável e de sucesso a partir de uma origem que poucos conseguiram superar antes dele. Por algum tempo, fez algo essencial, trazendo o novo para a cultura, falando de um lugar de onde ninguém havia falado. Também foi premiado, e não só isso. Qualquer tolo saberia que um vira-casaca bem-sucedido sempre iria inspirar recriminação e inveja. Mas, em sua terra, na Índia, a ascensão de Mamoon e seu êxito foram acompanhados por doses de ressentimento, reserva e crítica capazes de desnortear ou mesmo de destruir um homem mais fraco.

Parte disso foi produzida por ele mesmo: a insolência de Mamoon, sua arrogância e a insanidade de certas afirmações não eram nenhum segredo. Mas boa parte da inveja provinha da amargura em relação ao homem branco. Seus antigos amigos e aliados acreditavam que Mamoon tinha virado "branco". Para eles, qualquer melhoria era uma traição. Aqueles que Mamoon deixara para trás diziam que ele havia feito um pacto com o diabo e violara seus ancestrais e sua família. "Espero que isso seja verdade", respondeu Mamoon a um amigo, quando se despedia. "Sobretudo a violação."

Harry ouviu falar muito sobre tudo isso na Índia e também teve tempo de estudar os cadernos que Julia havia lhe entregado. Com um entusiasmo renovado por seu personagem — *como escrever sobre tamanha complicação?* —, foi a Nova York com certo alívio. Três dias depois, foi visitar a ex-amante de Mamoon, Marion, que morava num pequeno apartamento em Portland.

De forma bem típica, Rob não havia propriamente "organizado as coisas". Nas últimas semanas, Marion vinha criando dificuldades para Harry, cancelava encontros sugeridos, telefonava para lhe fazer mais perguntas, agindo como uma coquete. Ao mesmo tempo, deixava bem claro para Harry que tinha algo valioso para lhe oferecer e que aquilo teria um preço, embora Harry não soubesse qual. Marion também fez questão de obter garantias das boas intenções e da honestidade de Harry por meio de vários agentes e editores. Mas só quando Harry falou com Rob e Rob falou com Marion foi que ela, afinal, marcou um encontro concreto. Por fim, ele pôde ir ao apartamento dela.

A porta se abriu.

De cabelo branco e comprido batendo no meio das costas, movendo-se devagar, cambaleante, apoiada em bengalas, Marion guiou Harry para dentro do apartamento pequeno e excessivamente aquecido. Aliviado por encontrá-la, Harry tentou um aperto de mãos, mas ela insistiu em levar o rosto na direção do rosto dele e Harry beijou-a nas bochechas. Marion agarrou sua mão como se não tocasse em ninguém fazia muito tempo.

Explicou a Harry que, como tinha catarata, não conseguia ler muito nem ver tv nem fazer faxina. O que ela queria era conversar, mas sua família a havia abandonado fazia muito tempo e Marion recebia poucas visitas agora, exceto por alguns estudantes barulhentos e por uma secretária que a ajudava com seus escritos e anotava seus ditados. Havia no mundo poucas criaturas menos interessantes do que uma mulher de setenta e poucos anos, mas alguns se interessavam por Mamoon Azam. Ele era a única carta que restara em sua mão.

"Por favor, antes de *me* interrogar", disse ela, enquanto servia chá com biscoitos para Harry e antes de sentar-se com um cobertor sobre os joelhos, "você faria a gentileza de responder às *minhas* perguntas?"

"Claro."

"Você tem alguma coisa dele que eu possa tocar?"

"Que tipo de coisa?"

"Uma gravata. Um livro que ele lhe deu."

Harry fez um gesto de desamparo. "Não, infelizmente, acho que não."

"Ele não mandou nada?"

"Só a mim."

Marion disse que ele nunca tinha sido mesmo muito atencioso. "Mas tenho aqui os óculos de leitura dele, que eu limpo todo domingo, enquanto me lembro do cheiro e do contato com sua pele e recordo sua voz enfumaçada — grave, às vezes rouca, mas carinhosa — e seu cuidadoso timing, quando me fazia rir."

Ela imitava Mamoon muito bem e parecia apreciar as conversas com ele, enquanto fazia o papel de ambos. Perguntou sobre Liana sem demonstrar perturbação, queria saber se ela era alta e larga e se era capaz de lidar com as alterações de humor de Mamoon e com seus acessos de raiva, se ela cozinhava bem, se gostava de fazer compras, se tinha indigestão, se dormia bem, se conseguia suportar os pesadelos dele e se era capaz de fazer Mamoon rir.

Marion queria saber no que Mamoon andava trabalhando, se agora pintava o cabelo e como estava a saúde dele, sobretudo suas costas, e também estômago, intestinos, dentes. Precisava saber se ele ainda fazia assim ou assado com a cabeça, quando alguém lhe perguntava algo difícil. Também queria saber sobre a casa e o terreno em volta — o lugar que tinha visto apenas em fotografias, mas onde a certa altura acreditara que iria passar o resto da vida com o homem que amava.

Marion, então, emitiu um riso esganiçado, antes de, inevitavelmente, começar a chorar. Harry também chorou, pois isso lhe pareceu gentil e solidário, e ambos se declararam chorões sentimentais. Ele procurou lenços de papel e ela foi ao banheiro lavar o rosto.

Quando ela estava pronta, Harry ligou o gravador.

Colombiana de mãe judia inglesa, Marion contou a Harry como havia conhecido Mamoon numa palestra e como os dois se apaixonaram. Durante um período de cinco anos, ele a visitou muitas vezes e os dois viajaram juntos para Índia, Estados Unidos e Austrália. Marion largou seu marido chato pouco tempo depois de conhecer Mamoon e foi morar numa casa pequena no West Village, em Nova York, porque Mamoon andava pensando em escrever um romance passado ali. "Não esqueça", disse ela. "Ele era muçulmano e, em essência, pensava nas mulheres como criadas. Eu o fiz progredir, mas fui até onde era possível."

Eles sempre tinham muito o que dizer um ao outro e, como a maioria dos homens atraentes, Mamoon era divertido e mordaz — conversando sobre literatura e política, sobre os outros e, acima de tudo, sobre si mesmo. Era um homem autocentrado, mas angustiado demais e inseguro demais para se autoadmirar. Vivia preocupado o tempo todo, disse ela, e podia se tornar absolutamente frenético em relação a seu trabalho, que o mantinha são a duras penas. Mamoon lhe mostrava rascunhos do que estava fazendo e ela o ajudava, sentada à mesa na sua frente, de lápis em punho. Ele escutava com atenção as opiniões dela e respondia com seriedade. Ele fazia Marion sentir-se valiosa e criativa e só ela sabia como aqueles livros famosos tinham sido feitos.

"Algumas entrevistas de *Noites com o assassino* foram inventadas, é claro. Isso deve ser bem conhecido."

"Ninguém nunca falou disso. Ele não gravou as entrevistas?"

"Gravou, e elas foram transcritas, às vezes por Peggy, às vezes por mim ou por uma secretária. Quando ele sentava para escrever o material, fazia alterações consideráveis. Ele não esteve presente na famosa execução. Admitiu para mim que apenas esteve 'quase' lá."

"Ele é um artista criativo que fez..."

"Ou inventou", disse ela. "Omitiu material, alterou outras coisas, adulterou e até reescreveu citações, para encaixarem melhor no texto. Escreveu sobre lugares onde não esteve e sobre coisas que nunca viu."

Harry encolheu os ombros. "Isso é que são os romancistas para você. Uns sacanas."

Ela disse: "Sem dúvida, você se verá fazendo a mesma coisa". Marion olhava para ele. "Está passando pela sua cabeça que isso seria uma boa ideia."

"'Narração roubada', era como Joyce chamava isso. De fato Mamoon me disse, com muita sagacidade: 'Espero que você não seja um desses escritores tolos que acham que os fatos sejam suficientes'. Ele acha que a originalidade é a arte de roubar as coisas certas. Ele é um humorista..."

"Como você é baixo e nojento. Suponho que você seja uma espécie de chato argumentativo. Será que adianta mesmo alguma coisa irmos em frente com isto? Se eu pudesse me levantar, me levantaria agora mesmo." E deu as costas a Harry.

Aquele dia ia ser difícil. Será que Harry chegaria a algum lugar? Não seria melhor ir embora? Ele esperou calado, como seu pai teria sugerido.

"A senhora abriu mão de muita coisa por Mamoon", disse afinal.

"Sim, sim, abri mão de tudo."

"Não é à toa que seja mesmo muito difícil para a senhora falar sobre esse assunto."

"Exatamente."

Houve mais um intervalo de silêncio; então ele suspirou aliviado quando ela prosseguiu. Perder o marido não foi nada para Marion, mas seus filhos queridos ficaram furiosos por ela ter trocado a família por aquilo que seu ex-marido chamou de "excitação pessoal". Mas Mamoon, como Omar Sharif, que ela achava parecido com ele, era um homem por quem uma mulher abriria mão de tudo. Marion o amava, ele era seu destino; ela achava que o amor estava acima de tudo no mundo. Embora ele fosse aos Estados Unidos com menos frequência por causa da incapacidade física de Peggy, Marion acreditava piamente que ele tomaria conta dela por toda a vida. Mamoon disse que ia fazer isso.

Marion não tinha nenhum motivo para não acreditar em Mamoon. A vida amorosa deles era mais satisfatória e mais forte do que qualquer coisa que ela havia conhecido, e os dois ficavam juntos da maneira devida. Além dela, só havia Peggy, e no fim Marion se deu conta de que os dois apenas estavam esperando a morte da pobre Peggy. Ela nada tinha contra Peggy — embora se referisse a ela como "a acamada" — e admirava Mamoon por continuar junto da esposa. Mamoon tinha cumprido seu "inútil" dever.

"Inútil, você diz. Por quê?", perguntou Harry.

"Até onde eu via", disse Marion, "como os dois tinham vivido num círculo muito fechado, com quase nenhuma influência exterior, Peggy o havia hipnotizado e induzido a crer que ele não só era a causa do sofrimento dela como também a única cura. Eu o libertei dessa falsa crença."

Não que ela tenha recebido algum agradecimento. No fim, Marion não via Mamoon já fazia mais de um ano. Veio o dia em que soube que Peggy tinha morrido, e ela se preparou para receber o telefonema de Mamoon. Finalmente ela deixaria os Estados Unidos e se mudaria para a Inglaterra a fim de morar com ele em sua casa. Marion já estava até pensando em como iria mobiliar a casa. As janelas ficariam abertas, as coisas de Peggy seriam jogadas fora imediatamente e tudo seria arrumado de outro modo. Marion não queria morar com uma mulher morta.

Ela telefonou para Mamoon. A mulher que atendeu o telefone — Harry imaginou que fosse Ruth — disse que daria o recado. Isso aconteceu várias vezes; Ruth transmitia os recados, disse Marion. Os dias passaram e Marion não recebeu nenhuma notícia. Imaginou que Mamoon estivesse ocupado com as providências do enterro e com outras questões relativas ao luto. Mais tempo se passou.

Como não recebia nenhuma notícia dele, foi a Bogotá e viajou pela Colômbia, sofrendo e vendo Mamoon em toda parte. Só depois de vários meses, ao ler uma revista, ficou sabendo que Mamoon havia se casado com Liana, que, ficou sabendo também, ele tinha conhecido dezoito meses antes, ao divulgar sua obra na Itália. Aparentemente, Mamoon voltara algumas vezes para ver Liana e os dois haviam alugado um apartamento em Paris. Por fim, ele a levou a Veneza, onde a pediu em casamento. Marion observou as fotografias dos dois juntos, e tudo o que ela havia tentado esquecer voltou.

Aflita em busca de uma explicação, Marion escreveu a Mamoon muitas vezes; telefonou-lhe repetidamente. Então, de forma inesperada, Mamoon atendeu o telefone, como fazia de vez em quando, se estivesse sentado perto do aparelho. Falou que estava surpreso de ter notícias de Marion; informou que, claro, era tarde demais. Tudo entre os dois havia morrido tempos antes. Não tinha sido óbvio para ela? Marion não possuía nada que ele quisesse. É preciso abandonar as pessoas na hora certa, disse ele, de modo memorável. Como de repente boa parte de seu passado e de seu futuro viraram pó, Marion gritou e ficou furiosa. Mamoon disse que ela havia inventado fantasias ridículas e que não devia mais entrar em contato com ele; era um homem casado e feliz, e aquilo era o ponto final para ele. Mamoon desligou o telefone.

Harry observou Marion chorar outra vez e bater com uma almofada no sofá. Harry ficou embaraçado e incomodado; queria escrever um livro informativo celebrando um bom escritor, e não levar uma idosa a viver um psicodrama que desaguasse num colapso nervoso.

Aquela primeira conversa com Marion já havia tomado a maior parte de um dia e ele precisava refletir sobre o que ela havia contado. Harry voltou para o hotel, ouviu a gravação e fez anotações.

Telefonou para Alice a fim de contar como estava exausto. Para sua surpresa, descobriu que Alice tinha passado o fim de semana com Liana e Mamoon.

"E você está aí agora?", perguntou Harry.

"Estou. Ele sabia que você ia viajar, então me convidou para vir", respondeu Alice.

"Espertinho."

"Pois é, no meu estado. Preciso de repouso e eu também precisava trazer algumas gravatas, camisas e outras coisas para Mamoon."

"E ele gostou de tudo?"

"Ficou encantado. Quer renovar o guarda-roupa."

"Faz sentido."

"De todo modo, eles adoram minha companhia e acho bem repousante ficar aqui. Mamoon quer recuperar seu vigor; temos feito longas caminhadas."

"Vocês dois? E sobre o que vocês conversam?"

"É só um bate-papo sem compromisso. É incrível, Harry, posso dizer qualquer coisa para ele que ele não julga e tem sempre algo inteligente para dizer. O cérebro dele é imenso. Para mim, é ótimo relaxar aqui, sobretudo agora que ando tão ansiosa."

"E se você anotar o que ele falou, quando voltar ao seu quarto?"

"Mas para quê? Você sabe que eu acredito que se deve viver o momento. É uma conversa particular sobre tudo."

"O que é tudo?"

"Assim, pais, arte, política, sexo."

"E ele entende alguma coisa disso?"

"Ele refletiu a fundo, Harry, mais do que um homem comum, você sabe disso, e tudo que ele diz é interessante, por isso você o está estudando. Ele está me psicanalisando e examinando meu problema com dívidas. Fico apavorada, com medo de que ele me ache superficial ou narcisista, como seu pai fez na última vez que fomos à casa dele."

"Meu pai fez o quê, Alice?"

"Sua voz ficou igual à de um *castrato*. Não seja tão suscetível com relação a esse assunto."

"Como assim?"

"Você disse que nunca levava mulheres para conhecer seu pai."

"Elas precisam ser muito especiais. Foi uma coisa importante para mim, Alice."

"Eu estava tendo palpitações. Sem dúvida, você lembra, depois que sentamos, como ele correu os olhos pela mesa, bateu nela com as mãos e falou: 'Diga-me, qual é a sua opinião sobre a crise financeira?'."

"E qual foi a sua opinião?"

"Fiquei tão intimidada que tive um ataque de pânico, por isso fui correndo para o banheiro e joguei água fria no rosto. Foi como estar de repente na televisão."

"Sei que você prefere a invisibilidade."

"Sempre foi assim na sua casa?"

"Ele é muito democrático, o papai, dá atenção a qualquer idiota. É o trabalho dele. Ele não achou você superficial. Disse que você ia longe. E tenho certeza de que Mamoon vai escutar muito bem cada palavra que você disser. Achei que você não gostasse de homens velhos."

"Você sabe como a minha mente se dispersa diante de um romance, mas comecei a ler um dos livros de Mamoon."

"E está gostando?"

"Não se preocupe, não há a menor chance de eu virar uma intelectual. Você me prefere burra? Está se sentindo ameaçado?"

"Querida, escrever esse livro está deixando minha cabeça um bagaço. Lá na Índia foi difícil. Estou esgotado."

"Mamoon tem se preocupado com você."

"Tem?"

"Deseja desesperadamente que Marion não o desoriente demais."

"O que ele disse sobre ela?"

"Que nenhuma palavra que ela diz é verdadeira. Ele espera, para o seu bem, que você não seja enganado." Alice prosseguiu: "Sabe, estou começando a entender como Mamoon foi corajoso ao atacar aqueles maoístas com roupas de veludo, quando era moda ser assim. Ele quebrou o culto de silêncio. Seu pai não era maoista?".

Harry riu. "Mamoon falou isso? Vou tirar satisfação com ele."

"Não, por favor, não faça isso, senão eu não conto o que mais ele falou."

"Por quê? O que mais ele disse?"

"Disse que os amigos e conhecidos dele estavam tão hipnotizados pelo marxismo como certas pessoas ficam pelo fundamentalismo. Tudo o que eles faziam era calculado para 'beneficiar' a classe trabalhadora. E depois não ficou comprovado que o marxismo estava longe de ser um sistema que patrocinava as liberdades pelas quais eles, de repente, caíram de amores?"

"Sim, ele escreveu um ensaio adorável sobre isso, 'As superstições dos seculares'."

"Mas foi um lance incrivelmente visionário da parte dele, não foi?"

Harry rosnou. "Mamoon sempre achou que tudo tem muito de podre e que todo mundo que acredita em alguma coisa é um idiota iludido. Não tem como errar, se a gente já começa como um cínico."

"Você ainda é socialista? Ele disse que você é."

"Ele disse? Um democrata liberal, Alice, e tão inofensivo quanto um copo d'água mineral gasosa com uma rodela de limão."

Alice perguntou: "O que seu pai acha de Mamoon?".

Harry pensou um momento antes de responder: "Papai acha que a melhor realização da Grã-Bretanha do pós-guerra, além do Serviço Nacional de Saúde, é ser uma sociedade multirracial. No entanto Mamoon quis ser inglês justamente na hora em que os ingleses estavam se tornando obsoletos e os mestiços adquiriam poder. Papai considera Mamoon um iludido, por nunca falar do contágio do racismo britânico, sobretudo na década de 1970, quando ele estava no auge da virulência. Mamoon gostava de fingir que isso nunca tinha acontecido com ele. Também era um esnobe ridículo, segundo papai, por se identificar com uma classe defunta. Pelo menos, mais tarde, ele criticou os islamitas, esses heróis do século VII".

Alice falou: "Sabe, Mamoon disse uma coisa adorável sobre mim: que eu poderia me tornar uma artista".

"Artista?"

"Por que não? Talvez um dia, quando nosso filho estiver dormindo em seu bebê conforto, eu comece a desenhar mais a sério. Mamoon diz que, se eu acho difícil falar, devo me expressar mais por outros meios."

"Boa ideia."

"Mamoon também é perverso", ela prosseguiu. "Eu não devia repetir isto: parece que um fã lhe perguntou como ele escrevia, se com caneta ou no computador, e ele respondeu que gostava de enfiar o dedo no cu de manhã e escrever diretamente na parede do banheiro."

Harry perguntou: "Você me ama?".

"Sim, é claro. Já lhe disse mil vezes."

Harry perguntou: "Como vai Liana?".

"Não a vejo muito. Andou cuidando do jardim, depois foi a Londres fazer a mão. Ela foi ver seu adorado psiquiatra e mais alguém, a trabalho."

"Quanto tempo ela ficou fora?"

"Só três noites, acho."

Imediatamente, Harry telefonou para Julia, que declarou estar acompanhando os acontecimentos. Entre Mamoon e Alice, tudo era só comer e conversar, ela disse. Os dois ficavam sentados durante horas, à noite, à luz de velas; no cômodo contíguo, Julia ficava lendo um livro de Mamoon, deitada no sofá, a voz de Mamoon num cômodo, suas palavras em outro. Julia pegava no sono satisfeita, sonhando com ele. De manhã, ela estava embaixo de um cobertor. Não conseguia se lembrar de tudo que Mamoon e Alice haviam conversado; que importância podiam ter alguns murmúrios?

Harry disse: "Não foi importante! Como assim? Foi só uma conversa, você diz! Mas a conversa é o intercurso mais perigoso que existe!".

"Liana não vê nada de mais nisso, portanto acho que deve ser uma coisa inofensiva. Senão ela já teria matado Mamoon e depois Alice."

"O que ele fez foi me tirar do caminho. Pelo menos me conte se Mamoon falou algo marcante."

"Só isto: Qualquer pessoa que cuide de um jardim está perdida para a humanidade."

Harry perguntou: "Você me ama?".

"Amo", respondeu Julia. "Cada vez mais. Estou doidinha para ver você outra vez. Estou usando a sua camiseta."

"Está mesmo? Onde foi que você a achou?"

"No seu quarto. Eu afundo a cara nas suas roupas." Ela disse: "E você? *Me* ama?".

Ele ficou melancolicamente em silêncio, ouvindo o mar entre eles. "Seja lá quem for você, Julia, sou seu."

"Você leu os cadernos que eu lhe dei?"

"Li, e estou lendo de novo agora."

"E o que você acha?"

Dezoito

Harry tinha planejado visitar Marion outra vez no dia seguinte, mas, enquanto dava uma volta no quarteirão antes de entrar no prédio, se perguntou se valia mesmo a pena voltar lá. O entusiasmo de Alice com Mamoon o deixou preocupado e sua vontade era pegar um táxi para o aeroporto, voltar para Londres, tirar o velho do caminho e fazer Alice se lembrar de novo da existência dele, Harry. Precisava investir mais em sua relação com Alice, do contrário o relacionamento ia perder impulso e terminar. O que Marion ainda poderia acrescentar? Harry relutava em entrar de novo naquela tenda de desgosto, remorso e desespero. Mas Harry falou firme consigo mesmo: apesar de Mamoon ter calculadamente se livrado dele, aquele ainda era seu trabalho. Harry obrigou-se a comprar flores para Marion; de novo, tocou a campainha de sua porta.

Ela estava mais animada, quase coquete, de saia, blusa decotada e joias. Ficou mostrando fotografias dela e de Mamoon juntos.

"Harry, olhe como ele segura minhas mãos. Como ele precisava de mim! Naquela casa no campo, eles viviam numa atmosfera de medo e rancor. Não parece mal-assombrado, aquele lugar?"

"Sim, um pouco."

"É ela, a Peggy — assombrando, mas sem viver! A vida de Mamoon em seu lar original nunca foi assim. A desolação dela estava corrompendo Mamoon."

"Como foi que você falou disso para ele?"

"Mostrei-lhe a possibilidade do amor. E do sexo. Ele era, sabe, *caliente*. Soltava vapor. Mas também não fazia um sexo decente tinha algum tempo. Mamoon achava que precisar de uma mulher era a mesma coisa que querer um cigarro. O desejo podia ser imenso, mas ele esperava até passar, e depois voltava a cuidar de coisas mais importantes.

"Mas sou obrigada a reconhecer que Peggy era gentil, só pensava em Mamoon. Ela o levou para a sociedade, o apresentou a pessoas que podiam estar interessadas, explicava a elas que o mundo era maior do que a Grã-Bretanha. Mas ele estava..."

"O quê?"

"Bem, subnutrido de sexo."

"Adorei o jeito como você disse isso, Marion."

"Querido, ela não tinha nenhum controle sexual sobre ele. Mulher triste, histérica. No que se referia à copulação, ela era um prato de espaguete frio, tagarelando de maneira vã e forçando o pobre Mamoon a viver como se a paixão não tivesse um lugar no centro do coração de toda criatura. Você não faz ideia de como ele era ingênuo quando se tratava de fazer certas coisas."

Harry perguntou o que ela queria dizer com "ingênuo".

"De certo modo, ele era como um adolescente. Como se esperasse que o outro tomasse a iniciativa. Como você deve estar informado, as aventuras adolescentes de Mamoon foram muitas e multiformes. Os adultos não conseguiam tirar as mãos dele.

Foi um jovem muito bonito, com seu cabelo escuro, seu corpo de astro do cinema e um pau fino e comprido. Era quase tão bonito quanto você, meu querido rapaz, mas irritante, com uma personalidade forte e, obviamente, mais talentoso. Eu diria que você é apenas um pouco menos irritante, embora tenha um ar meio metido a besta." Marion tinha visto o filme *Teorema* algumas noites antes. "Pasolini teria caído de amores por você. Já transou com um homem mais velho?"

Como Harry não respondeu nada, ela prosseguiu: "Tente imaginar isto. Quando conheci Mamoon, ele pensava que era um homem bem casado para o resto da vida. Nem sonhava em se separar de Peggy. Mas gostava de fazer sexo, depois que o redescobriu comigo. Isso lhe deu uma nova confiança. Ele gostava. Gostava demais. Mamoon resgatou uma parte de si mesmo e, assim, passou a querer aquilo o tempo todo. E depois ainda queria mais. Mais prolongamentos". Quando Harry perguntou que tipo de prolongamentos, Marion disse: "Se eu contasse e você pusesse no livro, seria a única coisa que alguém iria saber a meu respeito".

"Você já refletiu sobre isso?"

"É claro."

"Ao mesmo tempo, você quer contar o seu lado da história, não é?"

Ela respondeu: "Ele vai me contestar, eu sei. Vai rir, dar de ombros, me acusar de louca, uma estratégia comum dos homens. Há pouco tempo, para um jornalista, ele me acusou de ser um balão de fantasias desenfreadas, até uma realista mágica — histórias para crianças! Isso de alguém que inventa pessoas e as faz falar e depois morrer, e tudo para ganhar a vida! Mas *eu* vou ter que falar, antes de partir".

Harry empurrou o gravador para mais perto dela. "A que você se refere?"

"Desligue esse maldito aparelho." Harry apertou um botão. Ela sorriu, agarrou o gravador e jogou-o longe, no corredor, antes de pedir que ele fechasse a porta.

Marion contou que havia duas mulheres inteligentes, atraentes, casadas, que ela conhecia, suas amigas havia anos, a quem iria apresentar Mamoon. Certa noite, Mamoon disse que elas eram atraentes. Estava entediado de Marion. "Eu não conseguia mais fazer seu pênis sorrir. Ele ia ficar com elas, aquilo serviria para apontar um pouco seu lápis."

Mamoon disse que tinha virado um utilitário, que proporcionava o máximo de felicidade a um grande número de pessoas. Também se sentia desanimado. O pai havia morrido e ele andava se recriminando. Havia brigado fisicamente com o pai, o derrubado da cadeira e atirado o velho contra a parede.

"Sim, ouvi falar disso. Mas quais são os detalhes?"

Marion contou que o diretor da escola de Mamoon, e também a esposa do diretor, eram amigos queridos e muito antigos do pai dele. E o homem — "que, por acaso, tinha só uma perna" — fizera a gentileza de deixar Mamoon estudar na escola por um preço mais baixo. Constatou-se, mais tarde, que Mamoon, com quinze anos, andou trepando com a esposa do diretor, enfermeira da escola, na enfermaria, quase todos os dias. Ela também havia emprestado livros para ele e lido seus primeiros contos, corrigia os textos dele, o incentivava, dizendo que ele levava jeito, que tinha aquilo que todo mundo queria e que a maioria das pessoas não tinha: talento. Mamoon percebeu que quando escrevia era amado e admirado. Literatura era um abridor de pernas. Um bom parágrafo era melhor do que algumas taças de vinho.

Marion disse: "O diretor não descobriu nada, só quando Mamoon já tinha vinte e poucos anos. Então, depois que a mulher morreu, o diretor resolveu falar para o pai de Mamoon que a infidelidade da esposa havia maculado os últimos anos da vida dele. A mulher disse que tinha amado Mamoon. O diretor ficou envergonhado". Marion fingiu um sotaque indiano paternalista. "O pai disse a Mamoon: 'Seu sacana nojento, você nos cobriu de vergonha a todos, trepando com aquela mulher, logo uma amiga da família, e ainda mais nas dependências da escola, enquanto recebia um generoso desconto para poder estudar lá! De que outras fraudes você ainda será capaz?'."

"'Mas na época ela se mostrou muito entusiasmada e agradecida', respondeu Mamoon. 'Por que isso irrita o senhor? Está com ciúmes? Ela disse que era solitária. Eu era a segunda perna. Eu tinha um corpo de matar e ela abria minha braguilha com os dentes. Seu amigo a deixava morta de tédio. O senhor devia ter me mandado um telegrama de congratulações por dar alegria a ela.'" E Marion prosseguiu: "Como você pode imaginar, foi nesse ponto que o pai, cada vez mais exaltado, deu um tapa na cara de Mamoon. E Mamoon, que na época era muito forte e praticava halterofilismo, levantou o pai do chão e o atirou para o outro lado da sala, na direção da lata de lixo, como se ela fosse uma cesta de basquetebol.

"Em uma etapa posterior da vida, Mamoon sentia vergonha e remorsos e se preocupava muito com o pai. Cheguei a levantar a possibilidade de o pai dele ser gay."

Harry quase ficou chocado. "Como isso foi recebido exatamente?"

Mamoon levou a sério. As peças se encaixavam. O pai de Mamoon teve um casamento arranjado, brigava com a esposa o tempo todo, saía quase todas as noites para jogar e bebia furiosamente. Mas nunca saía com mulheres e, repetidas vezes, dizia para o filho nunca se casar. Mamoon começou a se perguntar se a *sua* bizarra sexualidade adolescente não seria reflexo das confusões de seu pai.

Marion disse: "Como você já deve ter descoberto, Mamoon é uma espécie de toca-discos automático de Nietzsche, com uma citação na ponta da língua para qualquer ocasião. E ele gostava especialmente desta: 'Aquilo que no pai fica em silêncio fala no filho'. Nós debatíamos sobre isso com muito ardor. Afinal, durante a detumescência, há sempre uma conversa, e é aí que o amor começa. Acompanhados por duas ou três garrafas de vinho, passávamos noites inteiras conversando, pondo tudo em pratos limpos. Éramos muito íntimos e morávamos juntos, porque ele dava aulas nos Estados Unidos".

Harry perguntou como foi aquela época.

Marion riu. "Era maravilhoso estar com ele. Mas também havia conflitos. Sempre havia conflitos com Mamoon. Tinha havido as inevitáveis desavenças com as autoridades, que culminaram numa acusação de misoginia e assim por diante."

Harry disse que tinha ouvido falar do assunto e que ia investigar. Perguntou a ela sobre os detalhes.

"Eu morava com ele nos arredores da universidade fazia alguns meses", disse Marion. Mamoon fazia questão de ter um espírito independente da instituição. Mas sabia como despertar o interesse das pessoas por ideias. "Então, infelizmente, ocorreu o incidente com a palestrante feminista negra, a quem ele disse, numa festa: 'Não há a menor dúvida, ser negro hoje em dia é uma carreira pronta e completa, não acha?'."

"E o que aconteceu?"

"Uma brigalhada sem tamanho. Isso, somado a seu comentário de que havia uma grande incidência de psicose na comunidade afro-caribenha por causa da ausência dos pais, acabou fechando as portas para ele. A coisa ficou feia. Tivemos de fazer as malas e cair fora de lá bem depressa. Foi como se tivéssemos sido expulsos da cidade."

"E ele ficou aborrecido?"

"Claro que disse que não queria ser privado da *juissance* do racismo justamente porque tinha a pele marrom e havia ele mesmo sofrido por causa daquilo. Está claro, disse ele, que deve ser um dos maiores prazeres do mundo odiar os outros por razões mais ou menos arbitrárias, aleatórias."

O resultado foi que ele nunca mais pôde lecionar outra vez. Aquilo lhe custou algum dinheiro. Mamoon ficou mais aborrecido do que conseguia admitir, pois tinha coisas importantes para dizer sobre o ofício a que havia dedicado a vida. De certo modo, ele se viu envolvido por aqueles debates vãos. Não conseguia entender aquilo e precisava de "consolo", dizia.

"Consolo feminino?"

"Eu disse a Mamoon que, como eu havia sacrificado muita coisa para ficar com ele, não podia aceitar que ele desse em cima das minhas melhores amigas na minha frente. Ele me chamou de chata e mal-humorada. Teve a audácia de dizer que eu não sabia chupar seu pau direito."

"Ah, minha cara, você precisa tomar cuidado com seus dentes", disse Harry. "Acho que você sabe disso. Você deveria ter praticado um pouco."

"Acredite, menino, eu seria capaz de sugar o cérebro dele pela bunda e soprá-lo pelo ralo do banheiro."

Harry perguntou: "Como ele era na cunilíngua?".

"Entusiasmado, às vezes. Mas impreciso. E depois..."

"Depois?"

Ela disse: "Quando um homem não quer comer você por fora é porque está farto de você".

"Essa deve ser uma das lições mais difíceis da vida."

Ela prosseguiu: "De fato, Mamoon era capaz de congelar você, até que eu não consegui mais aguentar tanta ansiedade. Sexo a três não era meu forte, eu tinha experimentado. Os homens acham que gostam disso, mas têm os olhos maiores do que a pica. Se já é raro um homem satisfazer uma mulher, que dirá duas. De qualquer forma, decidi que aquelas mulheres podiam se unir a nós, se quisessem — uma de cada vez. Por que não? Já não tínhamos vivido a década de 1960? Por que ser convencional, por que dizer não para tudo? E elas eram mulheres livres. Fizemos aquilo algumas vezes. Mamoon disse que era a coisa mais excitante que já havia feito".

"Por que as mulheres fizeram isso?"

"Foi a primeira vez, eu acho, que ele viu que podia explorar sua posição, seu poder e seu carisma para seduzir e usar alguém. Como ele dizia, ser famoso, inteligente e bonito faziam dele um chamariz irresistível para mulheres na menopausa. Estava a tal ponto interessado em certas coisas que o mundo parecia vibrar em torno dele. E aquelas mulheres eram curiosas. Mas tinham maridos, filhos e vidas, e não estavam disponíveis toda vez que ele queria. Mamoon então teve a brilhante ideia de chamar profissionais para se juntar a nós."

"Quantas vezes?"

"Quase todas as noites durante algumas semanas apenas. Ficamos tão dominados por aquilo que abrimos um grande buraco nas finanças dele, mas não que ele tivesse se importado com isso. Por que se importaria? Acho que boa parte do dinheiro era de Peggy, e Mamoon achava que ela lhe devia aquilo."

"Vocês bebiam e se drogavam? Havia outros homens envolvidos?"

"Ele ficou muito empolgado."

"Como posso saber se isso é verdade?"

"Existem cartas."

"Se vamos pegar Mamoon de jeito, preciso ver as cartas."

"Precisa mesmo?"

"Do contrário, ele pode dizer que você não passa de uma fantasista doida."

Marion hesitou um momento antes de se levantar e levar Harry para fora da sala. No corredor, ela empurrou a porta de seu quarto.

Na frente de Harry, emoldurada na parede, havia uma grande reprodução da fotografia de Mamoon tirada por Richard Avedon, que Harry só tinha visto do tamanho de um selo de correio, na capa de um livro. De paletó e gravata, envolto em fumaça de cigarro, Mamoon devia ter quarenta e poucos anos, cabelo escuro, olhos pretos, angustiado, um homem com força para encarnar, com alma de poeta, um Camus asiático. No devido tempo, Mamoon, o transgressor radical — para quem a linguagem precisa era sempre revolucionária —, iria discutir e brigar com seus colegas escritores; seria banido de vários países por causa de suas opiniões políticas ou religiosas; iria angariar um punhado de *fatwas* e numerosos prêmios e condecorações, dos quais ria; e ainda iria escrever bons livros.

"Está vendo?", perguntou Marion.

Com ela atrás dele, Harry continuou olhando: caso tivesse esquecido por que havia adorado Mamoon quando jovem — o cara durão, o artista de vida difícil que encarava as trevas sem hesitar e falava o que via, pondo a verdade e a autenticidade acima da segurança —, aquele retrato de orgulho, autoconhecimento e glamour serviria para refrescar sua memória.

Como Rob gostava de reiterar, a verdade é que todo escritor, e de fato qualquer artista, era o diabo que rivalizava com Deus em criatividade, tentando até superá-lo. Deus era, seguramente, a criação mais fatal do homem; o diabo, brincadeira de criança. Com sua insistência em ser adorado e admirado, era Deus quem tornava necessário o argumento da arte, para manter aceso o fogo da dissidência nos homens e nas mulheres. Essa dissidência era o artista, que com sua imaginação abarca a razão e a desrazão, o baixo e o alto, o sonho e o mundo, os homens e as mulheres.

Platão, e também o último papa, reconheceu como é perigoso ter um artista por perto fazendo travessuras, misturando as coisas com a colher da verdade e com o tóxico da fantasia e da magia. E assim, por ter atravessado a fronteira, e por roubar o fogo de Deus, os artistas foram banidos, aprisionados, condenados, silenciados, mortos — e sempre seria assim com esses ocasionais Cristos da página.

Deve ter sido essa ideia fáustica de Mamoon como herói e santo transgressor, aquele que enfrenta Deus e os justos, que despertou a paixão de Harry, a imagem que o conduziu àquele quarto, seguido por aquela mulher, que havia dormido sob o retrato noite após noite durante anos. Era também a imagem do homem que Harry tinha desejado se tornar em determinada altura da vida. No entanto, agora Harry não era o tema, mas apenas o ilustrador. E Harry se perguntou de que maneira poderia se tornar mais semelhante à imagem do retrato? Em que medida tinha sido corajoso ou audacioso?

Marion beijou os próprios dedos e tocou-os na fotografia.

Harry notou que não havia nenhum lugar para sentar senão ao lado dela, em sua estreita cama de solteiro. Acima da prateleira limpa, havia fotografias de seus filhos quando jovens. Harry disse a ela que eram crianças lindas.

"Mulheres não devem cair fora", disse ela. "Meus filhos me puniram. Quando fui embora, um deles tentou se matar e ainda está louco, no hospício. O mais novo não me deixa conhecer meus netos."

Marion pediu a Harry que puxasse uma caixa de sapato que estava embaixo da cama. Da caixa, ela pegou as cartas, que eram umas cinquenta. Marion abriu duas delas e deixou-o ver a data, o "Querida Marion" e o "todo o meu amor, Mamoon", na conhecida letra diminuta do escritor.

Marion disse: "Durante esse período, ele vivia dizendo que

eu o entediava e que ele não se sentia mais vivo. Que se eu não inventasse coisas novas para fazermos, ele ia enlouquecer. Era fascinado por estilos de fazer amor, pelas maneiras diferentes como as mulheres reagem, mexem, beijam, e por como ele se renovava a cada vez. Para ele, era uma coisa quase que de polícia científica.

"Sugeri que podíamos pedir que homens se unissem a nós e que ele podia ficar olhando, se quisesse. Ele olhou; ele quis participar. Mamoon parecia unir forças com os outros homens. Havia muitos deles. Mamoon começou a me obrigar a fazer coisas que eu não conseguia fazer para agradá-lo. Cenas tão depravadas que me dá enjoo só de pensar. *Tiger burning...*

"Ele queria um êxtase acelerado, como ele dizia, aquilo que Poe chamou de 'infinito de excitação mental'... Mamoon afirmava, o que era muito estranho vindo dele, que aquele extremo, aquela transgressão repetida e aquele sacrilégio eram a coisa mais próxima de uma experiência religiosa que ele havia conhecido. Nisso, dizia Mamoon, ele podia se perder por inteiro, de maneira fecunda, e trair o pai vezes e vezes seguidas. Ele entendia a ideia de multidão e de como aquilo era capaz de tirar a pessoa de dentro de si mesma. E isso dito pelo mais fervoroso adepto do individualismo.

"Fiz amor com pessoas que, se não fosse por isso, eu jamais teria tocado. Era perigoso na época, mas eu era capaz de fazer qualquer coisa para mantê-lo comigo. *Qualquer coisa.*"

"Ele machucou você?"

"Agora, recordando o que aconteceu, eu me sinto violentada. Eu *fui* usada. Fui tola ao pensar que ele iria me amar sempre, que ia casar comigo." Marion disse: "Na época, ele era forte. Agarrava meu rosto e empurrava na direção do púbis de um homem qualquer e eu me lembro de pensar assim: 'Você me machucou pelo seu prazer. Isso vale mais do que eu, para você'. Há muita degradação no sexo, não acha?".

"Quando é feito direito. Você quer dizer que ele era um pervertido?"

"Afinal, você é um escritor sério ou está trabalhando para um tabloide sensacionalista, o *National Enquirer*?"

"Para o *Enquirer*."

"Aprendi que o sexo de verdade é louco, louco, louco", disse ela. "Pode passar por cima de todo o resto, sobretudo do bom senso e da inteligência. E é bom você não se esquecer de uma coisa: ele me amava muito, mesmo quando me odiava. Eu o conquistei sexualmente, e ele era meu. Felizmente, Mamoon viajava muito, ao mesmo tempo, e me escrevia fazendo vários 'pedidos' que eu teria de satisfazer quando ele voltasse para casa."

"É mesmo?"

"No fim, Peggy, que não andava bem nem da cabeça nem do corpo, pediu para ele voltar. Mamoon hesitou por alguns dias. Imagine se ele simplesmente largasse tudo. O que ia perder, o que ia ganhar? E quanto a ela? Obrigação de amor? Nunca vi Mamoon tão angustiado. Fui tola: falei que eu ficaria com ele de qualquer jeito que fosse. Ele me deu um beijo e disse adeus. Eu acreditava que ele ia casar comigo. Não pensei nem por um momento que nunca mais ia vê-lo." Ela prosseguiu: "Desconfio que Mamoon voltou para ver outra mulher — não a Liana. Ainda não tinha chegado a vez dela".

"Outra mulher? Sabe que mulher era essa?"

Marion deu de ombros. "Você sabe? Sim, é óbvio. Você sabe." Como ele não disse nada, ela continuou. "Só mais tarde, lendo o que ele escreveu, eu soube que as experiências que tínhamos vivido o haviam traumatizado. Ele só conseguiu processar toda aquela experiência brutal depois de se fechar num quarto durante meses. Acho até que ele ainda acreditava que poderia dar as costas para a sua sexualidade e sublimar aquilo por completo.

"Peggy continuou tocando o barco por dezoito meses. Ela

criava o ambiente de que ele precisava, onde ele escrevia aquele texto horroroso, um dos livros mais feios que já li, com um sadismo que creio ser bastante inconsciente, pois na verdade ele ama as mulheres. Mamoon era o mais consciente dos artistas, mas sabia que existiam certas coisas que era preciso deixar de lado, quando ocorriam com a gente mesmo, e que eram a essência de algo verdadeiro."

Harry disse: "Preciso lhe pedir uma coisa. Tem certeza de que não posso ver as cartas dele para você? Não posso copiá-las? Podia fotografá-las com o meu celular. Podia ajudar você a negociá-las com uma universidade americana. Nem é preciso dizer que você pode ganhar um bom dinheiro com elas".

Marion riu. "Tenho consciência disso e preciso terrivelmente de dinheiro para cuidar da saúde. Não sou tão burra assim, Harry. Esse material vai render um capítulo no seu relato. Estou segurando um pouco isso, por enquanto, porque para mim vai render um livro inteiro. E o meu vai ser muito mais picante, apaixonado e vulgar do que o seu. Conheço as outras mulheres envolvidas e elas vão me dar respaldo com suas recordações, contanto que fiquem anônimas. E já comecei a escrever meu livro. Você e eu estamos apostando corrida?"

Harry disse: "Vindo de mim, isso pode soar um pouco presunçoso, mas por que você teria interesse em expor esse material tão particular?".

"Imagine se a amante de Flaubert tivesse escrito um livro sobre ele. Ou a noiva de Kafka. Como seria a companheira de um escritor? Depois do meu relato da minha vida com ele, Mamoon e eu ficaremos juntos, lado a lado, para sempre." E acrescentou: "Ele me amou e me explorou. Agora posso fazer a mesma coisa com ele!".

"Bem sensacionalista."

"Não são as vozes das mulheres que costumam ser suprimidas? Você tem inveja de Mamoon e nunca vai saber como é amá-lo. Eu vou oferecer o ponto de vista do quarto de dormir, o retrato da intimidade. Se você quer conhecer um homem, veja como ele é no amor. Não é aí que reside a verdade?"

"Sim, mas a verdade sempre mente. Pode estar na complexidade da obra."

"Isso é só o álibi."

Harry disse: "E se ele quisesse ter você de volta?".

"Eu iria correndo para ele num estalar de dedos, mesmo agora. Você dirá isso a ele? Mamoon era cruel, bonito e genial, tudo o que um homem deve ser. Harry, pronuncie meu nome diante dele e observe seu rosto, combinado? Ele sabe muito bem que continua a ser meu, que não vai escapar de mim."

Na porta, ela ofereceu o rosto a Harry. Ele beijou sua bochecha e viu que ela queria lhe oferecer a boca. Talvez fosse seu último beijo. Por um breve instante, Harry lhe ofereceu a boca. Por que não? Ela tentou puxá-lo para si, mas Harry afastou as mãos de Marion de seu corpo.

"Ainda tenho sensações físicas", disse ela. "Se você me ajudar, eu lhe mostro as cartas."

"O que você quer dizer?"

"Estou cansada. Você volta amanhã? Pode vir só mais um dia? Vou ter uma coisa importante para você."

No dia seguinte, Harry ficou sabendo que poderia ler algumas cartas na cama de Marion, onde ela ficaria deitada a seu lado. Ele ficaria de camiseta e calça e ela teria permissão de tocar só a parte de cima de seu corpo: peito, ombros, cabeça e cabelo. Harry não fez objeção a suas carícias; achava que estava satisfeito por ser útil e, de todo modo, sentia-se mesmo tenso, por muitas e boas razões.

Enquanto as mãos dela o tocavam, Harry se dedicou ao material: eram cartas de amor, com pedidos de encontros disfarçados do desejo de que outras pessoas os acompanhassem em "caminhadas". Apesar das promessas de Marion, e de frases sobre como "aquela noite" tinha sido importante para ele naquela fase de sua vida, e de como ele estava "revivificado" e "interessado" mais uma vez pelo que chamou de "cenário humano", não havia provas substanciais nas cartas.

Tudo o que Harry fez foi agradecer a Marion, depois beijou-a e despediu-se. Escreveria, caso precisasse de mais alguma coisa.

"Por favor, volte... a qualquer hora que quiser", disse ela, segurando suas mãos. Harry se perguntou se ela o deixaria mesmo ir embora dali. "Por favor, vou tentar encontrar outras fotografias e bilhetes. Diga-me, você tem pena de mim, de uma velha solitária sem nada a não ser algumas recordações de um escritor?"

"Admiro você, Marion."

"Por quê?"

"Por ser uma fundamentalista, por abrir mão de tudo em favor de uma ideia — o amor. E de continuar a viver assim."

"E *você*? Teria sacrificado tanta coisa também?"

"Para mim, o mundo está repleto de mulheres. Muitas delas, um número grande delas, são simpáticas."

"Os amores em série mantêm você a salvo e isso é a coisa mais perigosa que existe. Você nunca sente falta de ninguém e, se não existe sacrifício nenhum, não existe amor."

Harry perguntou como ela encarava seu amor agora, se como devoção ou como o canto de sereia do masoquismo.

"Até você falar, eu achava que era devoção. Agora você me revelou."

O autossacrifício era o vício mais difícil de abandonar. Harry disse: "Mamoon se sentia incomodado com todo esse amor implacável e essa possessividade em cima dele".

"Isso é o que *você* sentiria. Sei que certos homens fracotes têm medo das mulheres. Mas por que você diria isso dele?"

"Ele fugiu."

"Então, no final das contas, ele é a vítima."

Harry disse: "Imagino que seja maravilhoso se apaixonar, mas sair disso, perder a ilusão, essa é que é a arte necessária, que deve ser proveitosamente aprendida".

"Suponho que seja isso que você vai escrever. Então preciso escrever meu livro." Ela suspirou. "Parece que arruinei minha vida e você parece que salvou a sua."

"Não tão depressa", disse Harry. "Minha namorada e eu fizemos um exame de sangue em Londres e ela vai ter um filho. Conversamos sobre filhos, mas nunca chegamos a concordar em nada mais definido. Eu mesmo ainda me sinto um adolescente."

"Você está com uma imagem errada de si mesmo", disse Marion. "Isso é muito perigoso."

"Mas como enxergar direito?"

"Esse é o problema."

"Como, como?"

"Ela já está feita, a visão correta", disse Marion. "Você viu. Agora você oculta. Você se esconde de si mesmo." Ela o beijou. "Não esqueça, convencionalmente falando você possui aquilo que a maioria das pessoas deseja. Mande-me uma fotografia da criança."

Dezenove

Harry achou que havia algo errado com Rob quando, na tarde seguinte a seu regresso a Londres, Rob sugeriu que se encontrassem no bar frenético que ficava numa estação ferroviária. Não que Rob pretendesse viajar: disse que, agora, apenas "apreciava lugares anônimos" ou "não espaços". Assim que se encontraram, Rob comentou sobre o número de corpos inquietos que passavam depressa em volta deles e disse que os braços e as pernas haviam perdido contato com seus donos e pareciam tocos eletrificados.

Rob tinha bebido, estava suado e tremia em excesso, mesmo tratando-se dele. Parecia ter enfiado a maior parte de suas roupas numa mochila, que não fechava, e Harry entreviu ali dentro um bolo de manuscritos, romances búlgaros, albaneses, tunisianos e livros de poesia. Como o editor exalava um cheiro de sepultura, Harry desceu de seu tamborete, explicando que estava incômodo ali, e insistiu que fossem sentar a uma mesa, assim Rob ficaria mais distante dele.

"Não pareço cem por cento?", perguntou Rob. De olhos esbugalhados, lançava olhares furtivos em redor, como se estivesse prestes a ser atacado. Harry lembrou como seu pai se mostrava gentil com os paranoicos, falando com eles de maneira tranquila e sem fazer perguntas invasivas, muitas vezes apenas repetindo num sussurro o que eles diziam. Harry conseguiu agir assim, até Rob lhe dizer que tinha a intenção de acompanhá-lo até a casa de Mamoon no campo.

"Você? Por quê?", perguntou Harry.

"Não acha que seria um bom lugar para eu me desintoxicar? Assim também poderemos conversar sobre o material do livro, enquanto caminhamos pelo bosque. Posso ajudar você a organizar o trabalho."

"Rob, não estou pronto para isso", disse Harry. "A única coisa que você precisa saber é que na Índia foi de matar."

"E nos Estados Unidos?"

"Tive de implorar mil vezes, mas no fim acabei conseguindo uma coisa boa com a Marion. Ela é muito parecida com Liana, em sua confiança e impulsividade. Mamoon deve estar cansado de saber que as pessoas procuram sempre os mesmos tipos. Mas Marion é mais inteligente e mais astuta do que Liana. Ela o conhece melhor. No entanto acontece que ela amou por muitos anos o velho resmungão vidrado em xoxotas, e ainda ama, de forma bastante considerável. Chegou a arranjar outras mulheres para ele."

"Não existe explicação para o gosto das pessoas. Especialmente tratando-se de gigantes da literatura, Harry, você vai descobrir que as mulheres se atiram na fogueira de cabeça. Nós, os fãs, estamos do lado errado da literatura."

Harry disse: "Ela lhe deu tudo o que ele queria, além de muita coisa que ele não queria. Foi tanta coisa, que ele teve de fugir para salvar a própria pele, ainda que isso significasse voltar para a gemebunda e beberrona Peggy, que era capaz de engolir tudo, menos o sêmen dele".

"Não admira que Mamoon se escondesse no barracão para escrever."

"Ele se arrepende de ter ficado escondido, eu desconfio. Não lhe fazia nenhum bem ficar sem beijos. No entanto me alegra pensar no tormento que o sacana sofreu com as duas. Deve ter sido um alívio quando Liana apareceu, a fuga de Mamoon das agruras do amor. Deve ter imaginado que tudo seria mais fácil."

"E deu certo para Mamoon? Como é a vida, de fato, lá no campo, com ele? Acho que eu mesmo vou acabar descobrindo logo mais, à noite." Harry deve ter feito uma cara surpresa. "Mas já estou de malas prontas. E isso é um material apetitoso, Harry. Mal posso esperar para saber mais!"

"Quando for a hora."

"Que papo é esse?", disse Rob. "Não vai me deixar sentir o cheiro das meias sujas?"

"Rob, você está parecendo um louco falando. Suas palavras estão emboladas. Você não parece estar na sua melhor forma."

Ele perguntou: "Você obteve uma confirmação objetiva das violações de Mamoon? Você não pode sair por aí simplesmente plantando fofocas vagabundas num livro meu; os advogados vão fazer picadinho do livro num piscar de olhos".

"Entendo."

Rob disse que estava relendo o segundo livro de Mamoon, que melhorava com o tempo. Rob via tudo: como o marxismo e o fundamentalismo exigiam e impunham o silêncio e que, onde existe silêncio, se perpetra o mal. Longe de perder a força, o escritor havia se tornado uma figura ainda mais crucial. Ele e Harry deviam berrar para o mundo que Mamoon ainda existia e que as pessoas deviam ouvir sua voz. Em seguida, Rob passou a dizer que as coisas também não andavam nada boas para ele. "Minha mulher me botou para fora de casa. Tivemos uma discussão que envolveu certa violência — da parte dela. Ela diz que eu sou paranoico e alcoólatra, que tenho distúrbio de personalidade."

"Quem poderia imaginar uma coisa dessa?"

"Também sou narcisista, ao que parece, como é todo mundo que não pensa nela o tempo todo. Vou começar a fazer um tratamento contra depressão. Se os comprimidos não derem certo, vou pedir que me apliquem choques elétricos no corpo, para eu ganhar na marra uma saúde plena. Você pode segurar na minha mão quando me ligarem na corrente alternada e corrente contínua?"

"Rob, foi você quem sugeriu que as coisas não estavam boas para *mim*."

"Desculpe, esqueci. As coisas não estão boas para você. Não podiam estar piores, não senhor." Inclinou-se para mais perto de Harry: "Tome cuidado com tudo à sua volta, atrás, no lado e na frente".

Harry riu. "Por quê? Acabei de chegar de Nova York, onde conversei sobre o livro com o editor americano. Estou cheio de ideias. Ele ficou satisfeito."

Rob inclinou-se para ele. "Apareceu um jovem espertinho, ele acabou de sair da faculdade, menos sonhador e sentimental do que você, mais ligado em negócios. Quando você saiu do país, Liana deu um pulo a Londres para se encontrar com ele em segredo. Contou para ele que você era um sujeito muito difícil, com seu tesão incomum pela verdade, e ela incentivou o espertinho."

"Ela fez isso comigo?"

"O espertinho garantiu que conseguiria pôr a biografia em circulação em um ano e que aplicaria em Mamoon um polimento embelezador e refrescante — o retrato do último gênio literário do pós-guerra, daí para a frente só haveria blogs, difamadores e amadores. Deu até para ouvir a vagina de Liana batendo palmas de entusiasmo."

"Você está brincando, Rob. Assinei um contrato."

"Se Liana der a ordem, você vai ser descartado como um preservativo usado. Eu e Lotte, a minha assistente superfofa, estamos fazendo um esforço sobre-humano para manter você no posto."

"Como?"

"Estamos usando de ameaças — entre outras coisas. Liana tem de confiar em mim: eu disse que o jovem espertinho não tem sequer a metade do seu cérebro ou da sua capacidade. Parece que você tem feito um bom trabalho. Assim consegui mais um prazo para você. Só que, meu amigo, você precisa pôr o pé no acelerador. Sem a minha proteção, a coisa vai ficar feia. Eu não quero ver *você* tomando antidepressivos. O que é que há? Está me evitando. Você está desviando os olhos. Você vai para lá esta noite, mas, por favor, não sem mim."

"Desculpe, Rob, não quero ser indelicado, mas marquei de encontrar Alice."

Quando Rob respondeu que ele também precisava, Harry se levantou, pagou a conta e começou a se afastar. Rob foi atrás, ainda falando: "Puxa, vamos nos encontrar em breve, com o material do livro na nossa frente. Talvez in loco. Quem sabe lá eu me sinta purificado, no meio das cabras, dos peixes e dos excrementos de vaca?". E continuou: "E se eu não puder confirmar que o material é quente, restarão para você as cortinas e as oficinas de criação literária, parceiro. Sacou?".

Harry se afastou de Rob e se escondeu um pouco. Enfim, Alice, que tinha passado dois dias fazendo compras, foi à estação com o carro abarrotado de presentes. Depois do jantar, rumaram de carro até a casa de Mamoon.

"Você está de bom humor", disse Alice. "Eu ainda não soube detalhes da sua viagem. Conseguiu o que queria?"

"Talvez eu tenha uma história. Deixe-me explicar. Existe uma espécie de centro no livro. Eventos similares àqueles descritos por Marion ocorrem em dois dos últimos romances de Mamoon. Um dos terroristas cheios de culpa gosta das mesmas coisas, de degradar a mulher com outros homens, e tudo isso. Mamoon o define como um 'depravado imoral', o que confirma o caso para mim."

Alice perguntou se aquilo era o suficiente e Harry respondeu que "a fase Marion" tinha sido um período crucial para Mamoon. Depois de contemporizar durante semanas, Mamoon acabou abandonando Marion nos Estados Unidos e voltando para Peggy, para ajudá-la a morrer. Peggy havia implorado a Mamoon; ela não tinha mais ninguém, além de Ruth, que havia cuidado da casa durante anos e era sua única amiga próxima. Todo dia vinha uma enfermeira, e Julia, na época uma menina, nem adolescente ainda, vivia na rua para fazer as compras. Mas era uma vida solitária.

Peggy também havia deixado claro, pressionada por Ruth, que, caso Mamoon não voltasse, ele perderia o direito à propriedade, que estava em nome dela. Os pertences de Mamoon seriam jogados no quintal e a casa passaria para o nome da irmã de Peggy. Mamoon não era dono de nada. Ele jamais precisou se preocupar com um lugar para morar ou com o que comer. Peggy pelo menos era maternal. Dava condições para que ele fosse um artista. O que era o casamento senão sexo mais propriedade? E, no caso, propriedade era o *principal*.

Portanto, com a corda no pescoço, Mamoon voltou correndo. Era intoxicante; uma chantagem fatal e torturante para ele e uma interrupção da nova vida que ele estava explorando. Tinha prometido a Marion que voltaria. Pensava nela o tempo todo, mas não voltou, nem a chamou para ir morar com ele. Deixou passar um tempinho, só um pouco. E depois mais um tempo...

Os diários de Peggy eram reticentes sobre esse assunto, o que não causa surpresa, mas ela percebeu como Mamoon se mostrava gentil quando pressionado. Ela havia ficado sozinha por tempo demais e agora não suportava mais. No momento em que Mamoon voltou e entrou pela porta, o coração de Peggy deu pulos. Ele tinha voltado para casa, seu príncipe. Ela o elogiou e agradeceu mil vezes. Mamoon pôs a mala no chão. Peggy o tinha no lugar onde o queria.

Enquanto ela descansava e dormia, ele ficava sentado com ela, escrevendo à mesa, no outro lado do quarto — e continuou escrevendo: ficção, diários e anotações sobre sua vida. Harry contou a Alice que tinha descoberto alguns cadernos amarfanhados de Mamoon no meio das coisas de Peggy, no celeiro, e que estava examinando o material. Aquelas notas, na verdade entregues a ele por Julia, proporcionavam uma visão fascinante de seu método, enquanto Mamoon prestava assistência à esposa: a descrição de um corpo encolhendo para dentro da morte, as mãos dela, a boca, como ele a lavava, além dos sofrimentos e das humilhações de Peggy. E também as recordações dele da Índia, suas ideias políticas e filosóficas, personagens, ideias para ensaios etc. Durante algum tempo, para sobreviver, ele virou um zumbi. Tinha deixado de amar Peggy fazia muito, e ela sabia disso.

Mamoon confessou que Peggy, todo o seu ser, fazia mal a ele. A voz dela embrulhava seu estômago; a maneira como o puxava e se agarrava nele lhe dava calafrios. O terror era que ela não morresse. A combinação de ódio e dever o deixava esgotado: ele estava fora de controle, ardorosamente infeliz, semilouco, bebendo, se perguntando por que era tão fiel a ela. Não teria sido melhor ter ficado com Marion e deixado Peggy para lá?

Peggy acabou morrendo. Ele foi para seu quarto, comeu e chorou em sua escrivaninha, também chorou por Marion, de quem também havia se separado — pelo menos em sua mente. Portanto: ele também tinha terminado com ela. Mas o que significava "ter terminado" com tanta gente? Quem, ou o que, havia sobrado?

Com uma honestidade e uma seriedade novas, escreveu sobre o inferno que havia dentro dele. Foi então que se transformou num artista "autêntico". Não estava mais defendendo um lado de si mesmo, mas dizendo tudo de forma direta. Harry disse que ninguém descreveu a morte tão bem como ele, e ainda como o luto, o isolamento e a privação o deixavam louco.

Harry disse: "Mamoon ficou dezoito meses sem ver ninguém".

"Não, não..."

"Exceto... exceto aquilo que ele define como 'sua nova família'. E escreve bastante sobre eles no diário que eu tenho."

"O quê? A quem você se refere quando fala em família?"

Com Peggy fora de cena, explicou Harry, foi a mulher dali da região, Ruth, quem cuidou dele. Como Mamoon não conseguia dar conta da situação, e como Peggy havia insistido muito, Ruth se mudou para a casa com seus filhos, Julia e Scott, este na época um adolescente. Mamoon conhecia as crianças havia anos, claro. Peggy sempre soubera que Ruth era uma mãe muito cruel. Por isso, quando criança, Julia ficava lá semanas seguidas nas férias, permanecia muito tempo com Peggy, fazia bolos, cuidava dos animais e via aquela casa como se fosse seu lar.

Mas então Mamoon se afeiçoou a eles de um modo mais adulto, mais responsável. Ele nunca quis saber de bebês chorões ou de pirralhinhos manhosos aprendendo a andar pela casa. Mas agora, para sua própria surpresa, descobriu que gostava de ser uma figura paterna. Apreciou exercer a autoridade e ser objeto de confiança. As crianças o ensinaram que o interior de sua própria cabeça não era a única coisa interessante no mundo.

Ele descobriu que podia ser uma boa fonte de divertimento,

fazendo piadas com as crianças como seus pais tinham feito com ele. Mas também era cuidadoso; via o que as crianças precisavam à medida que iam crescendo. Comiam juntos e assistiam juntos a programas de esportes e filmes. As crianças estavam acostumadas a ver Mamoon no sofá rabiscando em seus cadernos. Ruth lhe perguntava se queria um pouco de sossego. Mas, não, ele descobriu que gostava dos barulhos e das vozes do cotidiano.

Mamoon chegou a construir uma piscina para eles e os amigos deles, os meninos da região, que vinham dar uns mergulhos. Ele levava Julia de carro para a escola. Era uma menina reclamona, emburrada, nervosa, mas talvez Mamoon tivesse pena dela ou até gostasse dela. Falava com ela enquanto pensava — sua costumeira livre associação, em que entravam política, sua infância, leitura e escrita —, e ela escutava. Ele escrevia um conto e lia para ela. Julia e Scott lutavam boxe no jardim. Scott montava bicicletas e brincava com motores. Quando se metia em alguma grande encrenca com garotos da região, Mamoon ia até lá e punha a garotada para correr. Ruth beijava seus pés.

Era Julia que Mamoon adorava cada vez mais. Assustado com a ignorância da menina que crescia no campo, pagou para que ela tivesse aulas de piano e estudasse dança e artes. Começou a lhe ensinar grego e — isto é muito louco — fez Julia ler Homero e a Bíblia. Comprava discos de música clássica e sentava com ela enquanto ouvia Mahler, e ficava satisfeito quando ela chorava, pois aquilo demonstrava "sensibilidade". Jurou que ia mandar Julia para a faculdade, porém isso não aconteceu. "Acho que foi porque, naquela altura, ele já estava com Liana", disse Harry. "Mas desconfio que ele nunca parou de dar dinheiro a ela."

"E por que faria isso?", perguntou Alice de repente. "Ah, não, ele não ia para a cama com a Ruth, ia?"

"Pode ter feito isso, sim. Ainda não sei. Embora ela não estivesse tão acabada quanto hoje, já andava bebendo e tinha seus acessos violentos de desespero."

Ruth não era de todo horrível nem semirretardada, na época. Era tremendamente entusiasmada. Queria tudo, é claro: amor, a casa, um futuro... Achava que poderia ter isso, se servisse Mamoon. Então cometeu um erro: não foi totalmente egoísta. Talvez tenha compreendido o que ele precisava de verdade. Talvez gostasse mesmo dele. Harry disse que achava que era isso. Talvez fosse assim ainda hoje.

"O que aconteceu?", perguntou Alice.

Ruth disse a Mamoon que já era hora de parar. Não estava entrando nenhum dinheiro. Ele precisava se reorganizar e tocar sua carreira. "Minha mãe", disse Harry, "se entregou a seus demônios. Eles a devoraram." Mas Mamoon resistiu: ergueu-se, raspou sua barba comprida. Ruth aparou seu cabelo e o beijou. Em vez de continuar deixando as roupas prontas para Mamoon vestir todos os dias, Ruth fez a mala dele e o despachou para Londres, a fim de conversar com seu agente e seu editor. Enquanto isso, ele mandava dinheiro à família, deixando todos ficarem na casa enquanto ele estava fora. Eles adoraram ficar lá: o espaço, o silêncio, o isolamento, e Julia começou a ir todos os dias àquela linda biblioteca, e ali folheava livros de arte.

Os cadernos terminavam nesse ponto.

Harry contou a Alice que, por intermédio dos amigos de Mamoon, ele havia descoberto que Mamoon, seguindo a orientação de Ruth, foi para Londres, onde deparou com as pessoas falando sobre a nova Grã-Bretanha construída pela imigração e com uma geração mais jovem que andava escrevendo sobre multiculturalismo, etnicidade e identidade. Mamoon jamais havia refletido sobre sua identidade. Sempre tinha sido quem era. Esse o seu problema, como se pode compreender. Em Londres, não conseguia encontrar ninguém novo com quem pudesse fazer amizade, e seus amigos o entediavam. Tentou sair com mulheres, mas o encantamento era irregular; ele estava velho demais, didático demais, carente demais, tinha perdido o traquejo.

Como não podia voltar para casa derrotado, insistiu. Viajou pela Europa — Praga, Viena, Madri, Budapeste, Liubliana, Trieste —, escrevia em quartos de hotel, ficava sentado sozinho em cafeterias, com um jornal e um caderno, tão isolado quanto em sua época de estudante na Grã-Bretanha. Pegou um trem para Roma.

Um dia, afinal, encontrou uma mulher e a trouxe de volta — Liana. A atração de um pelo outro foi instantânea, magnética. A excitação foi intensa.

Então, imagine, prosseguiu Harry. Liana assumindo o comando da Casa da Esperança, admirada com tudo aquilo com que havia se casado, gritando, dando um realce na casa toda, jogando coisas fora, pondo cortinas novas, até que tudo ficasse transformado. Uma mulher nova, um mundo novo. Uma reinauguração. Ruth, Julia e Scott viraram "serviçais" ou "equipe de trabalho" outra vez. Mamoon já tinha escrito, dando orientações para que voltassem à casa deles. Mamoon não era mais o pai substituto. Simplesmente abandonou a família; tudo estava diferente. Mamoon não era muito bom para explicar as coisas.

Scott ficou arrasado, mas o que podia dizer? Ainda ia lá cuidar do jardim e fazer serviços eventuais. Chicoteou suas próprias pernas até ficarem cobertas de sangue. Perseguiu e espancou com um porrete o pai de uma família de imigrantes da Somália. Mamoon continuou a se encontrar com Scott e a conversar com ele; mostrou-se interessado e firme, lhe deu conselhos, orientação, mas nenhum dinheiro.

Liana, ainda hoje, não tinha quase nenhuma ideia do drama familiar ocorrido antes de sua chegada. Mamoon sabia que ela iria ficar com muito ciúme. Nunca permitiria que a família trabalhasse na casa. "Mulher nenhuma permitiria, para ser franco", disse Harry.

"Mas, Harry, o que você está fazendo é obrigar Liana a encarar tudo isso — você está jogando isso na cara de Liana."

Harry respondeu: "Alice, eu lhe garanto, esse livro vai apresentar a Liana coisas de que ela não tem a menor ideia".

"Mas Liana é feliz. Por que perturbá-la? É perigoso demais, Harry. Eu o avisei desde o início."

Harry lhe contou que houve um período de paz, pelo menos por algum tempo, em que Mamoon, de volta para casa em companhia da nova esposa, viveu alegre e otimista. Escreveu bem e sentiu alegria de viver.

"Só por um tempo?"

"Agora ele está alegre ou está impaciente outra vez?"

"Como é que eu vou saber? Ah, meu Deus", prosseguiu Alice. "Esse livro vai fazê-los ter pesadelos. Mamoon vai culpar Liana. E ele pode ser duro, até maldoso. Não podemos esquecer tudo isso e apenas sermos amigos deles?"

"Não estou sendo pago para ser amigo de ninguém."

"Mas agora eles são *meus* amigos. Não fizeram outra coisa senão me tratar com afeição e bondade."

"Alice, estou avisando a você: mantenha distância."

"O que o tornou tão brutal, Harry? Não vou ficar aqui muito tempo, mas graças a Deus eu trouxe a eles algumas coisas adoráveis."

Alice tinha corrido por Londres, descobrindo toalhas de mesa, copos, talheres, vodca de qualidade, brincos, bolos de avelãs e uma imagem impressa de um porco, que trouxe para Liana. O carro entrou pela alameda do jardim, Alice e Harry arrastaram a bagagem para dentro da casa e ela fez uma farra com os cachorros. Por fim, ela e Liana sentaram-se para fofocar, enquanto examinavam os presentes.

Mamoon não apareceu. Pela janela, Harry viu o velho assistindo ao noticiário. Afinal, era apenas um homem, e não meramente uma narrativa. Mamoon limitou-se a cumprimentar com um movimento de cabeça, quando Harry apareceu na porta.

"Tudo bem, senhor?", perguntou Harry, entrando a passos largos com uma garrafa na mão.

"Basta um sorriso radiante de Alice e minha vodca predileta para me alegrar, como você sabe muito bem."

"Permita que eu lhe agradeça por sua ajuda cordial com a Marion, senhor."

"Sim, meu ânimo caiu profundamente assim que vi que você parecia muito alegre. Ela está bem?"

"Excelente, mas frágil."

"Ah. Antes, ela era cheia de vida."

"Mamoon, ela me contou tudo."

"Tudo, é? E isso levou muito tempo?"

"Ficou me devendo umas cartas e me contou como amava e admirava o senhor, como homem e como escritor. Disse que era generoso com seu tempo e sua afeição. O momento mais amargo da vida dela foi quando o senhor voltou para cá."

"Sinto um *porém* vindo em minha direção entre os dentes de um cão raivoso."

"Ela disse que a vida do senhor mudou quando esteve com ela. O senhor refundou sua sexualidade e a desenvolveu. Mamoon, ela descreveu eventos que envolviam outros homens, além de amigas dela."

Mamoon riu: "Casanova dizia que Dante tinha esquecido de incluir o tédio em sua descrição do inferno. Como você deve ter ouvido falar durante suas pesquisas, eu sofro de tédio como se fosse uma doença, e isso pode tornar uma pessoa sádica. De fato, lembro que Marion tentou alguns truques desenxabidos, a fim de manter-me interessado. Não a acuso de nada. Diga o que quiser sobre mim, Sherlock, mas vou questioná-lo com severidade, se vier a condenar Marion por tais disparates".

"Enquanto o senhor estava escrevendo, ela fazia um diário. Está preparando um livro sobre suas aventuras com o senhor."

"Está mesmo?"

"O senhor não fazia nenhuma ideia disso?"

"Se qualquer fabulador semialfabetizado pode rabiscar linhas sem parar, por que eu ou você deveríamos nos preocupar com isso?"

Harry disse: "Ela diz que há um editor disposto a publicar o livro, se ela contar tudo. Eu acho", prosseguiu, "que a única maneira de impedi-la seria o senhor mesmo falar com ela. Para convencê-la. Tenho certeza de que ela adoraria ouvir sua voz".

Mamoon demorava muito tempo para se inflamar, mas aquela informação fez seus olhos dispararem para todos os lados. Ele se recompôs antes de falar, com sua voz lenta e sonora: "Como o gênio Nietzsche nos disse: 'A eterna ampulheta da existência será virada muitas e muitas vezes, e você junto com ela, você, o pó do pó'". Olhou para Harry. "E você é o pó do pó."

Levantou-se com um movimento brusco e saiu da sala.

Harry foi ao encontro de Alice no primeiro andar e fechou a porta.

Vinte

Harry sentou-se junto de Alice e confessou que aquela parte da história de Mamoon o estava deixando louco e desanimado. Era verdade, não se pode simplesmente sair por aí dizendo que alguém é um sádico sexual. Mamoon, como era de prever, já se mostrava hostil e Marion não ia deixar Harry fazer citações extraídas das cartas — não que elas confirmassem grande coisa. A menos que houvesse algo mais em que se apoiar, além de meras declarações de Marion, Harry teria de deixar de lado aquele assunto e escrever um livro insosso.

"Vou me retirar do projeto se não tiver condições de fazer o tipo de retrato íntimo, psicológico de que falamos", disse ele. "A arqueologia do homem por inteiro. Ele fala; todos falam. Não consigo suportar a ideia de ser apenas medíocre, Alice. Prefiro morrer a ser comum."

"O que podemos fazer?"

"Você poderia falar com ele e perguntar se Marion contou a verdade."

Alice pareceu horrorizada. "E por que ele me contaria isso, Harry?"

"O velho tolo se gaba da ideia de que pode seduzir você. Você não andou saracoteando pelo bosque com ele?"

"Não, saracoteando, não. Ele não pode andar muito. Enquanto andamos, conversamos sobre a natureza da arte e do amor."

Harry disse: "Vamos encarar de outro ângulo. Se você persuadir o velho a confessar, vai me ajudar a sair desta, e na verdade vai ajudar a família que vamos ter. Nosso futuro juntos pode estar garantido".

Ela estava roendo as unhas. "Por que está me empurrando para isso, Harry?"

Alice não queria ser colocada na situação de ter de "enganar" Mamoon, como ela dizia. Mamoon confiava nela; Alice gostava dele e era péssimo Harry se mostrar tão insistente e autoritário.

"Preciso de sua ajuda", disse ele. "Estamos com problemas financeiros. Não poderia fazer essa coisa insignificante por mim?"

Antes do jantar, Harry acenou com a cabeça para Alice. Ela desceu ao encontro de Mamoon e lhe deu o cachecol, as abotoaduras e a gravata que, ela sabia, iam deixá-lo contente. Ofereceu o braço e sugeriu que dessem um passeio a pé. Alice levava seu celular, para usar como gravador. Harry a havia instruído sobre as numerosas situações que seriam objeto de suas perguntas para Mamoon. Havia um bom número de histórias; Alice ficara chocada ao ouvir aquilo e não acreditou que Mamoon tivesse feito tais coisas. "Você tem absoluta certeza?", perguntou ela várias vezes.

"Trate apenas de não esquecer tudo isso. Tenho interesse em saber qual a atitude dele sobre essa parte de seu passado."

Eles ficaram muito tempo fora de casa. Quando voltou com Mamoon, Alice não conseguia nem olhar para Harry, mas de fato lhe entregou o celular, que ele levou para o quarto no primeiro andar e ligou ao seu computador. Ouviu Alice perguntar a

Mamoon, em tom jocoso, se ele tinha sido tão machão como diziam. Havia usado sua posição e seu poder para obter vantagens sexuais? Era mesmo tão dominador quanto parecia? O velho rosnou e riu. Ela disse que havia certos "estimulantes sexuais" que ela mesma queria experimentar, se conseguisse persuadir Harry a fazer aquilo. Será que Mamoon, ela se perguntava, havia experimentado alguma coisa como aquelas que ela ia mencionar?

Mamoon confirmou de maneira vaga, ou pelo menos não negou, boa parte daquilo que Alice perguntou. Na verdade, disse ele, Marion tinha desejos muito fortes e acabou se revelando, para desgosto dele, demasiado exigente para seus critérios. A paixão feminina era um rodamoinho: ele não conseguia se devotar a uma mulher; precisava de tempo para refletir e escrever. Pensando bem, preferia a arte à vida. Depois que conheceu Liana, tudo pareceu mais fácil. Como uma defesa contra excitações indesejadas, o casamento era um profilático que ele recomendaria a todo mundo.

Alice sentou-se na cama e ficou observando enquanto Harry escutava a gravação, fazendo que sim com a cabeça e tomando notas.

"Não pareço pálida?", disse ela.

Harry olhou para Alice. "Sua pele é pálida mesmo."

"Não quer saber o que aconteceu?"

Pediu que Harry saísse com ela. Ele a seguiu para o campo mais próximo, andando ligeiro. Ela estava branca e trêmula. Tinha os olhos dilatados.

Alice deu alguns tapas em Harry e gritou: "Por que me obrigou a falar coisas indecentes para um estranho? Não paro de pensar que, de algum jeito obsceno, ele gostou daquilo. E quando desliguei o celular, adivinhe só, tive um ataque de pânico — palpitações violentas, como se estivessem batendo com uma pedra em meu peito. Tive de me deitar na terra".

"Ah, meu Deus. Sinto muito."

"Você nunca sente nada!"

Harry disse: "O que eu posso fazer? Isso é enlouquecedor! Você mesma se ofereceu para me ajudar nesse projeto. E eu nunca disse que ia ser fácil".

Alice respondeu: "Mamoon ficou acariciando minha testa até eu me sentir melhor. Ficou preocupado, achando que as coisas que ele estava falando podiam me deixar doente e perturbada".

"Ele tinha razão. Você é sensível. Você está bem agora?"

"Não vou agradecer você por me colocar nessa posição. Tem certeza de que quer mesmo cuidar de mim? Liana tem dúvidas de que você queira mesmo isso. Ela tem algumas reservas quanto ao seu caráter."

"E eu quanto ao caráter dela. Eu amo você, querida. Posso beijá-la?"

"Como você pode pensar numa coisa dessas, quando me encontro neste estado?"

Alice já caminhava de volta para casa. Seria uma boa ideia não falar com ela durante algum tempo. A sede de verdade de Harry tinha transformado Alice numa criminosa. Ela não quis comer com Liana e Mamoon, não quis nem mesmo falar, se enrolou num edredom no sofá da sala de estar e dormiu ali mesmo, com um gorro de lã, chupando o polegar. Na manhã seguinte, Harry a levou de carro à estação de trem, onde ela embarcou para Cornwall para uma sessão de fotos. Harry a beijou e lhe agradeceu, lembrou a adoração que sentia por ela, mas não havia nada que pudesse fazer por Alice, no estado de ânimo em que ela se encontrava.

Quando voltou para a casa, deparou com Mamoon sentado na sala e disse: "Posso lhe perguntar, senhor, se estou completamente equivocado em pensar que suas experiências com Marion, seu *amour fou*, influenciaram o personagem Ali em seu sexto romance?".

Houve um silêncio antes de Mamoon dizer: "Harry, você já sabe, não é mesmo, o quanto eu gosto de ajudar seu desenvolvimento intelectual me recusando a permitir qualquer correlação banal ou simplista entre arte e experiência".

"Entendo, senhor. Sobre isso, eu o tenho como um mestre. A arte é um sonho simbólico da vida que transcende aquilo de que ela deriva e, na verdade, tudo aquilo que se diz sobre ela. No entanto existe uma inequívoca explosão de amor e desejo, e até de felicidade, em sua obra daquela época. Antes, seus personagens masculinos eram isolados, até ingênuos, talvez livrescos. Então, de maneira brilhante, o senhor deu mais um passo."

"Dei?"

"O senhor disse, faz tempo, que se todas as épocas têm sua questão filosófica central, na nossa época essa questão será o renascimento da religião como política. E assim o senhor começou a relacionar o Islã radical e sua sexualidade bizarra com o ódio ao corpo, o corpo queimado na automorte sacrificial. Esse é um gesto da mais profunda submissão. Sabemos que o Ocidente tentou, nos anos 1960, remover o pai, autoritário ou não. Foi assim que acabamos, como o senhor apontou muitas vezes e com grande proveito, com uma cultura de mães solteiras. Veja a Ruth, por exemplo.

"O pai — como sempre fazem os pais — voltou ou na forma de gângster, como em *O poderoso chefão* e no seu predileto *Os Sopranos*, ou na forma de autoridade religiosa. Existe também a tentativa do pai de excluir, quando não de pisotear, a sexualidade. Pelo menos nos outros. Talvez o pai, segundo esse mito, queira ter todas as mulheres para si. A sexualidade regressa, como deve ser, na forma de perversão, como uma espécie de sadismo. O temor, ou mesmo o ódio, às mulheres, é claro, se encontra no centro de muitas religiões."

Mamoon bocejou. "Eu falei isso, é mesmo? E se falei, o que é que tem? E daí?"

"O senhor admitiu uma mulher. Dizem que a sexualidade está no centro do segredo humano e que o erótico nos conduz a experiências novas, tanto sagradas quanto profanas. Qual é o elo, em sua mente, se é que existe algum, entre as mulheres com quem o senhor esteve e a obra que escreveu?"

"Não faço ideia do que você está querendo dizer."

"Pense, senhor, por favor: estou tentando tornar o senhor interessante. Posso oferecer uma imagem boa do senhor na cama e fora dela! Marion sugeriu que as ideias do senhor se abriam para ideias novas quando as pernas dela se abriam também, quando os dois mergulhavam em suas aventuras nos Estados Unidos."

Ao contrário da maioria das pessoas, Mamoon tinha um controle mais ou menos completo sobre sua fala; não gostava que suas palavras lhe fugissem. Mas, por um momento, pareceu ter engolido um grande pedaço de mármore.

Afinal, falou: "Por mais que me sinta em êxtase ao ouvir as opiniões de Marion lá do outro lado da lagoa que é este nosso oceano, não faço a menor ideia do que você está falando. Gostaria que você não ficasse tentando me descascar como se eu fosse uma cebola. Sabe, a exemplo do público em geral, tenho certa paixão pela ignorância. Quero trabalhar no escuro — é o melhor lugar para mim, e para qualquer artista. Simplesmente aparece, compacto, como num sonho". Ficou em silêncio, depois disse: "Não há como negar que Marion acendeu em mim uma centelha que me levou a uma nova criatividade. O intelecto e a libido devem estar ligados, do contrário não existe vida na obra. Qualquer artista precisa trabalhar com sua pica ou com sua boceta. *Qualquer pessoa* precisa trabalhar com seu desejo, vencer o tédio, a fim de manter tudo vivo. Qualquer coisa boa precisa ser um pouco pornográfica, ou mesmo pervertida".

Harry disse: "No entanto, o biógrafo vê as coisas inevitáveis, os mesmos cenários sexuais paradigmáticos reconstituídos repetidamente. Tratando-se de sexo e amor, o passado escreve o futuro. Essa seria a história da vida de todo mundo. Canibais não se tornam adoradores de pés".

"Harry, você sabe mais do que eu mesmo sobre minhas múltiplas personalidades. Você está no ramo das recordações, ao passo que eu estou no jogo do esquecimento, e esquecer é o mais adorável deleite físico que existe, um banho morno e perfumado para a alma. Sigo Chuang Tzu, o santo padroeiro da demência, que recomendava: Sente-se e esqueça."

"Obrigado por me contar."

"Talvez minha esposa tenha contratado você para promover o pequeno exercício de memória de que necessito. Devo dizer que gosto, particularmente, quando você recorda coisas que jamais aconteceram. Agora você está construindo uma vida imaginária."

"Como?"

"Minha vida, como a vivi, foi um filme dos irmãos Marx, uma série de desvios, equívocos, mal-entendidos, oportunidades perdidas, atrasos, erros e cagadas. Sou um homem que nunca encontrou seu guarda-chuva. Sua vida, espero que seja semelhante. Sua postulação de uma seta teleológica confere sentido e intenção em demasia. Contudo a ideia de me tornar ficção tem um apelo real. Para minha surpresa, você talvez possua os requisitos de um artista."

Harry respondeu: "Duvido que eu venha um dia a atingir seu nível. Estou impressionado que o senhor tenha sobrevivido à culpa e às experiências radicais com Marion e que tenha voltado para casa a fim de cuidar de Peggy durante sua morte degradante, sempre ao lado dela noite após noite. E depois o senhor seguiu em frente. Até formou uma espécie de família por algum tempo. Embora tivesse repudiado esse papel anteriormente, o senhor parece ter gostado de ser uma espécie de pai. Como foi isso?".

Mamoon assentiu com a cabeça. "Sabe, a gente está sujeito a muitas distrações e bobagens. Sempre tive a sorte de ter um trabalho que me salvou e de ser capaz de olhar para o mundo através das lentes das minhas ideias. Deus queira que você, um dia, alcance essa estabilidade essencial."

"De que maneira o trabalho salvou o senhor?"

"Você se esforça para que eu pareça lascivo, quando a verdade é que até Philip Larkin teve mais sexo e que sempre fui devotado à palavra, do início ao fim. Sempre quis voltar à minha escrivaninha para fazer algo que até então não existia. Essa é minha única — e escassa — contribuição para o aprimoramento das coisas aqui na Terra."

Tendo dito isso, Mamoon fechou os olhos e começou a roncar de leve. Ele tinha a capacidade de cochilar quando queria, mas a probabilidade de pegar no sono aumentava quando Harry o inquiria.

Harry foi ao jardim de calção e tênis de corrida a fim de fazer alongamentos e exercícios com pesos. Pendurou um saco comprido no galho de uma árvore e deu chutes e murros nele. Isso era rotina e representava um alívio depois que as coisas ficaram difíceis com Mamoon, quando soube que teria de procurá-lo outra vez com mais indagações embaraçosas.

Harry se perguntava quanto tempo ainda teria.

Minutos depois, Liana, com uma meia de rede e uma bota

impermeável de cano alto, saiu da cozinha e se instalou no banco ao ar livre ao lado da porta, com uma biografia popular de uma grande lady, uma xícara de chá e seus óculos de leitura. "Bravo!", disse ela. Sentindo-se antes um membro do grupo de dança erótica masculina Chippendales do que um biógrafo, Harry fez uma pausa para respirar e Liana serviu-lhe um pouco de chá.

"Pobre homem, deve estar exausto. Só sei que eu estou. Tome, comprei este hidratante energizante para você", disse Liana, entregando-lhe um pote pequeno. "Você vai gostar, vai ver só."

"Que gentil, Liana. Por que fez isso?"

"Ouvi você se queixando da tonalidade irregular de sua pele. Mamoon disse que, para você, isso é mais sério do que a crise financeira."

"Muito mais. É o resultado de um eczema na infância. Por anos eu quase me matei de tanto me coçar. Estou preocupado com a possibilidade de que minha ansiedade aqui faça o problema voltar."

"Que ansiedade? Esse creme tem propriedades curativas incríveis, mas você parece mesmo agitado."

"Eu sei."

"Acho que agora você sabe mais do que eu sobre meu marido."

"Esse é o problema."

"Marion se mostrou gentil sobre meu querido? Ou foi amarga como a outra?"

"Houve uma dose de amargura, não inteiramente injustificada. Marion acabou se revelando extraordinária."

"Tem certeza? Você deve ter flertado com ela até não aguentar mais."

Harry passou o hidratante nos braços. "Marion tinha muita coisa a dizer sobre uma porção de coisas. Ainda não escrevi tudo, mas sinto que o livro progrediu de fato."

"Progrediu em que direção, meu caro? Você está me assustando, Harry."

"Estou?"

"Não quero que você se empolgue demais e deixe também minha pele inflamada. Vamos tratar tudo com bastante delicadeza em seu relato, está certo?"

Alice tinha prevenido Harry de que ele devia ter cuidado; suportar a arrogância e até os insultos e não deixar escapar nenhum segredo, respirar mais do que bufar, embora essa atitude até agora não o tivesse levado muito longe. No entanto, o que ele e Rob admiravam em Mamoon, ambos concordavam, era seu talento provocador, sua capacidade de criar anarquia e furor e depois sentar-se confortavelmente para contemplar as ruínas. Quando necessário, Mamoon era mais um Johnny Rotten do que um Joseph Conrad. Harry havia começado a pensar que, como seu pai havia sugerido, ele se mostrara passivo demais. Seus temores o mantiveram numa posição segura demais. Ele havia causado algum estrago; estava na hora de chutar o pau da barraca e apostar mais alto.

Disse: "Liana, acho que você já sabe do que se trata".

"Do quê?"

"O pano de fundo da história de Marion. Como Mamoon humilhou e insultou uma jovem numa universidade americana, chamando-a de 'negra carreirista'. Ele teve de ir embora bem depressa depois de se mostrar brutalmente cruel."

"Mas isso vai aparecer no livro?"

"Quando eu tiver feito a pesquisa. Foi depois disso que Mamoon decidiu largar Peggy, ou se afastar dela, ao mesmo tempo que continuava morando com ela. Ele e Marion deram início a uma espécie de relacionamento pervertido, que me leva a pensar que esse tipo de coisa pode ter sido um traço característico da vida dele." Liana ficou em silêncio. "Ou então foi apenas um fato isolado, por assim dizer."

"Pervertido?"

Harry respondeu que algumas pessoas definiriam assim.

"E você tem certeza disso?"

"Ele confirmou. Quando esse material for publicado, as pessoas vão encarar vocês dois de uma forma diferente. Os colunistas e os jornais simplificam muito as coisas. Podem chamar isso de sadomasoquismo."

Liana refletiu por um momento e disse: "O que quer que você faça, não inclua isso, mas no início bem que estranhei ele ter me perguntado se podia me ver urinar. Como sou uma lady, respondi que não. Por que alguém iria querer uma coisa dessa?".

"Para sentir uma forma particular de intimidade."

Ela disse: "Escute, Harry, que conversa fiada é essa que você está querendo insinuar? Não pode ser mais preciso? Não quero viver no escuro feito uma idiota! Como uma mulher madura…", e Liana aproximou seu rosto bem perto do dele, "… preciso conhecer todos os detalhes da fase Marion".

"Por quê?"

"Seria horrível você saber coisas sobre ele que eu não sei."

Harry vestiu uma camiseta de ginástica e sentou ao lado dela. Não demorou muito para Liana ficar vermelha e abanar furiosamente seu livro na frente do rosto, como se tentasse apagar um fogo mas apenas conseguisse atiçar mais ainda as chamas. Em favor de Liana, é preciso reconhecer que ela ouviu bastante Harry antes de observar: "E você está me dizendo que vai pôr essa baixaria no livro que nós encomendamos?".

"Apenas se for relevante para a obra, que a esta altura já parece bastante brutal e sombria."

Liana começou a chorar e cobriu o rosto. "Coitada da Marion. Penso nela muitas vezes e na maneira como foi rejeitada. Isso também vai acontecer comigo!"

"Por quê?"

"Ela não conseguiu fazer o suficiente para mantê-lo interessado. Ele se arrepende de ter deixado Marion."

"Será?"

"Ela o inspirava, era inteligente. Adoravam conversar sobre Shakespeare. Ela estava estudando a língua árabe e Mamoon chegou a dizer que ela era mais inteligente do que ele. Mamoon lê as cartas dela com um dicionário ao lado. Eu tive um pai inteligente, por isso sei que os homens amam as mulheres que são úteis para eles como assistentes."

Harry perguntou se Liana ia ficar bem.

Ela respondeu: "Você prometeu, Harry querido, que ia me ajudar a ganhar o amor dele e os beijos dele. E agora me aparece com essa *merda*. Mamoon vai me culpar por revolver essa lama. O que você fez?". Liana levantou-se e saiu, andando depressa, para dentro do bosque, e só parou a fim de virar e dizer: "Detesto você. Pensei em soltar os cachorros em cima de você, mas sou educada demais para fazer isso. Só que uma coisa muito ruim vai acontecer com você... esta noite".

Vinte e um

Naquela noite, enquanto trocava de roupa em seu quarto, Harry ouviu os dois berrando, suas vozes se sobrepondo enquanto questionavam um ao outro. Ele havia provocado algum efeito no casamento dos dois, supôs Harry. Que pena; tinha um livro para escrever. Escrever era o demônio. Ele havia sido contratado para escrever.

Ouviu música com os fones de ouvido e esperou até ficar quase escuro lá fora, embora a luz da cozinha estivesse acesa quando saiu sorrateiramente pela porta dos fundos. Estava fumando no jardim e prestes a entrar no carro quando ouviu um grito ou talvez um guincho. Mamoon vinha saindo da cozinha e andando na direção do homem escolhido para retratá-lo.

Mamoon não estava apoiado em sua bengala, como sempre fazia ultimamente, a bengala que o próprio Harry tinha cortado para ele, esculpindo no castão o formato tosco de um coelho. Mamoon trazia a bengala erguida acima da cabeça com a verdadeira intenção, Harry supôs, de produzir um contato entre ela e o aparato cognitivo do jovem escritor.

Harry se virou e correu para o outro lado do jardim, rumo à trilha. Para surpresa de Harry, Mamoon foi atrás dele, correndo ligeiro, como se tentasse desprender-se das pernas.

"Mamoon, por favor, senhor...", arriscou Harry.

Harry correu mais um pouco e Mamoon também. Ele ouvia Mamoon ofegando fortemente e deduziu que já devia estar ficando cansado. Harry também estava ansioso para usar a razão e discutir questões literárias. Havia tido uma educação dispendiosa e, mesmo agora, não queria desperdiçá-la.

"Escute", começou Harry, e parou. O escritor já estava em cima dele. Harry esquivou-se da bengalada, se encolhendo e dando as costas. "Senhor, puxa, eu..."

Mamoon golpeou-o nas costas com a bengala, com toda a força que tinha. Harry caiu e Mamoon prosseguiu com mais duas bengaladas. "Olhe aqui, seu Judas. Eu ainda tenho braço para uma boa direita!"

"Meu Deus, pare com isso! Está machucando! O que o senhor está fazendo?"

"Você quer levar um *smash* cruzado com *topspin*?", disse Mamoon, erguendo a bengala mais uma vez. Estava pronto para golpear Harry em cheio na cara. "O chicote do cavalo vai estalar... ah!"

"Não, não vai!"

Harry se afastou rastejando o mais rápido que pôde, ergueu-se, agarrou a bengala, arrancou-a da mão de Mamoon e levou-a para o outro lado do jardim, colocando-a em cima de seu carro. O velho tolo, cheio de adrenalina, avançou aos tropeções na direção dele e, depois de tentar dar um pulo, percebeu que seus dias de atleta tinham acabado. Desequilibrou-se e desabou de cara no chão, se arrastando no cascalho.

"Não toque em mim. Você fez fofoca com as invencionices da Marion", bufou Mamoon, quando Harry o suspendeu, o pôs de pé e sacudiu a poeira que o cobria.

"O senhor precisa admitir que nos dias de hoje nenhum momento da existência fica sem registro."

"Você ia gostar se todo mundo com que você já fodeu ficasse pegando no seu pé pelo resto da sua vida? Talvez ainda façam isso, uma sinistra multidão de almas penadas uivando imprecações hostis. Aí, eu é que vou rir."

"O senhor sempre foi um dissidente, um inconformista, um anárquico. A maioria dos bons livros não é, afinal, sobre as nossas fraquezas sexuais?" Vislumbrando uma brecha para o debate intertextual pelo qual estava esperando havia muito tempo, Harry disse: "O senhor adora Strindberg, adaptou a obra dele para o palco, escreveu um ensaio sobre ele. As cartas histéricas e sofridas de Kafka para Felice fascinaram o senhor desde jovem. Vamos refletir sobre como os escritores homens caracterizaram a força da sexualidade feminina...".

"Cale a boca, seu sacana! Liana está me matando, só berra sem falar coisa com coisa. Ela não consegue acreditar que eu possa ter passado bons momentos com outra pessoa que não ela. Liana me expulsou do nosso quarto para o quarto ao lado do seu. Agora ela fica insistindo para que eu lhe conte todos os detalhes da minha vida com Marion. Como posso fazer isso? Como vou conseguir Liana de volta?"

"O senhor quer Liana de volta?"

"Se eu ficar gravemente doente no meio da noite ou tiver um pesadelo, por acaso *você* é que vai me dar o beijo vital?"

"Meus beijos são suaves e profundos, senhor. Mas, para ser franco, essas informações iam acabar vazando de um jeito ou de outro, pelas mãos de Marion ou pelas minhas. O que mais estou fazendo senão trazer a verdade à tona ponto por ponto, como o inspetor Goole na peça *Um inspetor está lá fora*, de Priestley?"

"Você é um demônio tentando se passar por Deus para mim. Era um assunto extremamente particular."

"O senhor abriu mão desse direito quando me chamou para vir para cá a fim de contar a história de sua vida. Por que se preocupar, quando sabe que a sexualidade faz todo mundo parecer tolo mesmo?"

Mamoon disse a Harry que ele não tinha como confirmar aquelas informações, mas Harry explicou que Marion havia lhe mostrado as cartas. Quando Mamoon perguntou por que Marion faria uma coisa dessas, Harry retrucou: "A vida e a escrita formam um livro contínuo. É assim com todos os escritores".

"Marion... quer dizer, Liana disse que você é do tipo que quer aparecer na televisão! Está tentando fazer uma carreira à minha custa, meu jovem!"

"Estamos amarrados um ao outro, senhor. Ou nadamos ou afundamos, como uma só criatura."

"Sua obra é feita de inveja e você não passa de um semifracasso de terceira categoria, um parasita que consegue sobreviver graças a um encanto de meretriz e a uma boa aparência que já está definhando. Por acaso você já viu um biógrafo capaz de escrever tão bem quanto seu biografado?"

Como se não fosse o bastante, Mamoon agarrou Harry pelas lapelas e tentou jogá-lo de encontro ao carro.

"Você está despedido, Harry. Você nunca irá terminar esse trabalho feito de papo furado, e amanhã, quando eu voltar do trabalho para almoçar, quero receber a notícia de que essa aventura desastrada e ridícula chegou ao fim! Já temos outro escritor a postos para assumir o cargo. E ele usa gravata!" Chegou seu rosto bem perto do de Harry. "Lembre-se bem disso, menino. Você não sabe nada. Você *não é* nada. E sempre será nada."

Mamoon parecia esgotado e começou a tossir. Harry levou-o de volta para a cozinha, sentou-o e lhe deu um copo de uísque.

"Quer que eu chame Liana?" Harry imaginou que ela estaria em algum canto do primeiro andar, dilacerando alguma coisa ou ouvindo Leonard Cohen.

Mamoon balançou a cabeça e disse, quando Harry foi para a porta: "Por acaso pareço um ancião debilitado para você? Será que envelheci de repente? Não me deixe, não creio que eu tenha muito tempo pela frente".

Mas Harry correu para fora e ficou sentado dentro do carro por algum tempo, se recuperando. Depois foi de carro até a casa de Julia e, lá, pegou a chave que ela havia deixado escondida para ele.

Esgueirando-se pelo corredor, ele viu Ruth na sala com a blusa cintilante que Liana usara no jantar de aniversário de Mamoon. Estava sentada diante da mesa com dois de seus amantes, no meio de uma nuvem narcótica de fumaça, bebendo o champanhe de Mamoon em copos de cerveja e, Harry logo se deu conta, discutindo um plano para ganhar dinheiro com assinaturas falsificadas, as quais já vinham treinando. Harry os cumprimentou em voz baixa. Infelizmente, eles se mostraram interessados por Harry; um dos homens se levantou e gritou para ele sentar e tomar uma cerveja, e Ruth chamou: "Harry, Harry, Harry, não vai nos honrar com um copo?".

Harry teve sensatez suficiente para continuar em seu caminho rumo à mulher que ele tinha ido visitar.

No sótão, Julia estava na cama, à espera dele.

Harry despiu a camisa com um movimento brusco: "Veja!".

"Fantástico. Obrigada, eu estava esperando por isso."

Harry virou-se. "Veja as manchas roxas!"

"Ah, meu Deus, quem fez isso com você? O meu irmão? Ele voltou?"

"Por sorte, não. Foi Mamoon."

Ela riu. "Chega disso."

Ele pegou a mão de Julia e colocou-a em seu próprio rosto. "Ele é perigoso, para um velho, Julia, tem pulsos fortes."

"Minha nossa, vai ficar uma cor engraçada. Você está parecendo uma berinjela."

"Esse é um legume de que eu não gosto. Aqui está o meu celular. Fotografe os ferimentos. Deu tudo errado. Fui posto no olho da rua."

Julia o fotografou, depois tirou o resto da roupa de Harry e sentou em cima dele. Os beijos de Julia eram tranquilizantes.

"Preciso do seu amor, Julia."

"Eu sei. Parabéns, meu namorado."

"Por que está dizendo isso?"

"Você foi espancado, além de demitido. Devia estar fazendo um bom trabalho."

"Sim, bem, o velho pretende ficar acima de todas as bobagens cotidianas, contemplando o imensurável horizonte com aquele olhar superior de tartaruga dele, supostamente lamentando todas as oportunidades sexuais que evitou. Depois tem um surto com a bengala que eu mesmo esculpi para ele."

Julia começou a transar com ele, sabendo que com isso Harry iria relaxar. "Posso te pedir uma coisa? Andei pensando nisso o tempo todo. Quantas vezes você comeu a Alice enquanto ela esteve aqui?"

"Só uma vez. A gente ia transar de novo na hora em que você nos interrompeu, obrigado. Sei que você estava de ouvidos atentos, fingindo que trabalhava do lado de fora do quarto. Acrescentei alguns grunhidos sôfregos de propósito para fazer você gargalhar e cair fora."

"Eu não estava escutando!"

"Com Alice, é sempre e apenas nos termos dela, é como ser admitido numa audiência com a rainha da Inglaterra. A última dela agora é dizer que é alérgica a sêmen. Ela tem a rigidez de uma criança ferida."

"Eu diria violentada. Você vai receber dela cada vez menos, menino bonito."

"Quanto tempo essas coisas demoram para passar? Estou quase pronto para uma mudança."

"O problema é que você não gosta de ver as pessoas irem embora."

"Diga-me o que você pensa de verdade."

Ela enfiou um baseado na boca de Harry e acendeu para ele. "Vocês dois talvez tenham uma chance se ela passar a admirar você. Ela não percebeu como você é engraçado e meigo. Você diz coisas fascinantes e é uma boa companhia. Ao contrário do velho, você se interessa pelas outras pessoas. E mais: tem um talento para a cunilíngua que faz de você parte do um por cento dos homens que chupam bem."

"É preciso prática para ser um glutão como eu."

"Sempre ponho perfume de almíscar lá para você, mas não vou pedir que faça isso comigo agora, Harry." Ela apagou as luzes, acendeu as velas e soprou as pálpebras de Harry. "Você está parecendo meio doido; está com jeito de quem daqui a pouco vai começar a chorar."

"Eu estou pra baixo. É a nossa última noite juntos. Se eu for demitido de verdade, nem vou ficar tão chateado assim, para ser franco. Já estou de saco cheio daqueles dois."

"Vou pôr o relógio para despertar. Tenho um palpite de que posso ajudar você. Sou a sua garota, lembra?"

"Se você me salvar desta vez", disse ele, "você é um gênio. Levo você para comer num restaurante indiano."

"Você vai fazer uma coisa por mim, Harry. E você sabe o que é. Já pedi antes. Leve-me com você, Tesudo."

"Para onde?"

"Para Londres."

Ele riu. "Bem que eu gostaria. Do jeito que as coisas estão, sou uma carta fora do baralho."

Vinte e dois

De manhã, ele gritou: "Por que puseram refletores lá fora, virados para a janela?".
"Hmm... cale a boca. Isso é o que chamam de sol", disse ela. "Você está doente?"
"Julia, vou desistir dessa história toda e voltar para Londres."
"Agora você vai falar com Liana."
"Não consigo encarar nenhum dos dois. Não consigo encarar mais nada."
Ela puxou Harry para fora da cama, encheu-o de comida e enfiou-o no carro, dando-lhe instruções o tempo todo; ele assentia com a cabeça em silêncio. Julia tomou todas as providências para que Harry voltasse à casa deles e estivesse na cozinha à procura de um hadoque e preparando um *bloody mary* para acompanhar o Arnold Bennett antes que Liana por fim entrasse em cena vestida com um robe de cetim.
Enquanto ela ficou parada, de pé, avaliando mais aquele dia, apalpando a cabeça com os dedos e decidindo se ia ou não se mostrar airosa, Harry corria de lá para cá na cozinha, a fim de preparar o café da manhã predileto de Liana e pô-lo na frente dela.

"Pronto, Liana querida."

"*Ciao bello*, minha doçura, isso é muito amável, obrigada. Como você soube onde encontrar esse peixe? Que banquete."

"E mais isto aqui... para você."

"O que é?"

"Uma das coisas que você pediu."

Entregou-lhe um pires com pílulas. Havia um vidro cheio de estimulantes no quarto de Julia, bem como um punhado de maconha e um saco de cogumelos. Julia tinha dito para ele levar um pouco para Liana. Ele foi generoso; levou um monte.

Durante a noite toda, Harry foi perseguido pelo fantasma das palavras de Mamoon, que chegavam a ele em sussurros sinistros: extremamente educado, mas medíocre, sem valor, parasita...

"Você pode ser um bom menino", disse Liana, enfiando aquilo no bolso de seu robe.

"Uma carícia do nirvana", disse Harry. "Mas como Mamoon pode resistir a você com esse robe de seda creme, pijama e sapato de salto alto? Até eu..."

"Feche a boca, é cedo, e aqui dentro é melhor você tirar esses óculos escuros da cara! Você é sincero comigo ou costuma ser com qualquer mulher? Você aceita de verdade algumas delas? Não acho que você seja um idiota, é apenas evasivo, difícil e, provavelmente, uma fraude. Querido, me dê um beijinho de bom-dia nos lábios."

"Por favor, Liana, você está cheirando a peixe e eu estou com um problema que só uma diplomata do seu quilate tem condições de me ajudar a resolver. O dia chegou: fui demitido."

"Por quem?"

"Pelo seu marido. Ontem à noite ele me perseguiu com sua bengala. Estava um pouco, digamos assim, agitado por causa das informações fornecidas pela Marion."

"Eu também fiquei."

"Então vou embora mesmo?"

"Por que não?"

"Tudo bem. Vou pegar minhas coisas."

Ela disse: "Não que eu tenha acreditado em qualquer palavra daquela baixaria. Você acreditou? A *puttana* inventou tudo aquilo por vingança e publicidade. Por um momento que seja, você é capaz de imaginar o Mamoon se comportando daquele jeito? Os britânicos são decentes e vão entender. Era evidente que ele ia brigar com você".

"Afinal, ele não acaba sempre travando um combate fatal com todo mundo? Especialmente com as mulheres?"

"Não comigo", disse ela. "Aqui quem manda sou eu, *tesoro*, não se preocupe."

"Vou telefonar para Alice e lhe dar a notícia de que você vai me ajudar", disse Harry. "Ela está em casa morrendo de preocupação comigo."

"Ela é um doce, temos de cuidar bem dela. Mas você não se preocupa", perguntou Liana, "e por favor não me interprete mal, que ela não acha você nem um pouco divertido?"

"Obrigado por dizer isso, Liana."

"Mas você é muito engraçado, sabe?" Liana olhou bem para Harry e disse: "E quanto a Mamoon, nunca o ignore e nunca dê ouvidos a ele. Vá trabalhar que eu vou falar com ele na hora certa". Liana piscou um olho. "Observe com que maestria vou disparar no ponto G de Mamoon. É como dar comida a um leão sem perder os dedos."

Mamoon entrou com um curativo na testa. Se Harry tinha ruminado se Mamoon ainda iria se lembrar ou não das ameaças da noite anterior, não precisava se preocupar mais.

Mamoon franziu a testa e disse, com uma fúria a que Harry ainda teria de se habituar: "Minhas costas estão doendo o tempo todo, não consigo olhar um metro à frente sem ficar tonto. Meu joelho parece um envelope cheio de vidro quebrado e meu pênis parece uma lesma cloroformizada...".

"Está constipado? Teve aquele sonho outra vez?", perguntou Liana.

"Estou vendo esse moleque na minha cozinha." Deu um safanão em Harry e disse: "Liguei para o Rob e exigi que você seja retirado do meu horizonte".

"Não, Mamoon." Liana apontou a escova de lavar louça para ele e depois bateu com ela na pia, como fazia com os gatos, quando eles pulavam em cima da mesa. "Idiota ou não, demos a ele esse maldito trabalho e ele precisa terminar a pesquisa. Seus ataques de nervos são ridículos e prejudiciais."

"Essa serpente venenosa, esse caruncho me insultou."

"Como?"

"Levantou acusações contra a minha honra."

"Você está querendo dizer, finalmente, que elas são absoluta e completamente falsas?"

"Liana, eu já lhe disse, ele é pior do que a peste."

"É mesmo. Até Alice confirmou que o caruncho é um chato de galocha. Mas ele vai ficar."

"Por que defender um impostor que, na verdade, não escreveu uma só palavra? Acho que você gosta dele um pouco demais."

"Demais para o quê?"

"É repugnante para uma mulher da sua idade. Você parece uma posta de carne de carneiro."

Liana começou a rir. "Então me coma!"

"Cale a boca."

"Cuidado." Ela apontou de novo a escova na direção dele.

Harry não gostaria de ver aquela escova apontada na *sua* direção e percebeu que um Mamoon mais jovem, àquela altura, poderia ter ficado tremendamente nervoso e perturbado. Ele parecia à procura de alguma coisa à mão para atirar nela. Então a respiração de Mamoon desacelerou, ele fechou os olhos e acariciou a testa alquebrada.

"Retire-o para sempre da frente dos meus olhos."

Liana disse: "Tomamos uma decisão, você e eu juntos, e devemos levá-la até o fim, sem essa louca *fatwa* contra ele. Do contrário, não vou alimentar você". Liana pegou a panela do fogão Aga e caminhou até a lata de lixo. "*Dal makhani*, seu prato predileto. E seu queijo *paneer*... Diga adeus para ele, *paneer*."

"Liana..."

"E você também adora a minha *raita* picante. Depois dela, viria a maçã picadinha e o requeijão. Agora escolha: comer ou se enfurecer."

"Comer ou me enfurecer? Não jogue nada disso fora! Escolho comer." Tratou de enfiar depressa a ponta do guardanapo por dentro do colarinho da camisa. "Vai ter tomate também? Adorei o jeito como você fez os tomates da última vez."

"Adorou, é?", disse Liana, piscando o olho para Harry. Ela avançou e deu um beijo em Mamoon, enquanto deslizava a mão para baixo, no peito da camisa dele. "Gostou disso, *habibi*, meu amor?"

"Podia ser mais gostoso, se você cozinhasse tudo desse jeito."

"Vai ser assim... se você fizer a minha vontade."

"Mais uma coisa." Ele apontou o dedo para Harry. "Onde está Alice?"

"Por quê?", perguntou Liana.

"Ela tem mãos que acalmam", respondeu Mamoon.

Liana passou as mãos pela barriga de Mamoon. "E eu não tenho?"

"Ela é uma profissional."

"Vou fazer o possível", disse Harry.

"Parece que você obteve uma última chance", disse Liana. "É melhor tratar de fazer logo esse livro. Em breve vamos ler um pouco dele. E é melhor a gente gostar..."

Vinte e três

Alice e Liana estavam sentadas no calor do gramado, passando de uma para a outra um copinho com sorvete de baunilha e conspirando para trazer jovens para a Casa da Esperança. Com o rosto escondido sob um guarda-chuva, a fim de protegê-lo do sol, Alice tinha os pés sobre um banco; quando não estava escavando com a colher o copinho de sorvete Ben and Jerry, Alice punha as costas da mão na testa superaquecida e preocupada, e suspirava fundo. Então percebeu Harry e deu início aos complicados movimentos de se pôr de pé.

Liana estava fazendo listas e pensando em voz alta; usava bastante as palavras "jovem" e "artista", bem como "centro de ioga" e "refúgio do escritor". Em compensação, Mamoon não parecia um homem cuja casa, em breve, seria aberta ao público. Sentado à sombra e a uma distância respeitável, trabalhando nas provas de sua coletânea de ensaios *Meios e fins*, ele não ouvia a esposa. De vez em quando, Mamoon interrompia seu cantarolar de boca fechada, de uma melodia do grupo Everything But the Girl, para grunhir e reclamar de sua própria irrelevância, mas ninguém ouvia. Seguindo instruções de Liana, Julia não se cansava de levar chá a Mamoon, até que ele a acusou de querer envená-lo com o chá Lampsang Souchong. Apesar da visão de Harry andando de lá para cá lá fora, nos fundos da casa, Mamoon estava alegre. Andava ativo: recentemente, com poucas objeções, tinha feito muita coisa acontecer.

Alice estava ali fazia dois dias, nadando no rio e repousando, enquanto Mamoon voltara a trabalhar. Harry, depois de suas conversas com Marion, tinha reiniciado seu trabalho. A luta para encontrar clareza no caos de suas pesquisas era frustrante e difícil. Durante dias, tinha lido cartas e escrito a amigos, colegas e possíveis amantes de Mamoon, ao mesmo tempo que tentava focalizar a obra em relação com a vida, estabelecendo associações através de décadas.

Mas Rob vinha tentando perturbar Harry, como Mamoon pedira com insistência que fizesse. Harry seria restituído à condição de biógrafo oficial apenas com uma condição, concluiu Mamoon: que Liana começasse a ser rigorosa com Rob. Já estava na hora, disse Mamoon, de o editor verificar a fundo o trabalho de Harry, antes que ele se tornasse perigoso ou ameaçador para a literatura, talvez indo longe demais numa "direção estranha" ou deixando o livro se tornar "apelativo". Mamoon queria ser mostrado tal como era.

Mamoon podia estar aborrecido, mas também Rob não se sentia lá muito tranquilo com o biógrafo. Durante certo tempo, Harry tinha ignorado as comunicações de Rob, alegando estar "fora do raio de alcance". Todavia, naquela manhã, ao acordar mais tarde com Alice, Harry abriu as cortinas e ficou paralisado. Rob vinha tropeçando pela trilha, com uma mala grande e uma mochila. Não demorou muito para entrar na casa, pedir o café da manhã a Julia e, quando Harry foi cumprimentá-lo, insistir em ver o laptop dele.

Quando começou a ler o que Harry havia escrito, em voz alta e consigo mesmo, Harry disse: "Não estou pronto para isso, Rob. São só anotações. Por que está fazendo isso?".

"Liana tem razão. Eu preciso saber."

"Saber o quê?"

"Aquele homem lá fora é um artista." Rob apontou para fora da janela, onde Alice e Ruth podavam uma árvore segundo as instruções de Mamoon. "Ele encontrou Borges em Paris em meados da década de 1970. Os dois jantaram juntos duas ou três vezes. Sobre o que conversaram? Kafka? Adjetivos? Seus agentes? Por que você não nos conta isso?" Ele bateu com os nós dos dedos perigosamente na tela do computador de Harry. "Talento é ouro em pó. A gente pode peneirar um milhão de pessoas e, no final, conseguir juntar no máximo um punhadinho de nada. O Compromisso com a Palavra está em choque com a nossa crença fundamentalista e contemporânea no mercado. Esqueceu isso?"

"Rob, estou lhe dizendo, ele é torpe com as pessoas comuns e charmoso com monstros fascistas."

"Acrescente isso também."

"Ele é doido. Me agrediu com uma bengala." Harry levantou a camisa e mostrou a Rob as marcas ainda visíveis. "Joyce não fez isso com Ellmann!"

"Meu Deus, isso é ruim. No entanto", fungou Rob, "qualquer simplório pode ser bom. Mamoon tem colhão para ser um pecador. Liana não para de me telefonar. Entre outras coisas, diz que você andou querendo parecer mais do que é."

"Ela disse isso?"

"Ruth contou: Alice e você — o garoto louro, alto, com sua namorada incrivelmente alta e magra, estilista platinada, andando impávidos com os cães pela cidade, com roupas maltrapilhas no rigor da moda, botas surradas, frustrados por não conseguirem encontrar um restaurante onde servissem ninho de *fettucine*, olhando espantados para os pirados com tatuagens como se tivessem acabado de descobrir uma tribo africana. Ouvi dizer que você até fotografou o cachorro de um deles. Liana precisou pedir desculpas pessoalmente."

"Ao cachorro?"

Rob tirou do dedo seu anel em formato de crânio e deu um tapa na cara de Harry. Olhou-o fixamente, desafiando-o a reagir.

"Diga-me, como você consegue não levar tapas o tempo todo?"

"Eu deveria levar?"

"Fim da encenação. Chegou a hora da verdade." Rob desceu os olhos para os esforços de Harry na tela. "Você está sentado perto o suficiente para inalar qualquer emanação que saia de mim, e vamos examinar bem o que você anda fazendo. Está sofrendo um colapso nervoso? Você parece enlouquecido, parece triste, com cara de louco."

Era verdade: desde que Alice havia descoberto estar grávida de gêmeos, a preocupação dela passou para a zona vermelha, assim como a de Harry. O pai de Harry chegou a convocar seu filho caçula para Londres, a fim de lhe dar um puxão de orelha. Foi o mesmo que visitar um cardeal cruel, e o pai sentiu-se feliz de repetir seu sermão de que um bebê na família, ou, pior ainda, dois bebês, era como um furacão atingindo uma multidão. Tudo o que tinha sido despedaçado precisava ser juntado outra vez, numa nova configuração, mais ampla: isso era trabalho para um homem, não para um menino. Ser pai não era um dom; era preciso assumir o trono, afirmou o pai, sentado em seu trono. "Vai haver dificuldades", acrescentou, piscando os olhos com ar divertido. Mas ele também achou bom; Harry, com sua inteligência fácil e sua tendência para a arrogância, para a dissipação e a frivolidade, sobretudo no que dizia respeito a mulheres, dera ao pai bons motivos para crer que havia alcançado o ponto mais baixo. De fato, o pai tinha quase se reconciliado com aquilo.

Agora, tendo terminado seu sorvete, Alice atravessou o gramado e foi na direção de Harry. Se Rob já tinha dado uma prensa em Harry, agora era a vez de Alice.

Além de sentir-se fraca e enjoada, Alice encontrou Harry muito turbulento e autoritário, com seu bafo carregado de cebola, os dedos suados e os olhos, de súbito, reluzentes demais. Enquanto isso, é claro, ele estava proibido de achar Alice repulsiva, embora ela se descrevesse como "quase um lixo".

Alice tocou delicadamente nas costas de Harry e os dois foram andando. Preocupada com o lugar em que iriam morar, ela nem conseguia mais dormir. Pelo menos procurariam um lugar bem mais amplo, uma casa num bairro seguro, com jardim. Como ela ficaria depois do parto? Para isso, Alice ia precisar de ajuda, pois Harry não podia esperar que ela cuidasse dos afazeres domésticos e dos filhos, enquanto ele ficava na biblioteca, sem dúvida bebericando *espressos* ao lado de garotas do mundo da publicidade, que lhe trariam croissants.

"Eu vou trabalhar mais ainda, Alice. Como Mamoon sabe, ganhar a vida nessa área é uma tremenda pauleira. A gente vai ter que ir para onde o dinheiro está: os Estados Unidos, onde eu espero conseguir trabalho como professor..."

"Professor de quê?"

"De escrita criativa."

"Você não entende nada do assunto", disse Alice. "Pois eu ando pensando que a gente devia é se mudar para Devon."

"E o que faríamos lá?"

"Temos de ficar num lugar sossegado. Um lugar para a gente se esconder." E começou a chorar. "Não é só que eu estou grávida, Harry, mas não param de chegar cartas ameaçadoras de oficiais de justiça, desde quando você veio para cá. Eu andei exagerando um pouco nas despesas. Estou apavorada com a ideia de que alguém vai entrar no apartamento, enquanto você está aqui, e se apoderar das suas guitarras, a Telecaster e a Gibson."

Para ele, ouvir a palavra "oficial de justiça" era o mesmo que fazer evaporar toda a esperança que existia no mundo. "E o que você respondeu para eles?"

"Não me repreenda. Eu vou cortar as despesas", disse ela. "Mas agora que ele está aqui, por favor, peça mais dinheiro ao Rob."

"Vou pedir. Mas o que você andou comprando?"

"Casacos, joias, jantares com amigas e alguns pares de sapato. Vou mostrar para você." Eles estavam junto à porta da frente e Alice chamou Julia, ciente de que ela devia andar por perto. "Julia, pode trazer os pacotes, por favor? Acho que estão no nosso quarto." E falou em voz baixa: "Julia é uma garota encantadora. Temos experiências parecidas. Mães solteiras e conjuntos habitacionais do Estado".

"Verdade?"

"Pensei que Mamoon tivesse te contado, mas espero que você não tente responder uma pergunta com outra pergunta. É um recurso evasivo."

"Desculpe."

"Não reparou na Julia?"

"Ando muito envolvido com o livro."

"Ela e eu fomos fazer compras juntas de novo. Ela sabe aonde se deve ir na cidade. O irmão dela talvez me dê aulas de *kickboxing* para eu ganhar mais confiança."

"Ele sabe como chutar, não é?"

"Você parece zangado. Será que ficou azedo porque saí com a faxineira?"

"Azedo?"

"Harry, você sabe ser bem esnobe, não é mesmo?"

Julia entrou com duas caixas. Alice experimentou um par de sapatos e Julia outro idêntico. Ficaram paradas na frente de Harry. Rob apareceu e viu as garotas mostrando os pés para Harry.

Ele disse: "Eu sabia. É isso que você fica fazendo aqui — olhando para as garotas. Pois bem, já gastei dois lápis e, por hoje, estou farto", disse, sem declarar mais nada. "Vamos conversar mais tarde."

Liana levou Alice de carro até a estação ferroviária, onde ela esperou o trem para Londres. Harry foi também e prometeu a Alice trabalhar bastante e ao mesmo tempo pensar no futuro deles. Despediu-se dela com um aceno e depois Liana o deixou no pub, onde Rob o esperava. Harry pretendia acertar imediatamente a questão do dinheiro, mandar uma mensagem de celular para Alice e relaxar um pouco.

No pub, Rob já estava numa boa posição, de onde podia ver Julia sentada com amigas do outro lado do balcão. Ao contrário de muitos amigos de Harry, Rob ainda se sentia à vontade em pubs onde não havia mais nada para fazer senão beber e conversar.

"Obrigado por vir me ver hoje, Rob", disse Harry. "Preciso de mais um adiantamento, meu amigo. Em termos de grana, estou um pouquinho com a corda no pescoço e sob grande pressão neste exato momento."

Rob riu. "Não posso providenciar outro pagamento até que eu tenha pelo menos a impressão de que você é capaz não só de terminar esse trabalho como também de fazê-lo de maneira original. Afinal, que trabalho você tem feito de verdade?"

"Tenho feito as entrevistas e o planejamento. A maior parte está na minha cabeça."

Rob balançou a cabeça. "Estou dando um duro danado para manter você no cargo, aqui. Mamoon achava que você fosse preparar uma dessas biografias inócuas, do tipo *Reader's Digest*, para dar um gás na carreira dele. Não pensou que você fosse não só virar a vida dele de pernas para o ar como, ainda por cima, despejar tudo isso na cara dele. Acho que ainda vou acabar me arrependendo de ter contratado você."

"Pelo visto você cometeu um erro."

"Tudo que diz respeito à arte sempre envolve risco."

"Mas você superidealiza os artistas, Rob. Existem pessoas mais interessantes e mais úteis."

"Isso é uma blasfêmia."

"Estou trabalhando bem, mas você está solapando meu trabalho. Fico bastante perturbado com isso. Olhe as minhas mãos trêmulas."

"Não entorne a bebida que você fará a gentileza de me trazer. Você sabe que eu nunca ando com dinheiro trocado." Harry se levantou. Rob disse: "Aliás, você pode me fazer um favor, já que vai mesmo para lá? Pergunte àquela garota…".

Ele apontou para o outro lado do balcão.

"Julia?", perguntou Harry.

"Pergunte se ela pode trepar comigo mais tarde. Digo isso em palavras rudes a fim de poupar tempo. Costure aí algumas palavras mais suaves, seu punheteiro do léxico."

"E para onde ela deve se dirigir para a supracitada cópula?"

"Que tal um sobretudo estendido na relva sob o luar? O campo me deixa um tanto bucólico. Mas isso pode se revelar incômodo devido às correntes de ar. Que tal no interior do seu luxuoso carro?"

Harry disse: "Reflita bem, Rob, pense por um momento em como você irá aparecer diante dela, com a barba por fazer e sem tomar banho já faz um bom tempo…".

Rob agarrou o colarinho dele. "Do que você está falando? Aqui é que nem a Islândia, há décadas eles não veem um forasteiro. Elas chegam a fazer fila para trepar com homens londrinos."

Mas Julia tinha ido embora e Rob se atrasou pedindo bebida. Harry ficou tempo demais ouvindo-o falar sobre os acontecimentos interessantes do mundo literário, antes de dizer que ia voltar para a casa de Mamoon. Precisava telefonar para Alice e conversar com tranquilidade. Àquela hora, ela já estaria em casa; às vezes, ela era gentil e chegava a ouvir o que ele falava.

Foi uma árdua tarefa pôr Rob de pé. Tendo consumido em ritmo acelerado a fim de poder beber por mais tempo, àquela altura o cérebro dele parecia estar afogado, como uma Ferrari que saiu da estrada e afundou numa lagoa.

Harry estava ajudando Rob a caminhar pela ruazinha, quando Scott e alguns colegas, com as cabeças cobertas, apareceram na frente deles. Harry e Rob pararam. Scott estava de calção e, como se encontravam perto de uma das raras luzes de iluminação pública, Harry pôde ver que ele tinha uma etiqueta de identificação cinzenta da polícia em volta do tornozelo.

"Você foi longe demais. Trepou com a minha irmã e roubou as minhas coisas", disse Scott. "Você riu de mim. Que história é essa?"

"Quem é esse?", Rob perguntou para Harry em voz baixa.

"É o irmão da garota com quem você queria trepar."

"Ah", disse Rob, inclinando-se para a frente para vomitar.

"Que coisas eu roubei?", Harry perguntou para Scott.

Scott e seus companheiros fizeram um movimento na direção de Harry e Rob. Harry pensou em dar um tabefe no palhaço; achou que aquilo podia ajudar o pirralho a pôr a cabeça no lugar. Mas Rob estava muito torto e os garotos com certeza estavam armados de facas; Harry não ia conseguir dar conta dos três ao mesmo tempo. De todo modo, suas pernas tremiam.

Scott balançava um pedaço de pau na mão. "Eu gostaria muito de matar um preto esta noite. Eu estou naquele espírito de esfolar um crioulo ou um turco. Mas como não achei nenhum, vai você mesmo."

"Escutem aqui, amigos", disse Rob. Deu mais um passo para a frente e deixou seu celular cair, e um dos delinquentes logo pisou nele com toda a força.

Harry disse para Scott: "Não consigo imaginar nada que você tenha que eu possa querer roubar".

"Drogas. No quarto da Julia. Você acha mesmo que pode ir chegando assim de Londres e, na cara dura, pegar nosso bagulho?"

Harry meteu a mão no bolso e ofereceu duas notas de vinte para Scott. "Quanto custa?"

Scott cuspiu no chão e esfregou a sola do tênis em cima. "Vou lembrar que você é um garoto burro."

No carro, Rob disse: "Então, nenhuma chance com a tal garota, é? Você está bem enrolado por aqui, hein? É um lance cheio de vida, não acha? Há séculos que não me divirto tanto. Não é a Inglaterra nem a Grã-Bretanha, mas um lugar completamente diferente. Acho que é o que os torcedores chamam de Ingerland nos jogos de futebol, e é mesmo uma Ingerland". Rob cantou: "*Ingerland, Ingerland, Ingerland…*" durante todo percurso até a Casa da Esperança.

Vinte e quatro

Tudo que há de bom em arte nasceu da visão de uma coisa nova e de dizer do que se trata, disse Harry a si mesmo. Portanto, no que dizia respeito ao livro, o que importava acima de tudo era que *Harry* gostasse dele. Embora o mundo parecesse estar explodindo diante de seus olhos, com tudo se modificando de repente e se deslocando em direções que ele não entendia, Harry sabia que, para escrever, precisava de tempo e de regularidade. Trabalhava o dia inteiro e, no fim da tarde, se habituara a correr no bosque; quando ficava muito escuro sob as árvores, iluminava seu caminho com a lanterna de um capacete de minerador que Julia tinha achado numa feira.

À noite, Harry ficava contente de sair de casa. Encontrava Julia no fim da trilha. Sorrindo, ela saía do bosque correndo, pulava para dentro do carro de Harry e os dois iam tomar alguma coisa — Julia conhecia todos os bares bons da região. Ela gostava quando, depois, ele a acompanhava até seu quarto. Sob o cerco cada vez mais forte da mãe e de seus tumultuados pretendentes, Julia pedia que Harry lesse para ela, ou tocasse violão, enquanto ela cantava.

Depois de deixar um alerta bem rigoroso, Rob se foi, enfiou seus trapos na mala e partiu como um poeta romântico, a passos largos pelas florestas, atravessando campos, regatos e estacionamentos em direção a uma série de pubs. Rob parecia acreditar que ia adquirir conhecimento sobre a vida no campo se suportasse suas desventuras. A fim de celebrar a partida de Rob, Harry pensou em levar Julia para comer num restaurante indiano. "O que você acha?"

Julia precisava dizer que gostava da ideia das crianças que estavam para chegar. Ela sabia o seu lugar, fechava a boca e aceitava o que lhe ofereciam. Sua família sempre tinha se colocado do lado errado. No entanto, ela ficou ligeiramente perplexa com o jantar. Por que pagar por uma coisa assim, quando se podia comer sanduíche de atum e Coca-Cola em casa mesmo? Na última vez em que ela e Harry tinham saído "formalmente", haviam tomado um ecstasy cada um e depois foram a um boliche num centro superiluminado chamado Hollywood Bowl, na periferia da cidade, onde havia também um megacinema, um *drive-thru* do McDonald's e um KFC. A noite foi fluorescente, resplandecente, como um desenho animado.

Mas as drogas eram uma bobagem, Harry começou a achar à medida que foi ficando mais velho. Dessa vez iam conversar... mas sobre o quê, ele não fazia a mínima ideia. Por que se preocupar com isso? Se amor é loquacidade, na cama eles gostavam de discutir sobre o corpo dela e suas vicissitudes, bem como sobre o peso dela e a cor de seu cabelo; e Harry era obrigado a admitir que aprendia muito mais sobre a Inglaterra atual com Julia do que com qualquer outra pessoa. Na cama, enquanto Harry pensava no livro, Julia fazia perguntas, pois ela não queria desperdiçar a fonte que tinha a seu lado.

"Amigo Harry", ela dizia, "quantos primeiros-ministros houve desde a guerra? E qual foi o melhor? Qual é o jornal mais interessante e por quê? O que você acha do Canary Wharf?* Você vai me levar lá? Quem foi Muhammad Ali? Por que os homens são infiéis às suas esposas? Você vai me dar um fora?"

O que atormentava Julia agora, ela contou a Harry, é que ele era como um circo que tinha vindo para ficar na cidade por um tempo e depois iria embora. "Quando você e Alice vão para Londres, fico morta de pavor, achando que vou ser deixada para trás. Mamãe está cada vez pior. Mais homens vão lá em casa. Eu estou sempre no caminho dela. Mamãe diz que eu faço os homens terem nojo de amá-la."

Mas Julia amava Harry e *havia* uma coisa que ela queria dar a ele, um presente especial para ele se lembrar, em troca da bondade que Harry havia demonstrado com ela. Como ela disse: "Não é todo dia que a namorada do amante da gente fica grávida".

E assim, naquela noite, quando os dois entraram no restaurante indiano onde Mamoon tinha comemorado seu aniversário, uma garota surgiu de trás da cortina. Julia havia combinado com uma amiga para se juntar a eles. Mais bonita do que Julia, ela usava sombra nos olhos, batom nos lábios e sapato plataforma, assim como Julia, e parecia que as duas iam se encontrar com jogadores de futebol. "Essa é a Lucy", disse Julia, quando a garota foi dar um beijo em Harry. "Nós duas te damos parabéns."

Lucy deu a cada um deles um pouco de ecstasy e os levou para um clube onde uma mulher obesa vomitou no chão. Julia sugeriu que fossem a outro lugar — não à casa de Julia, pois seu irmão podia estar lá, sem dúvida tatuando a própria testa com um canivete; nem à casa de Lucy, por causa do filho dela. As garotas estavam doidas para que ele as levasse a um hotel na cidade. Compraram bebidas e cocaína, fecharam as cortinas, desligaram os celulares e só reapareceram na tarde seguinte.

---

* Complexo de edifícios comerciais no centro de Londres. (N. T.)

No entanto, a certa altura do final da manhã, enquanto as garotas dormiam cada uma de um lado de Harry, que não tinha dormido nem um pouco, ele se lembrou de uma coisa que Mamoon havia dito sobre Marion. "A verdade é que tudo aquilo que desejamos de fato é proibido, ou é imoral ou faz mal à saúde e, se a gente tiver sorte, são as três coisas ao mesmo tempo."

"E o que se deduz disso, senhor?"

"Não abra mão do seu desejo, mesmo que você venha a ser castigado por isso. Aceite o castigo com gratidão, como um tributo, e nunca se queixe."

À tarde, ele e Lucy estavam na frente do hotel, à espera de Julia, que tinha deixado o sutiã no quarto. Lucy beijou Harry: ele a abraçou com força.

"Você é irresistível, Lucy", disse ele. "A noite passada foi tão deliciosa que só consigo prever para mim uma eternidade de arrependimento e autorrecriminação."

"Por não se divertir assim com mais frequência?"

Harry remexeu nos bolsos. "Tome aqui. Talvez o fechamento do abatedouro também tenha arruinado a sua vida."

Deu-lhe quase cem libras e ela as devolveu, dizendo: "Você vai precisar do dinheiro para comprar roupas para os bebês. Sua companheira, a Alice, vai ter dois, não é isso?".

"É, sim. Gêmeos."

"Quando vocês descobriram?"

"No exame de imagem, outro dia mesmo. A enfermeira disse: Aí está seu bebê... ah, e ali tem mais um. Parece que vocês vão ter dois."

"Você vai dar conta do recado", disse Lucy, enquanto adicionava o número de seu celular no telefone de Harry. "Você adora brincar e nunca será mais feliz do que quando estiver com uma mulher. Parecia que você queria nos chupar inteirinhas. Sua mãe não teve gêmeos?"

Em geral, Harry falava o mínimo possível. Como o pai, queria ser um ouvinte: parecia mais seguro. Mas as drogas tinham desarticulado sua língua e, por fim, condenado Harry à verdade. Quando Julia saiu do hotel e se juntou a eles, Harry se viu contando para as duas que seus irmãos mais velhos eram gêmeos idênticos e que sua mãe tinha sido psicótica paranoica. Desnorteada pelo som de vozes, ela caminhou até o rio e se afogou.

"Tenha medo da morte pela água, diz o tarô. Minha mãe me assombra e penso nela boiando no rio, como Ofélia."

"Que coisa sinistra", disse Julia, beijando Harry.

"É a morte mais fácil — a pessoa pode chegar ao fim em trinta segundos, se ficar de boca aberta." Ele acrescentou: "O que é que o desejo de morte deseja? Será que minha mãe não esteve sempre seguindo naquela direção? Nós, os três meninos, que éramos capazes de enlouquecer até uma pedra, tivemos sorte de ter mamãe conosco pelo tempo que tivemos. Eu diria que ela era muito obediente".

"A quê?"

"Acho que a uma voz fascista que ficava falando dentro da cabeça dela. Em vez de ser muito doida, como dizem por aí, ela era, sim, bastante ortodoxa."

Lucy deu um tapa no braço de Harry. "Bem que a Julia me disse que você era meio estranho."

"Se me fosse dada uma centelha de loucura, eu faria de tudo para cuidar muito bem dela."

"No café da manhã, Julia me disse que você estava fazendo uma lista de pessoas cujo pai ou cuja mãe se matou."

"E também de pessoas que têm atração por suicidas. Todas as mulheres de Hitler se mataram, acho que foram sete. É um tipo muito especial de morte para ter sempre na cabeça. A pior coisa que podia acontecer já aconteceu. Fico pensando que tipo de psicologia isso forma." Harry disse que, se a pessoa tem um pai ou uma mãe que se mata, ela nunca perde o medo de que tudo o que ela mais ama na vida possa ser tirado dela. "Hoje de manhã, enquanto vocês duas, tão lindas, dormiam, passou pela minha cabeça que eu podia tentar escrever um livrinho sobre suicidas e as pessoas que os amam. Vou conversar com papai sobre minha mãe, encontrar as amigas dela e os escritores de que supostamente ela gostava. Vou ser o biógrafo *dela*."

Quando o carro de Harry chegou à casa de Julia, Scott, o irmão de Julia, apareceu no jardim e ficou ali plantado, encarando Harry, sentado dentro do carro, as duas garotas caladas e vigilantes.

Julia sussurrou: "Ele é protetor, mas sabe o que você significa para mim".

Harry baixou a janela do carro. "Boa tarde."

"Tudo bem?", perguntou o irmão.

Ele fez um gesto para as garotas e elas foram correndo para dentro da casa. Scott ficou parado na frente do carro. Harry tentou fechar a janela, mas não conseguiu.

"Foi bom?", perguntou Scott, de novo, sem levantar a voz, mas incapaz de resistir ao impulso de escarrar no chão.

"Foi, sim, obrigado", respondeu Harry. Pensou que era melhor dar marcha a ré e sair depressa dali, mas se perguntou se aquilo não podia parecer indelicado. Os dois ficaram se encarando, até que afinal o irmão saiu da frente do carro.

Vinte e cinco

"Aconteceu alguma coisa muito grave?", perguntou Mamoon. "Por que você está cantarolando essa melodia alegre?"

"Posso pôr mel no seu iogurte?"

"Seria a primeira vez, mas muito obrigado, Harry", disse Mamoon, sentando-se à mesa da cozinha e sorrindo para o jovem. "Qual é a fonte desse seu estado de espírito alegre, meu amigo biógrafo-demônio? Será que é porque você descobriu que eu sou bissexual, que tenho diversas crianças amantes, o que irá assegurar a você o best-seller escandaloso de que precisa a fim de pavimentar sua vindoura carreira como apresentador de televisão?"

"Vou dar uma longa caminhada e pensar sobre sua vida, antes de voltar para Londres a fim de escrever tudo de uma vez, da maneira mais chique e obscena de que eu for capaz, com Alice a meu lado."

"Graças a Deus que jamais lerei isso. E Liana e eu teremos um pouco de paz, afinal."

Julia entrou correndo na casa e jogou uma bolsa grande no chão, seguida por outra. "Desculpe, precisei esperar meu irmão, ele me deu uma carona." E, de fato, Harry viu pela janela o irmão de Julia, que fez uma cara feia e foi embora. Julia disse: "Está pronto? Posso pôr as bolsas no seu carro?".

"Como assim?"

"Eu vou com você", disse ela. "Para Londres. Alice não contou?"

"Não."

"Ela está enorme e cansada agora, e eu vou ajudar na limpeza do apartamento e a instalar vocês na casa nova que estão alugando. Você vai ficar escrevendo; ela diz que você não vai levantar um dedo sequer, e ela não consegue fazer as coisas da casa sozinha. Seja bonzinho, Harry. Não se preocupe, ninguém vai falar nada. A gente se dá bem. Vamos gozar os melhores anos das nossas vidas."

Na última vez em que Julia e Harry tinham ficado juntos, nos campos, alguns dias antes, ela havia suplicado novamente que Harry a levasse para Londres com ele. Tinha que ser agora, disse ela; não havia mais nada para ela ali. Liana era cruel e Ruth estava desvairada, com ódio de si mesma e de todo mundo à sua volta. Ruth nunca havia gostado de Julia e queria que ela fosse embora de casa: os olhares "desaprovadores" de Julia estavam deixando Ruth deprimida e afugentando seus namorados. Da mesma forma, o ânimo de Julia estava se deteriorando; ela sonhava que havia gente querendo matá-la; tinha medo de dormir. "Estou muito perto de virar faxineira", disse ela. "Vou trabalhar sempre, o tempo todo, Harry. Jamais serei um fardo para você."

Harry disse que era impossível; ela não conhecia Londres, uma cidade muito grande, rápida e cara demais. Como ela iria sobreviver? Julia, é preciso que se diga, nem deu bola.

"O que está acontecendo? Todo mundo está indo embora?", disse Liana, entrando vestida com seu robe de chambre.

"Está."

"Até você, Julia? Não é possível. E quem é que vai passar a roupa? Quem foi que lhe deu esse direito?"

"Hoje de manhã falei com mamãe, Liana, e avisei que ia pôr o pé na estrada. Mamãe está lá em cima arrumando as camas. Ela vai me cobrir no serviço."

"Não, desculpe, mas não vou permitir", gemeu Liana. "Alice não está aqui, minhas duas filhas me abandonaram! A casa vai parecer uma pedra fria e silenciosa, e eu adoro as vozes, o movimento na cozinha, muita atividade! Mamoon, o que eu vou fazer?"

"Liana, o que você costuma fazer aqui?"

"Eu cuido de você. Sou uma cuidadora."

"Sim, você é uma esposa."

"Mas *você* é um marido?"

"Escute aqui, Liana, se você acordou de mau humor, você pode muito bem voltar para a cama, mas depois que tiver feito o meu café e me servido dois ovos cozidos, muito obrigado."

"Mamoon, você precisa fazer a si mesmo algumas perguntas muito sérias. Passar todo esse tempo sozinho no escritório não tem feito bem à sua sanidade mental. Você anda cantando enquanto dorme."

"Cantando? No meu escritório, eu trabalho, e só para você. Na realidade, quem é que põe essa droga de comida na mesa?"

"Tudo o que você faz, Mamoon, é se masturbar."

"Agora é que você diz isso, depois de todo esse tempo, agora que você sabe muito bem que é isso que eu faço, quem eu sou…"

"Só que eu estou me cansando dessa história, *habibi*, preciso de alguma coisa mais, como mulher. As duas garotas partiram para onde há mais vida! Por favor, vamos pular para dentro do carro do Harry e ir com eles! Vamos fugir!"

No início, aquelas discussões deixavam Harry aflito e ele queria que terminassem logo. Agora elas não passavam de mais um barulho típico da zona rural. Harry deixou-os e foi dar uma volta tranquilizadora pelo pomar, embora tenha achado que mesmo de lá ainda ouvia as vozes deles. O mais importante foi que, na hora em que saía pela porta, Harry se virou por um momento. Enquanto Liana, de pé junto à pia, de braços cruzados, continuava a repreender Mamoon de longe, Harry viu Julia se aproximar dele e lhe dar um beijo respeitoso na bochecha. Por um instante, Mamoon segurou os cotovelos de Julia e seus olhos pareceram ficar úmidos. Foi a única vez que Harry viu os dois se tocarem.

Ele e Julia seguiram de carro pela estradinha e ele achou que nunca mais voltaria àquela casa. No espelho retrovisor, viu Liana acenando, gesticulando e cobrindo o rosto com as mãos; Harry achou que ela ia chorar o dia inteiro. Alguma coisa tinha se modificado dentro de Liana e havia uma nuvem negra em sua aura.

"Como estou?", perguntou Julia.

"Alice cortou muito bem o seu cabelo. E você tem trabalhado duro para cuidar do corpo."

"Me agrada que você admire meus peitos. Não suporto a ideia de não ficarmos coladinhos."

Ele disse: "Vi Ruth nos observando na janela lá de cima. Ela nem acenou para nós. Ela está satisfeita com você?".

"Ela sabe que não posso mais ficar aqui."

"Ela vai conversar comigo sobre Mamoon?"

"Não sei." Julia disse: "Os cadernos, eu já entreguei para você. Aqueles em que o Mamoon fala de nós como uma família para ele".

"Sim…"

"Serviram para alguma coisa?"

Harry disse: "Ponha a música do Little Richard para tocar". "Qual?"

"'I'm in Love Again.' É a minha predileta."

Os dois ficaram balançando a cabeça. Harry olhou para ela: "Talvez a gente possa parar no caminho. Um amasso no acostamento da estrada antes de um almoço ligeiro no Little Chef, que tal?"

"Você sabe como divertir uma garota."

Ele disse: "Os cadernos foram muito úteis, Julia. Abriram meu horizonte. Você me fez um grande favor".

Ela disse: "Ainda não estou feliz".

"Por quê?"

"Você não puxou meu cabelo nem gritou comigo com força suficiente."

"Não sou nenhum molenga, você sabe disso. E amo você demais."

"Obrigada. Eu estava morrendo", disse Julia. "Lá, eu ia acabar morrendo. Agora você nunca mais vai se livrar de mim."

"Não", disse ele. "De certo modo, acho que você tem razão."

Vinte e seis

"Ah-ha!", disse Rob.

Harry estava sentado em seu escritório quase vazio, debruçado sobre a mesa, quando Rob apareceu na porta como um fantasma, depois de conseguir penetrar sorrateiramente na casa nova, sabe-se lá como.

"Gosto do seu aspecto fresco, Harry: o cabelo curto cai bem em você. Deu a você um novo traço de brutalidade e determinação. E também gosto da casa nova. Posso me mudar para cá?"

Harry tinha vendido seu apartamento e pagado as dívidas de Alice; agora o casal alugava a casa de um amigo que estava fora do país. Era ampla, porém mais perto de Acton do que qualquer um desejaria. Cedo ou tarde, ele e Alice teriam de providenciar um lugar mais adequado, porém Harry não conseguia enxergar de que jeito conseguiriam fazer isso. Ele estava bem adiantado no trabalho, mas não tinha terminado o livro. Sua atual condição financeira era confusa e desnorteante. Harry achava que a única coisa que podia fazer era continuar trabalhando.

"É um alívio flagrar você na sua mesa de trabalho", disse

Rob. "Vim direto para cá depois de ter conversado a seu respeito hoje de manhã. Minha pobre colega Lotte, que agora está se recuperando, me contou que há alguns meses, depois de cruzar com você, convidou-o para ir à casa dela. Fiquei impressionado com os pormenores do transporte."

Harry sussurrou, nervoso: "Fale baixo, as mulheres estão em casa se preparando para o nascimento dessas malditas crianças. Que pormenores do transporte são esses?".

"Depois de uma festa, ela teve a gentileza de convidar você para ir à casa dela. Mas Lotte percebeu que você deixou o táxi esperando lá fora, para poder dar no pé rapidinho. Isso a magoou."

"Ela morava em Queen's Park."

"E só por isso você precisava castigá-la tão cruelmente?"

"Eu só percorri toda aquela distância porque ela estava com um vestido amarelo que eu adorei. Ela queria que eu visse os peitos dela e estava com um perfume muito bom. Tenho a capacidade de atribuir poderes sobrenaturais a mulheres que não têm nada de mais."

"Ela está longe de ser uma mulher que não tem nada de mais; é uma das melhores nos quesitos inteligência e beleza e tem as pernas de uma Vênus. Isso pode surpreender você, Harry, mas você a faz rir e pensar como ninguém mais consegue. Só que Mamoon anda telefonando para ela e agora está pegando no meu pé também, insistindo que quer se encontrar com você."

Harry riu. "Quando eu fui embora há três semanas, ele estava abrindo garrafas de champanhe e brindando de alegria."

"Por favor, vá lá e converse com ele esta noite."

"Psicologicamente, estou por um fio. Além do mais, estou no meio de um parágrafo sobre a mãe dele."

"Amanhã de manhã?"

"Ele tem algo específico a me dizer?"

Rob respondeu: "Ele anda atormentado. Tem tido sonhos

horríveis de morte. Disse que tem uns presentes lindos para dar a vocês dois e quer conversar de forma honesta".

"Seria a primeira vez", disse Harry. "Se for importante e se ele tiver alguma informação para mim, posso pegar o carro e ir até lá daqui a alguns dias."

"Ele quer ver os dois, você e ela. Alice, em especial."

"Por quê?"

"Mamoon diz que o campo é um sedativo para o temperamento agitado de Alice, o único lugar onde ela relaxa. Aprenda a dar a uma mulher aquilo de que ela precisa. Olhe só para mim: não tenho ninguém, e à noite tudo é escuro e desolado, e eu fico chorando sozinho."

Harry olhou firme para Rob. "Alice está ocupada, esperando os gêmeos."

Rob disse: "Você não está captando a gravidade da situação, meu velho. Liana também não para de me ligar, a srta. Corações Solitários, para dizer que Mamoon está ficando selvagem".

"Como?"

"Puxou o cabelo dela. Arranhou. Ela berrou na cara dele. Mamoon chegou a chorar de desespero."

"Os dois se merecem."

"Não tenho certeza disso."

"Como assim?"

Rob sentou em cima da mesa sobre os papéis de Harry, segurou as mãos dele, acariciou-as, levou-as aos lábios e beijou. No meio editorial, ninguém jamais tinha feito uma coisa dessa com ele.

"Homem maravilhoso. Mamoon sempre se preocupou com a tarefa quase impossível de usar palavras reais para descrever coisas invisíveis. Você e eu sabemos que a linguagem é o único encantamento que existe. A magia alternativa — feitiços, cristais, lâmpadas para esfregar, tudo isso não passa de doces futilidades.

Agora, Mamoon desenvolveu uma paixonite de velho por Alice. Ao contrário da mulher dele, Alice escuta o que ele diz, e ele a ela. Mamoon nunca tocou em Alice, você sabe disso. Ela é a isca apetitosa."

"Por que eu não levanto você na ponta do meu dedo mindinho e o atiro pela janela?"

"Em vez disso, pense em tudo que ele pode deixar escapar enquanto estiver babando nela. Observe como você deixa as boas oportunidades escaparem."

"Ainda não virei cafetão."

Rob apanhou uma porção de romances recentes, jogou-os na parede e berrou: "Você nem está olhando para mim! Mas acontece que eu estou lhe dizendo uma coisa importante, seu caruncho!".

"É disso que ele me chama, não é?"

Rob disse: "Vim aqui discutir o que você fez com um dos maiores artistas do mundo. E a labareda nua".

"Labareda nua?"

Rob contou a Harry que Mamoon, em casa, alguns dias antes, depois de se dar ao proveitoso trabalho de examinar as próprias fezes — uma coisa que as pessoas idosas apreciam fazer — e desejando desfrutar de uma noite relaxante com uma nova tradução da *Odisseia* e com um DVD, ao qual ainda não tinha assistido, sobre os jogadores de críquete australianos Lillee e Thomson, ouviu sons musicais, entremeados com latidos. Aquilo estava destoando ali. Quis muito poder selar os ouvidos. Gritou pedindo ajuda, mas Ruth já tinha ido para casa e enxugado metade de uma garrafa de vodca tirada da patroa. Agarrando a bengala, Mamoon abriu a porta que dava para sua biblioteca. E foi como abrir a porta do inferno.

Fazia pelo menos uma semana que Liana andava agitada. Enquanto Mamoon trabalhava, ela ficava à toa, largada na cama, e se levantava de noite para ler, mandar e-mails e vagar pela casa. Ela havia começado a cantar e dançar, falava sozinha em italiano, sinal certo de loucura, acreditava Mamoon.

Quando ele abriu a porta da biblioteca, topou com Liana "esvoaçando": dando saltos etéreos, vestida com um robe aberto, os peitos expostos, uma fisionomia de êxtase e felicidade em seu rosto branco e lívido, uma deusa ou uma borboleta. Quando ele perguntou o que estava acontecendo, Liana não conseguiu parar, embora por um instante tenha olhado fixamente para quem a interrompera, sem parecer reconhecê-lo.

Mamoon foi na direção de Liana e percebeu, entre ambos, no chão, um prato com velas. Curvou-se para pegá-lo. O cabelo solto de Liana tombou nas chamas das velas e, de repente, se inflamou. Num instante, ela se tornou uma tocha humana, com um halo de fogo devorador em torno do rosto. Enquanto dançava desvairadamente, as chamas se espalharam pelos papéis sobre a mesa; o vento soprou as chamas para o tapete veneziano predileto de Mamoon, que também pegou fogo. Um cobertor começou a fumegar. Um livro começou a arder.

O velho cambaleou até a mesa, ergueu um vaso enorme e despejou o conteúdo sobre a pobre mulher histérica, e a apagou. Mamoon correu para a cozinha em busca de mais água, que jogou em todo o seu adorado aposento — que aos poucos entrava em combustão — antes que tudo se incendiasse. Ele corria de um lado a outro, exausto, chorando, despejando água, praguejando.

Mamoon, por fim, segurou Liana, envolveu-a em panos frios e molhados, até as convulsões passarem. Ela tinha se queimado em alguns pontos do corpo e teria de cortar o cabelo, mas não estava gravemente ferida. Mamoon a confortou, lhe deu calmantes e a colocou na cama. Sentou-se com ela e ficou rascunhando em seu notebook um texto novo. Por algum tempo, Liana não conseguiu cozinhar nem cuidar da casa. Quando um dos cães *spaniel* pegou um pato e o matou no gramado, Liana recusou-se a se levantar para ajudar na limpeza e Mamoon acabou tendo enjoo de ver as tripas e a sujeira sangrentas espalhadas pela grama. Precisaram chamar Scott.

"Você sabe que o Scott faz o trabalho sujo sem reclamar", disse Rob. Num estado terrível de raiva e depressão, Mamoon fez Scott jogar fora o tapete queimado. "E quer saber de uma coisa? Scott salvou o tapete. Raspou o tapete todo, limpou o melhor que pôde e disse que Julia podia ficar com ele. Ela vai dar o tapete para você e você vai ficar com ele na parede do seu escritório, para se lembrar dos meses que passou mergulhando através das décadas, tendo de se defrontar com espantos e com segredos, até virar adulto."

Mamoon andava tendo uns acessos de tontura. Andava levando tombos. Só Ruth o levantava e cuidava dele, lhe dava comida e chá. Como Harry podia imaginar, o rosto de Ruth, semelhante ao de um cadáver, igual ao da sra. Danvers,* causava horror a Mamoon. "Você não gostaria de ver aquela mulher vindo na sua direção com uma tesoura na mão ou cortando as unhas dos *seus* pés, gostaria?"

"Mamoon detesta telefone, mas começou a me ligar. Está com medo de que Liana tenha enlouquecido, que seu destino seja ficar para sempre aprisionado no campo com uma maluca. A coisa virou uma competição de pulsões de morte: qual dos dois se manterá mentalmente são e despachará o outro primeiro para a loucura? Os dois se provocam e se xingam o tempo todo. Portanto: bom dia, Harry. É aí que você entra." Harry perguntou se era culpa dele. Era. "Sim, Liana anda resmungando sobre a sua influência. Na verdade, ela não abre o jogo. Porém Mamoon está convencido de que você lançou um feitiço sobre ela."

---

* A aterrorizante governanta do filme *Rebecca* (1940), de Alfred Hitchcock. (N. T.)

"E como eu teria feito isso?"

"Eu sei exatamente como. Aquele bagulho que você deu para ela. Aqueles fragmentos de utopia: os cogumelos mágicos e as outras coisas. Não vai negar, vai?"

Harry levou a mão ao rosto. "Ah, meu Deus, Rob."

"A mulher teve o cérebro bombeado para fora do crânio. Qual era a brincadeira de vocês?" Rob balançou a cabeça com ar sério e prosseguiu: "O velho obteve mais uma coisa bastante pesada contra você". Rob se inclinou para a frente e sussurrou bem no ouvido de Harry. "Alice e Julia podem nos ouvir?"

"Como posso saber? Elas estão separando algumas roupas. Ainda tem mais? É pior?"

"É ela: a Julia. Ela é o problema, aqui, e tem essa coisa das convenções... por mais que as convenções sejam ridículas, mesmo assim elas existem." Harry fez que sim com a cabeça bem devagar. "Vejo que você está abatido. É admirável, de certo ponto de vista, que você tenha tido o sangue-frio de transar com uma empregada de Mamoon bem debaixo do nariz dele. Perigoso, mas Mamoon jamais deduraria você."

"Por que não?"

"Ele tem carinho por você. Mas nunca o pressione. Você não quer ver ninguém espalhando aos quatro ventos, no mundo literário, que você se comportou como um animal enquanto estava hospedado na casa dele."

"Rob, eu juro, eu me movia quase rastejando, sorrateiro como um fantasma."

"Ah, ah, mas quando não estava deprimido, você importunava o velho, perseguia garotas e provocava a mulher de Mamoon. Chegou a ponto de fazê-la se voltar contra o marido. Você trepava com a empregada dele enquanto consumia vastas quantidades da bebida dele, comia a comida da mulher dele, roubava os cadernos de Mamoon, dava tapas na cabeça do velho e o acusava de ser sadomasoquista. O que há de um fantasma em tudo isso? Você vai acabar desacreditado, nunca mais vai conseguir trabalho em lugar nenhum. Você precisa dar a ele alguma coisa, entende?"

Houve um silêncio. Rob pareceu acreditar que a compreensão, afinal, estava chegando à mente de Harry, como o lento, mas inevitável, efeito de um tranquilizante; e, enquanto aquilo envolvia Harry e nublava seu cérebro, Rob afagou o braço de seu autor.

"Bom menino", disse. "Pense, pense. Pense bastante. Você é o meu menino bonzinho."

Alice entrou, com o telefone na mão. Aproximou-se de Rob e o beijou. "Liana não para de me mandar mensagens pelo celular. Mamoon chegou até a ligar e disse que está fazendo preparativos."

"Para quê?", perguntou Harry.

"Para a nossa chegada. Seria adorável ir lá de manhã. Sinto falta daquele lugar, das paisagens e da água. Nem precisamos passar a noite lá, se você não quiser."

"Querida, tem certeza mesmo de que quer ir?"

"Você disse que ainda havia uma pessoa que você não tinha entrevistado para o livro. E você sabe que as minhas conversas com Mamoon me dão força."

Harry olhou para Rob e suspirou. "Tudo bem", disse. "Vamos lá."

"Você não vai se arrepender", disse Rob. "Você ainda não está liberado."

"Não", disse Harry. "Parece que não."

Vinte e sete

Eles chegaram de manhã, depois de deixarem Julia na casa da mãe, no caminho.

Harry não estava seguro de que Liana queria de fato que eles fossem lá. Mas, quando entraram, viram que Liana tinha se dado ao trabalho de preparar um bom almoço de pasta com frutos do mar e salada de abacate e mozarela. Como sempre, a mesa parecia convidativa. Liana foi correndo dar um abraço nos dois.

A conversa correu alegre e divertida; Mamoon estava espirituoso, mas só falava sobre o que tinha visto na televisão. Depois, enquanto Mamoon e Alice continuaram sentados em seus lugares, discutindo sobre seus cinco tipos prediletos de pudim, os melhores de todos os tempos, além dos lugares e das circunstâncias em que haviam consumido cada pudim, Mamoon disse que tinha deixado um "presente especial" para Harry no andar de cima. "Vá lá, você vai ficar contente. É para você", disse Mamoon.

Harry subiu para continuar seu trabalho e encontrou seu presente em cima da cama, dentro de uma pasta: o manuscrito de quatro páginas de um conto muito antigo de Mamoon. Pouco depois disso, tendo tirado sua peruca, Liana apareceu na porta com um chapéu de lã nepalês para cobrir a cabeça chamuscada e perguntou se podia ficar um pouco com ele. De modo surpreendente, ela não ficou tagarelando nem contando vantagem, mas pôs a língua para fora.

"Olhe só essa cor roxa! Viu os círculos do inferno embaixo dos meus olhos? Você soube que eu peguei fogo, não soube?"

Liana andava sob tormento astral, perambulava a noite inteira, como os mortos-vivos infelizes, com a pele repuxando e os ossos doloridos. Ela vinha tentando se masturbar demais, quatro vezes por dia em algumas ocasiões. Tinha até gastado um pouco a ponta do dedo, naquelas dobras macias, e achava que podia se esfregar até gozar. Mas não adiantava. "O mundo não para de rodar dentro da minha cabeça. O que posso fazer para parar o mundo? O próprio Mamoon insistiu para você voltar. Foi a única coisa com a qual nós dois concordamos nos últimos tempos."

"Por que ele quis que viéssemos para cá?"

"Para pôr fim no nosso isolamento." Liana pôs a cabeça no ombro de Harry. "Não quer andar comigo? Apesar de todos os seus artifícios e de sua determinação, sempre acreditei que você tem um bom coração e ama as mulheres. Você me escutou sem cobrar nada."

Liana ansiava para lhe mostrar como o jardim murado tinha crescido e estava louca para que ele visse a carpa e o peixinho dourado no pequeno lago. Fez questão de levar Harry para trás dos celeiros, passando pela piscina, que eles tinham finalmente aberto de forma adequada. Era início do outono, mas o tempo andava quente para aquela época e o dia estava esplendoroso.

"Tomara que a gente encontre o Mamoon lá", disse Liana. "Sabe, apesar de ele ter me magoado mais do que qualquer pessoa, ainda adoro topar com ele no caminho."

"Achei que Mamoon raramente viesse para este lado do jardim."

"Nem sei como lhe contar a maneira estranha com que ele tem se comportado."

Mamoon passara a mostrar muito interesse pela piscina. De forma nada característica, tinha perdido um dia de trabalho para supervisionar e examinar sua limpeza, feita por Ruth e Scott, para ter certeza de que ela estava aquecida numa temperatura que ele aprovava, algo que Mamoon normalmente não se daria ao trabalho de ele mesmo verificar. E, mais estranho ainda, Scott recebera ordens de levar Mamoon de carro à cidade para comprar comida e vinho, além de móveis de jardim, espreguiçadeiras e toalhas, e Mamoon fez questão de que Scott levasse tudo imediatamente para casa. Liana se animou com aquilo, perguntando-se se Mamoon começava, afinal, a esquecer o fardo de seu trabalho.

Enquanto caminhavam, Harry e Liana viram Scott, de peito nu, com uma pequena rede de pesca, tirando folhas da piscina. Mais adiante, estava a figura cada vez mais volumosa de Alice, de óculos escuros, sutiã branco e calcinha — admiravelmente despreocupada — se abaixando dentro da água.

Mamoon estava sentado ali perto, batendo palmas, incentivando Alice a entrar na água. "A temperatura está boa?", perguntou ele. "Claro que está! Afunde. Bom. Mais fundo. Isso mesmo…"

Levantou-se para ver Alice nadar de lá para cá com braçadas vagarosas e elegantes.

"Ora, ora", Harry disse para Liana. "Graças a Deus que Mamoon finalmente está usando a piscina." Liana perguntou sobre que assunto ele achava que Alice e Mamoon tinham conversado. "Muitos artistas tiveram uma musa", disse Harry, "e, com Alice, ele encontrou a sensualidade, a inspiração e uma foto de mulher pelada para colar na parede. Mamoon escuta os sonhos de Alice e fala sobre eles, associando-os à história dela. E Alice, por sua vez, lhe diz que tipo de calça fica melhor nele."

"Você falou que ele escuta os sonhos dela?"

"E ele não escuta os seus? No seu tempo livre, Mamoon se tornou agora uma espécie oniromante. Aprendeu que um sonho pode construir ou destruir um dia."

"Ele me enxota."

Harry apontou para os dois. "Pois não está enxotando a *Alice*. Parece que Mamoon está pronto para disputar as Olimpíadas, pela maneira como corre para pegar a toalha, parece um velho frenético correndo para não perder o último ônibus. 'Ofegante para sempre', como diz Keats." E prosseguiu: "Mas na verdade eu não acredito que ele vá seduzir Alice. Ele é nervoso demais. Mamoon só quer examiná-la bem de perto".

"Mas por quê? Por quê?"

Quando Alice emergiu da água, parecia nua. Mamoon ficou absolutamente imóvel, com uma toalha em cima do braço.

Harry comentou: "Mamoon uma vez me disse, sabiamente, eu acredito — e é um conselho que levei muito a sério —, que um homem seria um tolo se achasse que deve fazer amor com toda mulher que o atrai".

Harry se aproximou de Alice, que tiritava estendida numa espreguiçadeira, envolveu-a numa toalha e beijou-a na lateral da cabeça. Pegou sua mão e sentou-se a seu lado. Deu palmadinhas na barriga dela e falou, se dirigindo aos filhos lá dentro: "Oi, crianças, como vão? Estava muito frio dentro da água? Quando é que vocês vêm nos ver? Queremos vocês conosco!".

Liana sentou-se junto de Mamoon e segurou a mão dele. "Que trabalho maravilhoso você fez. A piscina deve estar fria, mas parece tentadora, meu querido. Vou nadar. Não quer vir comigo? Seria ótimo se entrássemos juntos na água, um ao lado do outro, e eu pudesse ver como você é forte. Está me ouvindo, Mamoon? Você está bem?" Ele balançou a cabeça de modo vago. "Nesse caso, você vai me ver nadar e tomar conta para que eu não me afogue, não é, meu amor?"

Enquanto Liana trocava de roupa numa cabine vizinha, Harry disse a Mamoon: "Estou chocado por não ver o senhor no escritório a essa hora do dia. Já acabou o que estava fazendo?".

Mamoon virou para o lado. "Eu nunca estarei acabado."

Alice tinha fechado os olhos e estava adormecendo. Harry disse: "Adoro olhar para Alice agora que ela está grávida. Nunca esteve tão sedutora — sua pele, seus olhos, seu cabelo simplesmente reluzem". Mamoon assentiu com a cabeça com ar tristonho. "Certa vez o senhor disse, e em circunstâncias pertinentes: 'Antes um livro do que um filho', não foi?"

"Você inventou isso."

"Acho que me lembro de ter lido isso nos diários de Peggy", disse Harry.

"Por que você pensou numa coisa dessas?", Alice perguntou a Mamoon, abrindo os olhos. "Nunca quis ter um filho, mestre?"

"Não acredite em nenhuma palavra que ler", disse Mamoon.

"Meu sangue desceu todo para os pés", disse Alice. "Estou meio tonta. Achei que eu tivesse mais fôlego. As crianças já estão me roubando a vida."

Harry afagou o cabelo de Alice. "Livros são armadilhas: antes um filho do que mil bibliotecas. Histórias não passam de substitutos."

"De quê?", perguntou Mamoon.

Harry beijou Alice. "Do que importa de fato. A mulher." Ergueu os olhos. "Ah, lá vem a Liana. Não está linda com seu traje de banho?" Levantou-se, ajudou Alice a se pôr de pé e levou-a embora, com o braço em volta dela. "Venha, vamos entrar e deitar juntos, antes que você fique azul. Acho que daqui a pouco vai chover. E Mamoon quer ficar com Liana."

"Mamoon", chamou Liana. "Pegue meu braço, querido, e me ajude a afogar... desculpe, quero dizer, me ajude a afundar na água. Onde está você, meu marido querido?"

"Vemos vocês depois. Vamos deixar vocês sozinhos", gritou Harry.

Vinte e oito

Harry estava parado no jardim, debaixo da chuva, segurando uma caixa. Tinha a sensação de que alguém o observava, mas e daí?

Ruth tinha vindo fazer uma faxina na casa depois do almoço e trouxe Julia para ajudar Harry a esvaziar seu quarto. Enquanto Julia tentava selecionar e organizar os papéis e os livros que Harry tinha deixado na última vez em que estivera na casa, Harry levava suas coisas para o carro. Demorou-se um pouco mais ali no jardim, pois algo o levou a verificar algumas citações e a dar uma última olhada.

Mamoon rejeitara e evitara Peggy muitas vezes, sobretudo na época do aborto, não muito tempo depois de terem se mudado para a casa. Pelo visto, foi nessa ocasião que ele disse: "Antes um livro do que um filho". Para Harry, a versão de Peggy sobre os primeiros anos de Mamoon era confiável e abalizada, e eram insuportáveis as informações que ela dava no final, quando suplicava a Mamoon — "Quem dera meu querido marido mostrasse alguma piedade por mim e me trouxesse algumas páginas para eu corrigir, ele sabe que para mim isso é a coisa mais importante que existe, nosso único vínculo agora" — e ele se sentava ao lado dela na cama e punha a cabeça de Peggy em suas mãos, num silêncio terrível. O fantasma é sempre aquele que não deixamos entrar. Enquanto Harry folheava os diários e imaginava ouvir a voz de Peggy gritando para ele, pedindo socorro, garantiu a ela que iria contar a versão dela da história — não importava qual fosse — da melhor maneira possível, ao lado da versão de Mamoon.

"Harry!" Mamoon estava na porta da cozinha, quando Harry voltou para a casa. Mamoon tirou os fones de ouvido que agora se habituara a usar e através dos quais ouvia as músicas que Alice lhe enviava. "O que você estava fazendo lá? Dando uma olhada na Peggy outra vez? Deixe pra lá", disse. "Tudo isso vai para a universidade ainda nesta semana. Eu devia ter jogado tudo na lareira. Ted Hughes, que eu conheci e a quem eu adorava, é que tinha a visão correta sobre os diários de Sylvia — enfie tudo no forno, junto com a cabeça da mulher. Senão aquelas pesquisadoras universitárias nunca mais vão parar de fazer carreira e conseguir bons rendimentos à custa dos diários, e de quebra vão transformar o homem num ogro. Elas veem a questão do jeito que lhes agrada, sem imaginação. Elas odeiam a sexualidade masculina comum."

"Se estamos conversando com honestidade, como o senhor queria", disse Harry, "não diria que há nisso certa dose de arrependimento?"

"Longe de ser impiedoso, eu fui, isso sim, leal demais e dedicado demais. O que você faz com o desejo morto? Eu não tinha nenhum desejo por Peggy e o desejo dela era sofrer. O mais sensato teria sido dar logo no pé, e sebo nas canelas."

"Essa é a regra que o senhor recomenda, então? Quando não se deseja mais a pessoa, deixá-la? Estou pensando em *Don Giovanni*. A vida emocional, nesse caso, seria uma porta giratória."

"Essa é mais uma das suas caricaturas. Você não percebe a verdade ou a dificuldade da coisa."

"Mas e quanto à culpa?"

"A culpa existe, seu tolo desgraçado, e precisa ser superada ou enfrentada. Mas que utilidade pode ter para alguém, neste mundo, viver com o cadáver de um amor morto? É uma tarefa difícil trair os outros para não trair a si mesmo. Talvez a gente pudesse tentar convencer a pessoa de que ela ainda é desejável. E enquanto isso o sujeito se transforma no míope Swann do Proust, o Swann que se rebaixa, abrindo a correspondência de Odette, espionando a casa dela e passando todas as noites na casa horrorosa dos Verdurin. O ciúme sobrevive ao desejo e Swann usa aquela medonha mulher vazia para encher de excremento a própria boca."

Harry disse: "Posso lhe perguntar o que deixou o senhor tão ácido? Há uma energia em seus olhos".

"Você me vê. Sim, estou começando a escrever bem. Quero fazer algo sobre o envelhecimento. Escrever é um prazer sem complicações e a única coisa em que sou bom."

Mamoon tinha sido infeliz boa parte do tempo; na verdade, poucas vezes havia experimentando algum contentamento ou estado inteiramente alegre. Como o mundo era o que era, só um tolo passaria o dia todo assobiando. Ele não achava que o mundo tinha importância, exceto quando ele o tornava penoso "para os outros". O que Mamoon queria era ter sido criativo e não ter causado mais danos além do necessário, embora muitas vezes algum dano *fosse* necessário, como a guerra e o assassinato.

Harry tocou no braço dele. "O senhor é um homem de sorte. No fim da vida, encontrou alguém que admira e ama o senhor e que mal vê a hora de poder encontrá-lo de novo a cada manhã."

"É mesmo? Quem?"

Harry pigarreou. "Liana."

Mamoon passou a falar de renovação. Sempre havia escrito de maneira intuitiva — uma coisa se desdobrava em outra — e esse era o motivo por que ele achava difícil explicar sua arte. Agora queria ser mais consciente do que fazia, de como planejava seu material. Aquela nova abordagem o estimulava, o que, assim ele acreditava, garantiria emoção para o leitor. O livro curto que Mamoon começara a escrever era, mesmo na sua idade, uma nova direção. Tinha feito muitas entrevistas, mas aquilo era diferente: conversas entre gerações, uma pessoa mais velha e outra mais jovem. Ele ainda não tinha definido bem a linha; faltava um componente essencial de intimidade.

Não que ele tivesse alguma ideia de que aquilo poderia interessar ao público. O mercado havia mudado; hoje em dia havia mais escritores do que leitores. Todo mundo falava ao mesmo tempo e ninguém escutava, como num manicômio. Os únicos livros que as pessoas liam eram livros de dieta, de culinária ou de exercícios físicos. As pessoas não queriam melhorar o mundo, só queriam corpos melhores. "Mas vou dar o meu recado e, como ele ainda não está pronto, será publicado depois do seu livro sobre mim. Quero sobreviver a você pelo menos nesse sentido." Então Harry olhou para seu relógio de pulso. "Mas você está inquieto. Por acaso estou atrasando sua próxima dose de ecstasy?"

"Eu não queria pegar o congestionamento."

"Vocês vão para Londres?"

"Acho que vamos embora de tardinha."

"Por que ninguém me avisa de nada?"

Mamoon concluiu a conversa rapidamente, despedindo-se de Harry com um aceno de mão. Gritou chamando Julia e disse a ela que levasse um chá a seu escritório imediatamente e fosse buscar Alice no jardim. Disse que eles teriam "discussões". Julia explicou a Alice o que Mamoon tinha pedido e depois foi visitar Lucy.

Em pouco tempo, a casa ficou em silêncio. Harry viu que estava "na hora" e, no entanto, ele não tinha terminado. Procurou Ruth e chamou seu nome. Harry encontrou-a, enfim, no corredor de cima, carregando toalhas. "Você podia falar comigo, por favor?", disse ele. Ruth baixou as toalhas. Ela sentiu medo, como se naquele momento seus pecados fossem ser postos a nu. "A respeito de tudo", prosseguiu Harry. "Posso levar você para algum lugar aqui perto?"

Ruth ficou pálida e uniu as mãos trêmulas em posição de prece. Mas fez que sim com a cabeça e saiu depressa da casa, à frente de Harry, como se tivesse medo de ser pega em flagrante. Ele a levou de carro a uma casa de chá próxima dali.

Harry preparou o gravador e o caderno, pediu que Ruth falasse sobre Mamoon e, como ela não dizia nada, entregou-lhe uma nota de cinquenta libras.

"Ninguém nunca me perguntou nada antes", disse ela. "Eu já estava pensando: será que esse tal de Harry é mesmo um sujeito inteligente, se ele não procura a pessoa mais óbvia, aquela que viu tudo?"

"Desde o primeiro dia, por favor", disse ele. "Como vocês se conheceram?"

A conversa prosseguiu até Ruth emergir sem segredo nenhum. Ela havia cuidado de Peggy; tinha cuidado de Mamoon, em seu desespero. Ele havia dormido com ela duas vezes, depois que ela foi para a cama dele e Mamoon não a expulsou. "Ele não podia me amar", disse Ruth, "mas eu estava celibatária, em termos de prazer e de sentimento. Mas você não tem a menor ideia do que é o fracasso ou do que é não ter nada."

Tempos depois, a nova noiva, Liana, apareceu no jardim. Ruth sabia que, se quisesse manter o emprego, precisava ficar de boca fechada e desfazer as malas de Liana. Ruth sabia que, agora, as mulheres tinham carreiras e "toda essa história", mas ela mesma jamais conseguira subir na vida. Estava no mesmo lugar onde sempre estivera, se não em uma posição ainda pior, e sem dúvida também estava mais velha; os negros tinham mais oportunidades, os somalianos conseguiam moradias melhores: estavam sentando em almofadas douradas, comiam caviar com colher de platina. Para ela e sua classe, nada havia melhorado e Ruth gostava de tomar uns goles, só isso.

Enquanto Harry guardava suas anotações, Ruth perguntou: "Eu vou mesmo aparecer no livro?".

"Claro."

Ela bateu palmas. "E você vai escrever que ele me amou todo aquele tempo?"

"Vocês dois não chegaram a ser amantes, Ruth. Ele foi embora para a Europa."

"Exatamente, porque eu ficava dizendo para ele que Peggy até podia ser a melhor pessoa do mundo para se conversar, mas ela, durante anos, tinha sido uma vampira, bebia o sangue da vida de Mamoon e lhe dava motivos de queixas e de culpa. E em certas manhãs, depois da morte dela, Mamoon ficava tão sombrio que eu tinha medo que ele saísse para se enforcar no celeiro. Eu achava que ia topar com ele morto. Então ele foi embora. E depois Liana foi se infiltrando e o obrigou a se afastar de nós para sempre." Ruth se inclinou para Harry e sibilou em seu ouvido: "Ele se arrepende disso. Para mim, no início, foi a melhor época. Aquelas recordações são meu ponto alto. Ele sabe que poderia ter sido feliz só conosco, a família que o adorava. Sei que ele ainda nos ama e nos quer. Talvez Liana devesse sofrer um acidente". Ruth segurou as mãos de Harry do outro lado da mesa: "Vai ter fotos? Se eu achar alguma, de Mamoon e de todos nós juntos no jardim, tão felizes, você promete que vai pôr no livro? Será que Liana vai tentar impedir?".

"Vamos ver", disse Harry.

Alice mandou uma mensagem pelo celular, sugerindo que ela e Harry ficassem mais uma noite lá, pois ela não queria dirigir debaixo da tempestade que estava prevista. Harry não tinha muita vontade de ficar, mas também não achava que seria um problema, pois poderia começar a redigir as informações dadas por Ruth. Levou Ruth para casa; ela estava chorando e Harry ajudou-a a entrar e a ser recebida por Scott. "Você me deixou vazia", Ruth se lamentou. "Perdi minhas batalhas com a vida, não foi? Quem vai cuidar de mim na velhice?"

Quando Harry saiu do carro, no jardim, ficou parado um instante. Ouviu uma voz exaltada: Liana. A réplica de Mamoon veio a seguir, e havia fúria no tom áspero dele. Harry teve certeza de que vários objetos estavam sendo espatifados. Correu para o outro lado e viu a porta de Mamoon aberta, o que era bastante incomum; Alice parecia ter recuado para fora e para a chuva, com a mão na boca.

Lá dentro, Liana estava de pé junto à mesa de trabalho de Mamoon. Já havia derrubado taças de vinho sujas, copos cheios de canetas, CDs e jornais de cima da mesa, ao mesmo tempo que acusava Mamoon, com toda a energia, de ser um sacana e um filho da puta.

Mamoon disse: "Você está me matando com a sua destrutividade!".

"Você parece estar forte o suficiente para divertir uma garota aqui dentro!"

"Divertir? Estamos falando de questões importantes sobre a minha obra e sobre a vida dela."

Liana pegou a bengala com castão em forma de cabeça de coelho e se aproximou do marido. "Por que é que eu não pego sua bengala e martelo umas palavras bem bonitas nessa sua testa? Eu ouvi vocês dois rindo juntos, lá da cozinha, enquanto eu fazia a sua sopa predileta de cenoura branca picante! Você desaparece o dia inteiro para ser artista e me deixa sozinha! Você me proíbe de entrar no seu escritório. E aí deixa ela entrar."

"Ela é como uma filha para mim... para nós dois! Você sabe muito bem disso."

"Seu homem sórdido, o que é que há de errado comigo? Por que não posso ser sua filha? E você ainda por cima me condena por ter falado com Harry!"

"Condeno?"

"Você me acusa de me insinuar como uma vendedora de peixes e de inflar meus peitos pneumaticamente! Depois, de propósito e de forma cruel, me nega a coisa que eu mais quero neste mundo!"

"O quê, Liana? Por favor, você sabe que faço qualquer coisa por você!"

"Uma casa em Chelsea! Você é pão-duro demais para gastar esse dinheiro."

"Não faça minha pressão subir, senão vou estapear sua cara gorda, sua piranha ignorante, e despachar sua aura direto para a sarjeta."

"Você não é homem para isso."

"Saia daqui!"

"O que foi que você disse?"

"Não, não, Liana, desculpe, você sabe que, apesar de eu achar você irritante, amo você", disse Mamoon, erguendo os braços e esticando-os por cima da mesa na direção de Liana.

"Se me ama mesmo", disse ela, enquanto se afastava dele, "vai concordar com o seguinte. Há algumas semanas eu estava dançando com Alice ao som de Abba no celeiro. Julia era a DJ. Estávamos numa espécie de transe. Tive um lampejo de inspiração. Vou escrever um livro de autoajuda."

Mamoon se mostrou perplexo, mas, nas circunstâncias, só podia continuar ouvindo.

Liana disse: "Vai ser sobre mim, a minha história".

"E o que é exatamente a sua história?"

"Você não sabe?" Como Mamoon balançou a cabeça de um lado para o outro, Liana se debruçou sobre a mesa, na direção dele. "Uma mulher atraente e de sangue quente captura o coração de uma usina de energia artística, faz renascer sua carreira, enquanto lida com o ego intratável dele e o ajuda a se tornar um monumento, ao mesmo tempo que administra uma propriedade rural."

Ele disse: "A história que você me descreveu é um milagre e sua heroína, muito claramente, é uma parasita. Onde está a autoajuda nessa história?".

"Vai conter bons conselhos sobre como seduzir um homem e levá-lo a se casar com você."

"É verdade. Mais que tudo, você me usou para obter dinheiro."

"Quem dera eu tivesse feito isso", disse Liana. "Foi o que as pessoas me recomendaram." Liana virou-se para Harry. "Você não me disse que o livro era uma ótima estreia, Harry, quando eu lhe mostrei o texto algumas semanas atrás?"

"Bem, eu disse, mas só consegui dar uma olhada muito rápida, Liana", começou Harry.

Mamoon disse: "Então é mesmo verdade que sua mancha fétida se alastra por uma extensão tão vasta assim?".

Liana disse: "Você me deprime, Mamoon. Afinal, o que você quer de verdade?". Ela olhava para a mesa de Mamoon, assim como Harry, que notou uma revista aberta, com as páginas seguras pelo peso de duas pedras colhidas na praia. Ao lado, estavam algumas páginas brancas com os garranchos de Mamoon. "Me dê este diário para eu ler", disse Liana. "Vamos ler isso juntos. Não temos segredos entre nós, não é?"

Ele grunhiu uma risada. Mas não durou muito. Liana pegou uma xícara cheia de chá, que Julia tinha servido o dia inteiro para Mamoon, sem parar, e derramou um pouquinho em cima da revista e o resto em cima das folhas escritas. Eles viram as palavras do escritor subitamente desaparecerem numa poça sobre a mesa e escorrerem em gotas para o chão.

Liana encostou o quadril na mesa e tentou empurrá-la para o lado. "Não sou sua fã e não quero ser apenas uma esposa parasita que fica fazendo compras! Vou me instalar aqui, vou ficar do seu lado. Você pode me orientar sobre a escolha das palavras mais bonitas."

Mamoon disse: "É ridículo nós dois lado a lado, como crianças na escola. Nunca mais vou entrar aqui".

"Onde quer que você esteja, eu estarei do seu lado."

"Então vou me matar."

Ela deu uma risada frenética. "Você não tem coragem."

"Para me livrar de você, eu tenho, sim."

Liana pegou uma pedra que ele usava como peso de papel. "Por que é que eu não taco isto aqui no meio da sua cara?"

E ela chegou mesmo a jogar a pedra, e com alguma força; Mamoon ergueu a mão e desviou a pedra. Se ele não tivesse rido, Liana não teria dado um passo à frente e acertado um tapa na cara dele. Um dos anéis de Liana deve ter atingido Mamoon, pois de repente surgiu um risco de sangue em seu rosto e seu grito ressoou quando se deu conta de que tinha sido golpeado.

Liana fez isso e foi embora, saiu do celeiro correndo na direção da casa. Mamoon foi mancando atrás dela, com o lenço no rosto, e com Alice e Harry atrás dele.

Dentro de casa, Liana voou escada acima, aos gritos: "Me deixem em paz, seus impostores! Se alguém vier atrás de mim, eu me mato!".

Vinte e nove

Na cozinha, Alice levou Mamoon até a pia. Ela estancou o sangue da bochecha dele, lavou a ferida e pôs um curativo adesivo. Harry levou a chaleira ao fogo e fez um chá. Tentou trocar olhares com Alice, para sugerir que aquele era um bom momento para irem embora, mas entendeu que não conseguiriam partir antes que aquela desavença estivesse solucionada.

Mamoon estava abalado, mas não arrasado; já tinha visto aquilo antes. Mais tarde, ia abrir uma garrafa de champanhe para Liana. Tudo ia ficar bem. Depois de olhar de relance para o caderno que Harry sempre trazia consigo, Mamoon disse: "Espero que não esteja anotando essas coisas num inglês ruim, para nos fazer parecer um bando de loucos".

"Mestre, eu não vou permitir que ele faça isso", respondeu Alice.

Mamoon disse: "Lamento que Liana, por algum motivo, culpe você por tudo isso".

"Ela me culpa?", perguntou Alice. "Será que é mesmo culpa minha? Harry, por favor, diga se é."

Liana desceu, trazendo uma mala. "Estou usando meu colar de crânios — um adereço que eu detesto. Mas vou bater a porta, e adeus! Alice, por favor, segure os cachorros."

Mamoon correu atrás dela e segurou seu braço. "Liana, eu suplico, isso já foi longe demais."

"Pois é, quem vai trocar as pilhas da sua escova de dentes elétrica? Quem vai esfregar creme nos seus pés machucados e lhe dar seus comprimidos? Você vai morrer aqui sozinho, Mamoon. Você acha mesmo que esses jovens exploradores estão ligando para você?" Liana arrastou a mala na direção da porta. "Irei para aqueles que me amam e me apreciam."

"Como quem?"

"Pode ficar com a Alice, seu velho bobo, mas você é burro demais para ver que ela usou você."

"Que absurdo!"

"Harry mandou Alice persuadir você a confessar que fez com Marion coisas que nunca fez — o Rob me contou."

"Você não fez isso, Alice, fez?", perguntou Mamoon com ar perplexo.

"De certo modo, fiz", respondeu ela.

"Querida menina, não consigo imaginar você agindo assim", disse Mamoon. "Harry deve estar por trás disso. Não se preocupe. Vou demiti-lo."

Harry disse: "Por que você não senta um pouco, Liana, pra gente conversar melhor sobre essa questão?".

"Isso", disse Mamoon. "Por favor, Marion, quero dizer, Liana, você está se exaltando demais!"

Mamoon tentou tirar a mala das mãos dela, mas Liana empurrou o marido para trás. Ele tombou de encontro à mesa, se virou, se torceu e desabou.

"Ah, meu Deus, Mamoon!", disse Alice, correndo em sua direção. "Suas costas já eram!"

"Está vendo, está vendo?", berrou Liana. "Agora, me dê a chave do carro!"

"Jamais."

"Irei andando pelo campo até a estação de trem", disse Liana, e desapareceu pela porta, na chuva. "Até nunca mais!"

"Não deixe ela ir embora", disse Mamoon para Harry.

"O que eu posso fazer?"

"Já está escuro. Já pensou se ela cair no lago e se afogar? Traga-a de volta!"

"*Eu* faço isso", exclamou Alice, saindo da casa.

Harry foi atrás dela, enquanto Alice seguia a trilha que levava à estrada. A chuva caía pesada e o vento soprava e zunia com força, mesmo assim Harry ainda ouvia os gritos de Alice chamando Liana. Ele não demorou muito tempo para encontrar Alice. Era sua prioridade. Harry teve de levar Alice de volta para a casa à força, enquanto pedia com insistência que ficasse quieta. No entanto, não conseguiu ouvir nenhum som de Liana.

Alice estava ensopada até os ossos e, quando Harry a levou para dentro da casa, foi buscar uma toalha e roupas aquecidas. Depois foi até Mamoon com um cobertor. "Por favor, só fique aí deitado no sofá e espere. Liana vai voltar em pouco tempo."

Mamoon disse: "Se você der carona para Liana quando for para Londres, eu mato você sem a menor piedade".

Harry instalou Mamoon confortavelmente no sofá e disse: "Senhor, eu lhe garanto que ela não vai querer viajar conosco".

"Ela não para de falar em você o tempo todo", Alice disse para Mamoon. "Se ela não o amasse tanto, não ficaria tão exaltada. Está tentando assustar você."

"Já estou assustado e também sentindo calafrios e palpitações." Alice achou os analgésicos de Mamoon e lhe trouxe água. "Desta vez, eu realmente vou passar desta para melhor", disse ele. Tinha começado a soluçar. "Não suporto mais. Vocês não vão me deixar aqui assim desse jeito, vão? Onde está Ruth? O que eu vou comer? Quem vai cuidar dos animais?"

Harry já havia telefonado para Julia, que disse que ela e sua família iriam cuidar de tudo. O que quer que acontecesse, ela não queria que Alice e Harry ficassem lá; dois habitantes da cidade históricos e confusos, que tinham medo do escuro, não conseguiriam ajudar ninguém. Ela conhecia o terreno "intimamente".

Não foi a noite mais fácil do mundo na cozinha de Mamoon, enquanto Alice, Harry e Mamoon comiam, faziam chá e se angustiavam, preocupados com Liana. Julia, Ruth e Scott haviam saído em busca de Liana com lanternas, gritos e cobertores. Não acreditavam que ela tivesse conseguido ir muito longe; na certa, estava andando em círculos. Mamoon recusou-se a permitir que Harry e Alice o deixassem sozinho e ficou deitado no sofá contemplando o vazio, ou então fechava os olhos, parecendo cochilar.

Enquanto esperavam notícias, Harry reiterou como Julia era confiável e competente. Se havia alguém capaz de encontrar Liana, essa pessoa era mesmo Julia. Alice acrescentou que havia sido muito útil ter Julia com eles em Londres. Alice desejava tornar aquela situação permanente e Julia havia concordado. Julia ia cuidar deles e dos bebês pelo menos no próximo ano e meio.

Harry se surpreendeu; sua opinião era de que seria melhor Julia voltar para Liana, Mamoon e o resto de "sua comunidade". Mas Alice se mostrou firme: tinha ouvido histórias catastróficas sobre babás. Não conseguia ver nenhum motivo para Julia não ser a pessoa adequada. Tinha boa vontade, era boa com crianças, e eles a conheciam, e conheciam sua família.

Harry não conseguiu vencer; viu-se condenado a viver com as duas. Mamoon podia estar ali deitado, contemplando a eternidade, mas não estava tão alheio que não tivesse encontrado tempo para um minúsculo sorrisinho forçado.

Mais uma hora se passou até Liana ser localizada. Sua fúria a havia levado bastante longe, mas afinal acabara desabando dentro de uma vala e Scott e Julia a encontraram gemendo e lamuriando-se. Foi levada ao hospital e examinada por um médico que concluiu que, como ela estava esgotada e havia sofrido algumas lesões menores, deveria permanecer no hospital naquela noite. Harry levou Alice e Mamoon para visitá-la. Liana dormiu bem e, na tarde seguinte, ele a levou para casa, onde Alice a colocou na cama. Mamoon se mostrou solícito, bondoso e tranquilo.

No dia seguinte, quando Alice e Harry afinal estavam partindo, Mamoon continuava preocupado com a possibilidade de ter de compartilhar seu escritório de trabalho com Liana e não parava de perguntar a Harry o que devia fazer. Não ia conseguir trabalhar com Liana sentada a seu lado; era um absurdo.

A caminho do carro, Harry achou uma equipe de filmagem no gramado, desembalando seu equipamento. Uma emissora de TV alemã, incentivada por Liana, ao que tudo indicava, tinha um encontro marcado para fazer um documentário sobre Mamoon. Disseram que Mamoon havia concordado, em troca de um cachê considerável, em dar sua opinião sobre muitos temas contemporâneos acerca dos quais nada sabia.

"Um deles tem uma prancheta cheia de perguntas", Mamoon disse a Harry. "Receio que será meu vídeo de martírio. Diga para irem embora."

"Só o senhor pode fazer isso."

"Você vai simplesmente cair fora e nos deixar aqui assim?"

"Vou."

Em Londres, mortificada pelo que acreditava ter provocado, Alice ficou de cama por dois dias, com uma touca de lã na cabeça. Harry e Julia foram incumbidos de lhe levar suco de cenoura e sopa, segurar sua mão e ouvir suas queixas.

"Não me ocorreu que eles pudessem ser tão vulneráveis", disse Alice. "Amo muito os dois. Tornaram-se como pais para mim. O que devo fazer? Escrever ou telefonar para pedir desculpa? Ah, meu Deus, ela nunca vai me perdoar... Harry, por que você não me avisou? Você não parecia se importar de eu estar com ele. Ou você apenas ficou contente de eu poder obter informações para você? Por favor, responda. Vai falar com eles esta noite?"

Harry não respondeu. Estava feliz por se encontrar longe da Casa da Esperança. Não tinha o menor desejo de ver Mamoon nem Liana por um bom tempo; iria ficar fechado num escritório por pelo menos um ano e meio, escrevendo seu livro do jeito que queria. Mamoon continuaria sendo Mamoon; Harry não gostava nem desgostava dele. Na cabeça de Harry, Mamoon estava se transformando em outra coisa, num homem inventado, fictício, num homem que existia apenas para Harry escrever um livro sobre ele.

Trinta

Numa festa literária, Harry sentia-se vazio e sem a menor vontade de conversar. Ficar encostado numa parede, beber e observar pareciam coisas muito mais agradáveis, até que viu Lotte. Ela fora assistente de Rob e se afastara por algum tempo, tinha viajado e feito terapia antes de voltar a trabalhar com Rob, dessa vez como editora, cuidando dos ensaios reunidos de Mamoon. Harry ficou contente de vê-la, embora desconfiasse de que ela pudesse estar aborrecida com ele depois do incidente em Queen's Park. Lotte apenas riu e disse que Rob havia exagerado. Estava feliz de ver Harry e não tinha nada para fazer mais tarde. Não poderiam jantar juntos?

Depois de dois anos escrevendo a sério, Harry tinha tempo, na verdade tinha longas noites inteiras de tempo livre nas mãos. Achou que havia muito o que dizer a Lotte agora. Depois de ter trabalhado com um empenho jamais visto em sua vida, afinal havia parado e estava esperando Liana ler e aprovar a biografia, ao mesmo tempo que se perguntava se aceitaria o trabalho seguinte que Rob tinha lhe oferecido.

Precisava de dinheiro. Os gêmeos foram um acontecimento. Nasceram prematuros e um deles quase morreu, teve de ficar internado um mês. Alice e Julia ficaram esgotadas. Quando Alice saía, era com outras mães e babás, e as mulheres conversavam sobre o sono da mesma forma que viciados falam sobre drogas.

O pai de Harry tinha gostado de ser pai, assim como os irmãos de Harry, e Harry achou que também tinha tomado gosto pela coisa. Caminhava quilômetros por Londres, empurrando os meninos no enorme carrinho de bebê deles. Como uma máquina umbilical de suporte à vida ligada aos bebês, Harry agora existia sobretudo para servir aos dois, que se tornaram celebridades e fonte de sedução, ganhavam presentes em todo lugar aonde iam. Harry amava a boca de seus filhos, sua carne, o cheiro do cabelo deles — que muitas vezes escondia pedaços de brócolis ou milho — da mesma forma como tinha amado a boca, o cheiro e o cabelo das mulheres.

Alice, cuja companhia ele havia apreciado bastante um dia, muito tempo antes, não passava agora de uma mãe tensa, como se tivesse recebido um fardo do qual jamais se libertaria. O pai de Harry, em seu clube londrino, vestindo seu terno cafona, sempre otimista, tinha dito com um risinho satírico que Harry, como em nenhuma outra época de sua vida, ia se tornar um frequentador assíduo dos parques e museus londrinos, ao mesmo tempo que se tornaria cada vez mais distante de sua parceira e de seus amigos. Existiam poucas solidões como a de um pai de primeira viagem, e de repente Harry se descobria de fato em lugares e na companhia de pessoas que, de outro modo, teria evitado. Seu pai achava que levaria pelo menos cinco anos até Alice emergir da orgia da maternidade, e mesmo assim só à custa de uma considerável persuasão da parte de Harry. Os meninos, chorosos falos fascistas envoltos em fraldas, seriam os únicos peruzinhos de que ela ia querer saber. Harry teria de esperar, se tivesse paciência.

Então, depois de dar esse conselho, quando o pai lhe disse para ir embora, lhe passou uma nota de vinte libras, o que sempre fazia em tais situações, como se estivesse pagando a um vendedor, e disse num murmúrio: "Meu caro rapaz, cuide sempre de ter uma retaguarda feminina. E, da próxima vez, tome cuidado e só saia com mulheres que tiveram bons pais". Harry agradeceu. Seu pai prosseguiu: "De resto, com relação a uma mulher, procure sempre saber o que fizeram com ela, porque em pouco tempo ela fará a mesma coisa com você. Ha, ha...".

"Gostaria que o senhor tivesse me avisado disso antes."

"Só há pouco tempo me ocorreu onde é que você estava errando. Fico feliz de ser útil."

A prioridade e o orgulho de Harry, seu outro filho, era o livro. Depois de trabalhar doze horas por dia durante meses, ele havia concluído uma versão inicial decente, num café na esquina em frente ao lugar onde eles continuavam morando. Depois de mandar o texto, descobriu que Rob, como editor, era arbitrário e sádico. O manuscrito estava todo rabiscado com comentários como "Isto é papo furado", "Lixo" ou "Isto aqui precisa ficar um milhão de vezes melhor". No início, Harry debateu com Rob sobre as alterações e os cortes, embora a tensão fosse horrível; depois ele cedeu e aceitou, mas sentiu-se pior: humilhado e intimidado. Alice pressionou Harry a mudar o que devia ser mudado e resistir sobre o resto. Harry viu como os autores podiam ganhar reputação de difíceis.

Depois de enfiar Harry de cabeça num moedor de carne, Rob declarou que a biografia estava cheia de vida e abalizada e previu que seria um pequeno sucesso. Foi vendida para algumas línguas estrangeiras e Harry ia apresentar um documentário de TV sobre Mamoon. A data de lançamento foi provisoriamente marcada. Harry recebera instruções de Rob para mandar o livro a Mamoon e Liana, condição que ele havia aceitado. Harry sabia que Mamoon não daria uma espiada sequer no livro, nem às escondidas, e que Liana ia ler tudo e teria mil opiniões para dar. Harry já ouvia até o barulho do lápis de Liana riscando com violência o papel.

Enquanto esperava, passava o tempo com Julia, que em suas horas de folga se tornara parte de uma Londres que Harry não conhecia, Londres como uma cidade internacional de estudantes, refugiados e errantes. Os amigos de Julia eram brasileiros, angolanos, somalianos, indianos e, quando ela saía com Harry, ele era apresentado a ônibus noturnos, bares novos e escuros e comida barata, enquanto se arrastava pela cidade nas primeiras horas do dia. Harry gostava de andar de ônibus às quatro da manhã, horário em que se podia ver a cidade e como ela era maravilhosa. Ele e Julia tinham a compatibilidade de ex-amantes afetuosos e ela continuava sendo dedicada a ele; Harry nunca tinha visto um amor assim, tão semelhante à loucura em sua fidelidade irracional.

Lotte segurou a mão de Harry e sussurrou: "Vou tirar você desta festa enjoada. Não se preocupe, você vai gostar muito mais do lugar para onde vamos. Você precisa ouvir uma coisa que vou lhe dizer".

Lotte pegou a mão dele e o levou pela Berwick Street Market, virou numa rua estreita e entrou na porta escura e quebrada de uma casa semiabandonada do século XVIII. Subiram uma escada sem tapete e entraram num cômodo amplo, sem decoração, de paredes descascadas e chão inclinado. Um revisor de livros exausto e um poeta menor estavam sentados diante de uma mesa bamba, servidos por uma mulher que podia ter sido pintada por Lucian Freud. Depois que Lotte beijou os funcionários e os fregueses regulares, ela e Harry sentaram-se muito perto um do outro; ele afagou o cabelo de Lotte, enquanto ela despejava palavras em seu ouvido.

Lotte tinha levado Mamoon e Liana para almoçar. Mamoon continuava fraco e estressado por causa do grave AVC que havia sofrido três meses antes, mas sua fala havia melhorado. Chegara até a dizer: "A morte está me evitando, mas sei que ela agora me quer, pois tenho recebido prêmios pelo conjunto da minha obra quase todos os dias".

Lotte disse: "Você não foi visitar Mamoon, foi?".

"Eu precisava me sentir livre para inventá-lo."

"Como o Rob deve ter lhe contado, ele passou algum tempo com uma crise de criatividade. Odiava ficar deitado à toa, de costas, e acabou ficando ainda mais deprimido. Liana pôs Mamoon para trabalhar. Mas há algumas notícias excelentes: apesar de seus reveses físicos, ele terminou um livro novo, pequeno, o primeiro que escreve em muito tempo. Você enfiou uma ideia na cabeça dele."

Harry disse que a única coisa de que se lembrava era de um dia ter assentido com a cabeça para Liana, na cozinha, e dito que o romance sempre tivera relação com o casamento e que talvez Mamoon andasse fazendo pesquisas sem saber disso. Mamoon pareceu interessado, mas é claro que não disse nada. "É sobre isso?"

"Você não sabe?"

"Me dediquei mais ao início e ao meio da vida dele. Depois que ele se casou com Liana, os dois se limitaram a ficar em casa sem fazer sexo, brigando um com o outro, como todo mundo. O público literário não vai querer saber disso."

Lotte disse que queria mostrar uma coisa a Harry. Levou-o ao apartamento para onde ela havia se mudado pouco tempo antes, perto da Goodge Street. A maioria das coisas dela continuava dentro das caixas, e a cama estava no meio do quarto. Lotte acendeu velas. Como não havia nenhum outro lugar onde sentar, deitaram-se vestidos e ficaram tomando conhaque.

Lotte perguntou o que ele andava fazendo e Harry contou que estava fazendo anotações para começar a trabalhar em outro livro, sobre a psicose de sua mãe. Seu pai tinha dito que a mãe de Harry era suscetível de se apaixonar por todas as variedades de mercadores de palavras. O pai dera a Harry cartas de um dos escritores a que ele se referia. Harry havia imaginado algum Vargas Llosa local, mas aquela figura morava num apartamento imundo, num conjunto habitacional da prefeitura.

"Cercado por pilhas de papel bolorento, ele era um vigarista cheio de um papo furado pretensioso e com uma conversa fiada sem fim. Disse que mamãe era uma amante entusiasmada e flexível, mas que ela falava demais e não sabia ouvir. Um dia, ela o agarrou pelo cabelo e bateu com o joelho no rosto dele. Ela não o deixava em paz, até que ele foi obrigado a trancar tudo e cobrir as janelas. Ele ficou surpreso por eu me mostrar tão razoável e tentou me arrancar alguns trocados. Eu deveria ter aprendido que a biografia é um processo de desilusão, não é mesmo?"

"E o que você vai fazer?"

"Há muitos pais e homens velhos por aí. Chegou a hora das mães loucas. Quero entrar na mente das mulheres, em vez de nos corpos. Exceto no seu caso."

Beberam mais um pouco e depois ela deu um tapinha num manuscrito fino, empoleirado numa pilha de livros. "É disso que estávamos falando, o manuscrito do último livro de Mamoon."

Ela colocou o manuscrito nas mãos de Harry. Ele olhou para o papel e observou o título, *Última paixão*, e em seguida devolveu. Estava farto de Mamoon. Pediu que Lotte resumisse a história rapidamente.

"Tem certeza?"

Harry disse: "Ele vivia dizendo que eu não era nada. Queria

que eu me sentisse um nada. Zombou de mim e quase me destruiu. Houve momentos em que achei que ia enlouquecer. Aí tive dois filhos e passei semanas sem conseguir sair da cama. Achava que alguma coisa fosse despencar em cima de mim, tive infecção no estômago e nos intestinos. Minha mãe e Peggy surgiram como fantasmas e não paravam de falar. Eu podia ter assassinado todo mundo. Nossa ajudante Julia foi a solicitude em pessoa. Papai arranjou um terapeuta para cuidar de mim".

"Onde estava Alice?"

"Ela simplesmente saía por aí, deixava as crianças com Julia para ir visitar as amigas. Ou então ia para a cama cedo, com dor de cabeça, e fechava a porta. Tinha coisas melhores para pensar do que em mim. Como fui uma criança que se criou sozinha, fiz a mesma coisa outra vez. Me obriguei a sair da cama e tirei Mamoon de dentro de mim escrevendo esse livro. Me dê o conhaque: eu me livrei dele, Lotte. Saúde!"

"Eu não diria isso." Ela olhava para ele. "Tratando-se de Mamoon, o livro novo é incomum. É sobre um jovem admirador que se hospeda na casa de um velho, um escritor, e começa a escrever um livro sobre ele. Então o escritor, em segredo, escreve sobre o jovem, enquanto este escreve sobre ele. Diferente de tudo que Mamoon já fez, e bastante divertido. É uma história de amor."

"O que é que o velho fala sobre o jovem?"

"Harry, a parte principal é sobre o amor do velho por uma jovem de cabelo cor de baunilha, a ardente mas fria esposa do acólito, a qual ele descreve como tendo a rigidez de uma figura de Modigliani. Manifestando pelo menos cinco dos oito sintomas fatais do amor, ele a adora e a mitifica, como é costume fazer."

Harry disse a Lotte que ela estava indo depressa demais. Como esse encontro acontece?

Lotte disse que o velho e a garota começaram a passar o

tempo juntos, tinham conversas animadas e francas, enquanto o jovem, que se encontrava numa espécie de pânico sobre a biografia, lia diários e documentos na casa do velho.

O livro era triste, disse Lotte, porque o velho se apaixonava pela garota. Ele ficava zangado por ela permanecer no que ele classificava como um relacionamento desprezível com o jovem. Esse rapaz havia tentado distrair e atiçar o velho com um monte de mentiras sobre mulheres com as quais ele tinha ido para a cama. E como o garoto fútil adorava contar vantagem sobre sua potência sexual! Cinco mulheres num só dia, ele chegara a dizer. Não admira que fosse conhecido como Tesudo!

"O escritor recomenda que a jovem rompa o relacionamento com o moleque safado. Quando ela engravida, o escritor é a única pessoa para quem ela quer contar o que aconteceu. Por um tempo, ele nem conta da gravidez ao rapaz, o verdadeiro pai. O velho leva a gravidez a sério. Os dois discutem muito essa questão."

"Discutem de que maneira?"

"Ele se aflige, em dúvida se deve recomendar a ela um aborto. É uma angústia para ele, talvez porque se arrependa do filho que ele e sua namorada abortaram muitos anos antes."

Harry falou de repente: "E depois? O que acontece? Por que diabos ele está se metendo no assunto?".

Lotte encolheu os ombros: "Sem dúvida, o velho diz que a garota deve pensar melhor".

"Meu Deus! Que arrogância a desse homem! Ele merecia uns bons cascudos!"

"Mas é o velho quem bate com a bengala no jovem idiota." E Lotte prosseguiu: "O velho diz que já viveu muito e, com seu jeito paternal, quer saber se a jovem a quem ama pensou sobre essas questões de maneira adequada".

"Como se alguém já tivesse feito isso."

"O velho diz que o jovem só consegue ter amores catastróficos, pelos quais não assume nenhuma responsabilidade."

Harry disse: "Que velho mais idiota. Espero que o romance deixe isso claro".

"Por estranho que pareça, não deixa, não."

"Ela tem o filho?" Lotte fez que sim com a cabeça. Harry disse: "Bela história. Espero que fique nisso". A cara de Lotte indicou que não era assim. "Por que a história não para por aí? Como pode haver mais? O que tem mais?"

Harry foi até a janela, abriu-a com força e sentou-se no parapeito, engolindo o ar da noite. Lá fora, Londres zunia. Eles podiam voltar ao Soho, beber e dançar jazz. Por que estava incomodado com o que Lotte havia contado? Por que ele precisou ouvir aquilo? Não poderia saltar pela janela e nunca mais voltar?

Trinta e um

"Apesar da altura não ser grande e de que você provavelmente só quebraria os tornozelos, a verdade é que você está me deixando nervosa", disse Lotte. "Volte para cá, querido."
"Por quê?"
"Para ouvir o final." A voz dela, atrás de Harry, disse: "Você pensou que tivesse acabado, não foi. Mas na sua oitava década de vida, e naquilo que o velho chama de sua 'crise da meia-idade', ou o 'Eros de sua velhice' — a jovem tem um filho e o namorado dela está totalmente concentrado no seu livro —, o velho acaba persuadindo a jovem a começar a ter encontros com ele em Londres".
Harry virou-se para Lotte: "Para fazerem o quê?".
"O que você acha?"
"Como vou saber?"
"Eu estou pedindo a você, Harry…"
"O quê, Lotte?"
"Que venha para cá e sente a meu lado."
Ele fez isso; Lotte beijou-o na boca; ela o abraçou e disse

que Mamoon tinha apresentado tudo de forma delicada, com sua antiga precisão — um casal solitário ansioso para se encontrar no apartamento de um amigo, em Victoria, quase vazio e sem calefação. Ele — o personagem — ficou surpreso ao ver como se sentia aliviado e deliciado de encontrar aquela mulher e como seu sentimento humano renascia. A que ponto um idoso, diz ele, se aliena do seu desejo! O velho compra presentes para ela e ama simplesmente olhar para a mulher, sua nova musa. Agora ela se veste para ele, sempre com uma roupa de ginástica. Ele gosta de ver a jovem tirar os sapatos e ela se sente feliz de fazer a vontade dele.

Harry disse: "Mas por que ela se sente feliz de fazer a vontade dele?".

"Uma mulher realmente desejada por um homem acaba descobrindo como é difícil resistir a ele. Quantas vezes na vida somos tão adoradas assim? Ele diz que o conde Sascha Kolowrat, quando estava morrendo, recebia a visita de Marlene Dietrich e levantava a saia dela."

"E essa mulher faz isso para o velho?"

"Por que não? Ela fica deitada nua na frente da lareira, enquanto ele olha para ela. A jovem faz poses, como a modelo de um pintor, enquanto ele olha. Ela se exibe para ele. Só isso, e para os dois é uma coisa elétrica. Ele sente uma imensa vontade de se exprimir sem palavras, aquele mestre das palavras. Quer muito apenas 'ser' na companhia de outra pessoa. Como um bebê satisfeito com sua mãe."

"E a mulher dele?"

"Ele a amou. Não passou pela sua cabeça que os dois, depois de algum tempo, não fossem ter mais nada para dizer um ao outro. Está farto da esposa e quer se separar, mas não sabe como fazer isso, porque vai custar muito dinheiro e vai deixar a mulher louca, até mesmo com impulsos suicidas. Ela passa o tempo satisfeita e alheia a tudo, fazendo compras em Londres, enquanto ele vai sofrendo um tipo de colapso nervoso."

"Por quê? Que tipo de colapso?"

"Ele estava vulnerável, pois não podia voltar à sua rotina diária, a prisão que o mantinha coeso. Ele se perguntava repetidamente, mesmo naquele estágio da vida, como podemos nos livrar do nosso velho eu morto e criar um novo?

"Ele chama os dois de Próspero e Miranda, e ela cuida dele como uma boa filha. Ela faz desenhos dele. Os dois preparam chá e conversam com intimidade sobre suas vidas, seus parceiros e o futuro. Eles precisam fazer isso."

"Que tipo de futuro esse casal pode ter?"

Lotte disse: "Essa garota vazia, esse objeto erótico felpudo feito de nada, que parece, ela própria, ausente de si mesma, pode prepará-lo para sua morte. Ele sabe que ela é evasiva, tola e insípida, mas pelo menos é sincera, e ainda tem alguns anos de beleza real pela frente. E ele acredita que desperdiçou seu tempo deixando as pessoas furiosas e lhes dando muito pouco, motivo por que agora ele se dilacera. A exemplo de muita gente, ele acredita, na sua imaginação, que é um assassino.

"O velho ficou chocado com uma história que ouviu sobre Ingmar Bergman, que, quando estava morrendo, assistiu a todos os seus filmes, um por um, em ordem cronológica. Mamoon admirava isso e queria dizer, num soluço de integridade, o que é ser velho, o que significa parecer destemido diante da vida. Ele se admirou ao constatar como o passado é maleável e como as pessoas o reescrevem e o apagam e o escrevem de novo, continuamente."

Lotte prosseguiu: "A garota do cabelo cor de baunilha o incentiva a falar por meio de sua obra e sobre as pessoas que ele amou. Ela até o ajuda a escrever para as pessoas de quem ele sente saudade".

"Quem, por exemplo?"

"Uma mulher que mora nos Estados Unidos, eu acho, a quem ele deve algum tipo de explicação ou desculpa. Naquele quarto, entre o velho e a jovem, ocorre um jogo de reparação e expiação. É de fato maravilhoso, Harry. Ele escreve sobre sua própria sexualidade, e a de seu pai, com uma nova curiosidade, sob uma nova perspectiva, como se tivesse descoberto um tema novo, mesmo na idade dele. É a coisa mais tocante e afetiva que ele já escreveu desde seus primeiros livros."

"Puxa. Meu Deus. Vou enlouquecer." Harry se manteve calado por um tempo. "Pode me dizer, por favor, o que há nisso tudo para a mulher jovem?"

"Uma espécie de educação, um modo mais complexo de ver o mundo. Pela primeira vez, ela tem uma ideia do todo da vida de alguém. Ela começa a ler. Ele recomeçou a escrever. Uma pessoa pode desenvolver a outra, você sabe. Ali, com ela, no quarto, sentados juntos diante da lareira, ele dita uma parte do livro para ela."

Harry disse: "Eles mantêm isso em segredo?".

"Essa é uma necessidade particular." Ela disse: "Desconfio que uma parte disso tenha relação com você".

Lotte perguntou o que ele achava. Harry beijou-a e se deitou. "Ainda não sei." E disse: "Ele estava ansioso para eu saber do que o livro tratava?".

"Ah, sim. Ele achava que você talvez tentasse não ler o livro."

"Ele estava ansioso para que você e eu nos encontrássemos de novo e para que você me contasse tudo isso?"

Ela fez que sim com a cabeça. Harry sentou-se, procurou sua bolsa e disse para Lotte que ela havia feito o seu trabalho. "Foi para isso que você me trouxe para cá? Isso é tudo o que você quer de mim? Agora eu só preciso ir embora, é isso?"

"Quero ver você de novo." Ela segurou as mãos de Harry. "Portanto, não, por favor, não chore nem vá embora."

"Você quer mais?"

Lotte beijou o cabelo de Harry, a testa, o nariz, a boca. "Sim", disse ela. "Ah, sim. Eu podia olhar para você, olhar para você muito, muito."

"E eu para você." Ele suspirou. "O amor é a única coisa que existe. O amor pega a gente de surpresa, quando a gente não está preparado."

"Rob me contou que você está solteiro, mas continua morando na casa."

Harry disse: "Estou lendo um pouco, pensando sobre mães mortas. Mas sou sempre otimista em Paris; tudo parece melhor visto de lá. Vamos passar uns dias lá?".

De manhã, Harry e Lotte foram a uma lanchonete tomar o café da manhã. Acompanhou-a a pé até o trabalho dela. Beijaram-se e separaram-se. Ela disse: "Tenho uma ideia do que você deveria fazer sobre Mamoon e Liana".

Trinta e dois

Viajar com os filhos era uma operação de grande envergadura, e tais manobras tinham de ser planejadas com bastante antecedência. Mas eles pretendiam cumprir aquela visita em vinte e quatro horas, como Lotte havia sugerido a Harry. Alice era famosa pelo hábito de fazer listas, Julia era reconhecida na família pela capacidade de acomodar as coisas dentro do carro, enquanto Harry se queixava, se confundia ou comia todos os sanduíches antes de partirem. Tendo sido consultado, Rob julgou a ideia excelente, para eles "completarem o processo", e no fim da tarde estavam alegremente rodando pela autoestrada, enquanto as crianças vomitavam.

Liana ouviu o carro chegar e foi até o jardim com os cachorros para cumprimentá-los. Ficou parada no mesmo lugar onde Harry a vira quando chegou ali pela primeira vez, com medo e estimulado por Rob, naquela tarde de domingo. Onde antes a disposição de Mamoon e a vontade de Liana haviam mantido tudo vivo, a casa e os jardins começavam a dar a impressão de que o matagal original ia voltar. Mamoon não ia mais usar seu escritório de trabalho; Scott estava cultivando ervas na estufa e alugava o antigo celeiro "arquivo" como oficina de reparos mecânicos. O terreno estava coalhado de carros semidesmantelados e peças de metal. O próprio Scott estava ali, empoeirado e de peito nu, batendo à toa um alicate contra uma lata de óleo, com dois sujeitos de sua gangue ao lado.

Julia cumprimentou o irmão e depois foi procurar Ruth, para consolá-la. Semanas antes, certa noite, um amigo de Ruth — talvez um amante — havia agredido outro amigo dela dentro de casa e o cortou com uma garrafa quebrada, quase matando o sujeito. Houve sangue e desespero; haveria um processo, um julgamento e uma prisão. Antes do segundo AVC de Mamoon, Ruth foi falar com ele, o patriarca, e implorou sua ajuda, seu consolo e sua sabedoria, mas ele apenas lhe dirigiu um olhar de piedade, que dizia: "Como é que alguém consegue viver como você?".

Liana tinha feito uma cirurgia para retirar um tumor; por trás dos óculos grossos, seus olhos estavam fatigados e ela não usava maquiagem nenhuma, nem joias, só vestia jeans e um suéter muito folgado. Liana nunca estivera tão magra ou tão triste, ela dizia, ou tão feliz por ver seus filhos e os "netos" que adorava.

Depois dos dois AVCs e de sua parada cardíaca, e depois de passar semanas no hospital, Mamoon tinha insistido de maneira obstinada em ir para casa e, a despeito de sua fraqueza, Liana estava resolvida a cuidar dele ela mesma. Mandou Scott levar uma cama para a biblioteca, de onde Mamoon, com as costas um pouco levantadas e rodeado por rosas, podia ver o jardim e observar Liana enquanto ela trabalhava.

Ruth e sua irmã Whynne davam banho em Mamoon e trocavam sua roupa; Scott o carregava pela casa e Liana ficava a seu lado e sussurrava poemas para ele, livros de sua infância, *Alice no País das Maravilhas*, trechos de Dickens, contos das *Mil e uma noites*, o noticiário esportivo e o seu predileto, o *Cântico dos cânticos*: "Eu sou do meu amado e meu amado é meu; o pastor das açucenas. És formosa, minha amiga" — porque ele dizia que gostava de ouvir a voz de Liana, de saber que havia alguém ali.

Alice estava ansiosa para ver Mamoon. Sentia falta do sossego e da sensação de distância e de espaço que havia na Casa da Esperança; sentia falta da comida de Liana e da conversa animada. Mesmo assim, se mostrou embaraçada em fazer a visita; havia telefonado para Liana muitas vezes e sabia que Mamoon estava muito doente; no entanto, mesmo assim, ficou muito abalada ao vê-lo. Queria manter boas relações com Liana e talvez trabalhar com ela no futuro. Mas Liana estava infeliz demais, preocupada e chorosa demais para pensar nesse assunto. Sentia-se reconfortada com a companhia deles.

Insistindo em dizer que Mamoon se tornara muito afetuoso em relação a Harry, Liana pediu que ele fosse fazer companhia a Mamoon. E Harry de fato ficou ali com ele, se perguntando sobre a relação entre seu livro e o homem enquanto segurava a mão do velho. Harry sentia saudades das conversas combativas entre os dois; ninguém tinha sido tão duro com ele nem o havia levado a pensar tão a fundo. A certa altura, quando Harry limpava a saliva da boca de Mamoon e se atreveu a pegar o celular para tirar uma foto do escritor, Mamoon olhou diretamente para Harry e disse: "Quanto tempo você pode ficar aqui, Latif? Trouxe seu dever de casa? Terminou a história?".

Naquela casa do quase morto, Ruth, sua irmã e Liana se encantaram de ver os bebês, e com isso Harry e Alice puderam mais uma vez caminhar com os cachorros pelo bosque conhecido deles e à margem do rio.

Alice ia arranjar um apartamento, assim como Harry; Julia ia alugar um quarto nas redondezas. Ele e Alice tinham quase parado de conversar sobre qualquer coisa que não fosse dinheiro e os filhos, e também de que maneira os cuidados com os filhos seriam divididos. Agora Harry dizia a ela: "Você leu o novo romance de Mamoon?".

Alice negou com a cabeça; Harry explicou que, até onde ele sabia, era sobre o amor entre um velho e uma jovem, companheira de um jornalista.

"Então ele fez mesmo isso, escreveu a ficção de que andava falando", disse Alice. "Ele ficava naquele quarto todos os dias, durante meses, olhando para a parede, enquanto você escavava a privacidade dele. Eu falei que entendia aquilo", disse ela. "Eu tenho aquela natureza desolada."

"Você tem?"

"Mas você me ajudou, Harry, ouvindo o que eu dizia. Respeito você por causa disso, bem como por ser relativamente estável e tudo o mais."

Ele agradeceu.

"Na verdade, eu não acreditava em Mamoon. Sua lata de lixo estava cheia de papéis amassados. Abri um deles, pensando que pudesse encontrar uma recordação para mostrar um dia às crianças. Só havia rabiscos nele todo. Ele realmente acreditava que estava terminado." Ela prosseguiu: "E você ficava lhe perguntando sobre coisas de que ele não conseguia ou não queria se lembrar — sem dúvida, não *daquela* maneira —, perguntas que lhe davam a sensação de que a vida dele estava sendo recontada como uma farsa por um idiota. E havia mais uma coisa".

"Havia?"

"Ele releu *Anna Karienina*. Ele cultuava Tolstói por sua compreensão do casamento, das mulheres e das crianças. Mamoon tinha feito o melhor que podia, mas sabia que jamais faria nada tão verdadeiro, tão sensível, tão universal."

"Por que ele não conversava com Liana sobre esses assuntos?"

"Tinha medo. Ela era exigente, pedia mais amor, sexo, dinheiro. Ele não conseguia trabalhar e não conseguia satisfazê-la. O que havia entre ele e as mulheres que nunca dava certo?" Ela disse: "Sugeri que devia ser mais do que peculiar, na verdade devia ser desorientador, haver uma pessoa escrevendo sobre a vida dele, fazendo entrevistas sobre ele, como se ele já estivesse quase morto, ao mesmo tempo que residia em sua casa. Naquele momento, ele teve a ideia de escrever sobre o que você estava fazendo e de como aquilo o fazia ver a si mesmo de forma diferente".

Harry disse: "Afinal ele acabou vendendo o arquivo e uma parte de suas terras. Alugou o apartamento em Londres para acalmar Liana. Deu um jeito de encontrar você com regularidade no apartamento de um amigo".

"O livro conta tudo isso?"

"Liana não sabia."

"Eu não podia magoá-la. Ela jamais entenderia."

"Nem eu sabia. Você me enganou. Deus sabe como eu também fiz o mesmo com você de outras maneiras."

De repente, Alice falou: "Eu já estava farta de você".

"Eu também. Mortalmente farto."

"Por que não foi embora de uma vez?"

"Não me agrida dessa maneira", disse ele, segurando o braço de Alice. "Escute, eu sei que Mamoon me considerava medíocre…"

Ela deu uma risadinha. "Sim, impaciente e borbulhante de raiva. E talvez com algum distúrbio de personalidade!" Ela prosseguiu: "O livro também conta que ele insistiu muito que eu largasse você para ficar com ele? Ele gostava de ser massageado — a não ser por isso, eu não precisaria tocar nele. Eu podia ter amantes. A única coisa que eu devia fazer era conversar com ele".

"Por quê?"

"Acho que estava apaixonado."

"E você gostava disso?"

"Ficava lisonjeada, gostava da atenção. Você não me oferecia tanto."

"Nem você a mim."

"Ele era muito rigoroso e exigente, mas foi uma boa experiência para mim. Ficar perto de um homem desses, ter a chance de aprender a pensar, isso é uma coisa inesquecível."

Harry disse: "Qual foi sua resposta ao pedido dele?".

"Lembrei a Mamoon que ele tinha obrigações com Liana. Ela é uma grande amiga minha." Alice encolheu os ombros. "Não vou ler o livro. Sei que é uma ficção. Eu me transformei numa alucinação dele, totalmente inventada, e deixada para trás, sem nada. Às vezes a gente pode ficar sabendo coisas demais. Tenho a sensação de que fui retalhada. Não consigo assimilar mais vida nenhuma, agora, se esses terríveis círculos e essas espirais forem a vida. São mesmo, Harry? Você sabe? Não consegue me dar uma resposta pelo menos uma vez?"

Harry já tinha ouvido o bastante. Começou a voltar e Alice o seguiu. Ele disse: "Eu gostaria que ele soubesse do trabalho novo e bem remunerado que estou para começar".

"O que é?"

"Um presente do Rob, porque teve pena de mim, depois do último trabalho, e agora quer me dar uma certa moleza. Enquanto eu trabalho no livro sobre mamãe, vou ser o ghost-writer da autobiografia de um jogador de futebol internacional. Vou bancar o encantador de cavalos para um centroavante. Finalmente, vou poder dizer que temos classe, como família."

Mas eles não eram de fato uma família e, quando Alice riu, Harry se lembrou das palavras de seu pai sobre sua mãe, ditas de maneira rude: *Ela era sua mãe, Harry, mas para mim foi só mais uma garota.* Harry se perguntava se, dali a vinte anos, ele diria o mesmo para os filhos.

Talvez Alice estivesse pensando algo parecido. "Lamento que não tenha dado certo entre nós. Mas somos muito gratos e estamos muito satisfeitos, Harry, por você nos sustentar."

"O prazer é meu." Ele disse: "Por favor, me abrace, me abrace uma última vez".

"Nunca."

Foi ideia de Lotte que eles voltassem à casa, e Harry acrescentou à sua contabilidade obter mais informações para o final do livro: alguns parágrafos sobre o escritor à beira da morte. Agora, antes do jantar, Harry estava diante da porta aberta do celeiro de Scott, o mesmo lugar onde ele havia ficado horas e horas sentado, empunhando uma lente de aumento. Os diários de Peggy tinham ido embora, levados para um arquivo americano, como se a própria Peggy tivesse, finalmente, sido retirada dali. Harry trouxera todos eles de volta à vida, defendendo o lado dela no livro, sublinhando sua contribuição para a obra de Mamoon e o fato de ele ter sempre precisado de Peggy; Ruth também aparecia, incentivando Mamoon, e havia bastante espaço para Marion e o modo como ela levara Mamoon ao encontro de si mesmo, afinal.

Na cozinha, naquela noite, todos jantaram juntos e, quando as crianças foram dormir, crisálidas estreitamente envoltas em seus cobertores brancos, todos foram para cama cedo, menos Liana e Harry. Ele ficou olhando Liana avivar as chamas da lareira na biblioteca e, enfim, criou coragem e pediu sua opinião sobre a biografia e perguntou se algo no livro a havia deixado satisfeita.

"Eu já estava me perguntando quando você iria me perguntar isso", disse Liana, e saiu da sala para logo voltar, trazendo uma folha de papel. "Não tenho tido muito tempo, nem li o último livro de Mamoon. Você leu?"

"Vou ler."

"Sim. Alguns erros me irritaram bastante", disse ela, revirando o lápis entre os dedos e lançando um olhar glorioso para Harry. Ele ficou contente de ver que seu velho espírito ambicioso estava temporariamente de volta. "Meus olhos não estão bons. Minha cabeça não se concentra. Mas é maravilhoso, no essencial. Não me importo muito com isso agora — é você que eu adoro, Harry. Você é uma das pessoas de quem eu mais gosto. Você sempre vai ter tempo para mim, não vai? Meus pensamentos são os seguintes." Ela pôs os óculos. O estômago de Harry deu uma pontada; ele estava pronto para rabiscar algo em seu caderno. "Por que você não se deu ao trabalho de pesquisar mais a fundo?"

O pai dela fora farmacêutico, tinha uma rede de lojas na região. Era verdade que o nome deles aparecia num xampu. Ele fundara um clube de campo, com arte de verdade nas paredes, e construíra uma biblioteca. De onde Harry havia tirado a ideia de que ela só falava três línguas, em vez de quatro? Ela sempre havia montado cavalos e também percorrera grandes distâncias a cavalo. E assim por diante. Não seria difícil fazer aquelas correções.

Harry foi para o jardim onde havia passado muitas noites de preocupação, agitado, andando de um lado para o outro a passos lentos.

"Recebi o maior elogio da Liana", disse para Rob ao telefone. "Ela chamou o livro de 'esplêndido, maravilhoso'. Anote bem isso. Mande desculpas e algum dinheiro imediatamente."

Virando-se a fim de olhar para a cozinha, Harry viu Liana chorando na porta. Harry despediu-se de Rob, levou Liana para o ar livre, o ar da noite, e perguntou qual era o problema.

"No fim, em Londres, antes de ele adoecer, quando satisfez meu desejo, afinal, graças a você, porque acho que você insistiu — você foi gentil, meu caro menino, muito gentil! —, eu e ele ficamos muito próximos outra vez", disse Liana. "Ele quis jantar comigo."

Eles caminharam por parques ensolarados; ele quis comprar roupas e seguia os conselhos dela; algo levou Mamoon a falar de sua infância. Numa tarde, depois de chegar em casa, ele afagou o cabelo de Liana; ele fechou os olhos, deixou que ela o tocasse e contasse seu sonho em que despencava do alto de um penhasco. Ele deu sua opinião, sua voz estava delicada como um beijo extasiado. Liana era capaz de devorar Mamoon de tanto amor, o seu marido adorado. Certa noite, ele chegou a pegar no seio de Liana e pô-lo na boca.

"E assim, logo, depois que eu tiver relido as obras completas dele, vou devorar tudo o que foi escrito sobre ele, inclusive o seu livro. Portanto, obrigada por manter o nome dele presente no mundo. Somos agradecidos, e eu amo você.

"Mas agora… agora eu o quero de volta", disse Liana. "Para onde ele foi? Eu o quero de volta, como antigamente! Traga-o de volta para mim! A vida é fria demais sem ele!"

Trinta e três

A última vez que Harry viu Mamoon foi alguns meses depois, num jantar luxuoso, num salão pomposo, em homenagem a outro escritor. Harry nem sabia que Mamoon ia aparecer lá; só quis passar a noite com Lotte, com quem estava morando.

Pouco antes de todos sentarem à mesa, uma Liana muito solene, com a cabeça curvada, conduziu o velho para dentro do salão luxuoso numa cadeira de rodas, embecado num paletó de linho branco e envergando suas medalhas literárias. Todos se viraram para olhar, sussurrar, murmurar e reconhecer que tinham estado, pelo menos uma vez, na presença do escritor. Não existia nenhuma livraria decente no mundo que não tivesse a obra daquele homem, não existia nenhum leitor sério que não tivesse ouvido seu nome. Alguém começou a aplaudir e saudar e então todos ficaram de pé espontaneamente; Liana ergueu os olhos para eles e chorou, enquanto Mamoon movia a boca, sem emitir nenhum som.

Harry foi com Lotte até junto de Liana e lhe deu um beijo. Ele se curvou em saudação a Mamoon e segurou sua mão. Harry tinha escrito o livro que queria escrever, sem caluniar o velho, e ele esperava que o escritor soubesse disso. Mamoon estava mal barbeado e sorria de um jeito torto; tinha os olhos leitosos. Pareceu cumprimentar Harry com um aperto de mão cordial, mas fraco, embora olhando para ele Harry desconfiasse que Mamoon não tinha muita noção do que se passava em volta.

Liana contou que Mamoon dormia boa parte do tempo e mal conseguia falar ou segurar uma caneta. Mas seus olhos ficavam expressivos quando ela o alimentava, e ela o amava, disse Liana, tanto quanto na primeira vez em que se encontraram. Não que ela tivesse previsto esse tipo de isolamento ou a necessidade de uma devoção tão abnegada por tanto tempo. Sozinha no campo com Mamoon, Ruth e Scott, ela sentia uma falta desesperada de receber visitas, disse Liana; por que ninguém ia até lá? Tinha falado com Marion ao telefone. Quando Marion pediu para se despedir de Mamoon, Liana a convidou para ir até lá e ficar com eles: as duas poderiam conversar e conversar. O pobre Mamoon em seu leito de morte, pensou Harry, cercado por mulheres que ele detestava. Não havia forma melhor de partir: era assim que ele gostaria que fosse.

Liana implorou que Harry fosse visitá-los no fim de semana, mas ele não voltaria à Casa da Esperança num futuro próximo. Havia terminado seu trabalho, que tinha sido informar as pessoas sobre a importância de Mamoon como artista, que ele tinha sido um escritor, um criador de palavras, um narrador de verdades importantes e que isso era uma forma de transformar as coisas, de viver bem e de produzir liberdade.

ESTA OBRA FOI COMPOSTA PELO GRUPO DE CRIAÇÃO EM ELECTRA E
IMPRESSA PELA GEOGRÁFICA EM OFSETE SOBRE PAPEL PÓLEN SOFT
DA SUZANO PAPEL E CELULOSE PARA A EDITORA SCHWARCZ
EM FEVEREIRO DE 2016